FVA

Ruth Cerha

BORA
EINE GESCHICHTE
VOM WIND   Roman

FRANKFURTER  VERLAGSANSTALT

Für M.

FSC
MIX
Papier
FSC® C014496

2. Auflage 2015
© Frankfurter Verlagsanstalt GmbH,
Frankfurt am Main 2015
Alle Rechte vorbehalten
Gestaltung des Umschlags und des Vorsatzes:
Michael Hochleitner, Typejockeys
Herstellung: Laura J Gerlach
Das Gedicht von Ilija Jovanović: »Ein Wind bin ich«, aus
»Mein Nest in deinem Haar. Moro kujbo ande ćire bal« (Drava 2011),
erscheint mit freundlicher Genehmigung des Verlags.
Satz: psb, Berlin
Druck und Bindung: GGP Media GmbH, Pößneck
Printed in Germany
ISBN 978-3-627-00215-2

Ein Wind bin ich
niste sanft in deinem Haar
berühre zärtlich
dein Gesicht.

Ein Wind bin ich
ziehe Wolken herbei um deinen
Durst zu löschen
und vertreibe sie
damit die Sonne dich wärmt.

Ein Wind bin ich
Meere verwandle ich in
Sturmfluten
reiße Bäume mit den Wurzeln aus
und Dächer von den Häusern.

Nach und nach werde ich still
ziehe mich zurück
bereue meine Wut
und weine lautlos.

(Ilija Jovanović)

TEIL EINS

1

Er kam mit dem Boot um halb acht. Dieses Boot benutzen nur Einheimische, die Touristen schlafen um diese Zeit noch. Nicht dass es auf der Insel für Touristen viel zu sehen gäbe, außer einem bemalten romanischen Kruzifix in der ursprünglich mittelalterlichen Kirche. Später am Tag gibt es eigene Ausflugsboote, dann sieht man kleine Prozessionen von Deutschen, Italienern, Spaniern, Franzosen auf der langen Steintreppe, die vom unteren ins obere Dorf hinaufführt. Sie schwitzen und sind froh, wenn sie in die dunkle Kühle der Kirche treten können. Dort stehen sie und blicken dem gekreuzigten Christus in die weit geöffneten Augen, lauschen der Legende, nach der das Kreuz vor langer Zeit an einem dritten Mai in der Pot-Tarnak-Bucht angeschwemmt wurde. Danach essen sie im falschen Lokal zu teure Pljeskavica, werden betrunken vom muskatigen, strohgelben Wein und verbringen den restlichen Nachmittag in jener mondsichelförmigen Bucht, die gerne von Seglern frequentiert wird, wo sie sich über die Laune der Natur wundern, die hier – entgegen den geologischen Verhältnissen auf den umliegenden Inseln – große Mengen Sand angehäuft hat. Gegen Abend, wenn die blitzblaue Hitze nachlässt und die Inselbewohner langsam wieder aus ihren Häusern kommen, sich bei Vlado auf ein Bier treffen oder im Emigrant's Pub, von manchen scherzhaft Hemingway-Bar genannt, an die wackeligen kleinen Holztischchen zum Kartenspielen setzen, steigen sie wieder in ihr Boot und fahren davon. Von der Insel wissen sie nichts.

Um halb acht bin ich oft am Hafen, weil ich gerne Fisch esse, und um diese Zeit kommen die Fischer mit ihrem Morgenfang zurück. Sie stehen in ihren schwankenden Booten und bieten die noch zappelnden, silbrig glänzenden Goldbrassen und Sardinen und Meerbarben und Seebarsche und die glitschigen weißen Tintenfische in Kübeln an. Ich liebe den Geruch der rohen, frisch gefangenen Fische und die Gespräche, die ich mit den Fischern führe.

So klein heute, die Brassen?

Nicht klein, schön! Gute Brassen!

Ich brauche aber größere als diese hier.

Sind ein bisschen kleiner vielleicht, aber dafür ganz zart.

Aber ich bekomme Männer zu Besuch, große Männer!

Dann machst du mehr Kartoffeln.

Die Unterhaltung findet in meinem Kauderwelsch aus Kroatisch und Deutsch und dem Inseldialekt der Fischer statt, der wiederum eine Mischung aus Kroatisch, Italienisch und Deutsch mit ein paar seltsamen englischen Einsprengseln ist, im Grunde genommen eine eigene Sprache, die sich der wechselvollen Geschichte der Insel und ihrer verschiedenen Herren verdankt. Ich habe gehört, dass die Leute auf dem Festland Schwierigkeiten haben, diesen Dialekt zu verstehen. Für mich spielt das keine Rolle, mein Kroatisch ist sowieso miserabel, ohne Blicke und Gesten geht gar nichts. Wir einigen uns auf einen Preis, und ich gehe mit meinen Brassen hinüber zu Hasan, um meinen ersten Kaffee zu trinken und zu hören, was es Neues gibt.

An einem solchen Morgen sah ich ihn zum ersten Mal. Es herrschte Bora, dieser kalte Fallwind, der vom Karstgebirge herabstürzt, die Boote über das Meer treibt wie Nussschalen, am Hemd zerrt und die Leute verrückt macht. Der Himmel war klar, fast durchsichtig blau, ich rieb mir die nackten Arme, weil ich dummerweise keinen Pulli anhatte, auf den kurzen, krausen Wellen tanzten die Schaumkronen. Ich diskutierte gerade mit einem der Fischer über die beste Art, Tintenfisch zuzubereiten (es war Nikola, dessen Frau ein kleines Lokal im Oberdorf betreibt), als das Halbachtboot anlegte und die Leute ausspuckte, sie gingen hinter meinem Rücken über den Pier, ich achtete gar nicht auf sie. Dann nahm ich jemanden aus dem Augenwinkel wahr, der meine Aufmerksamkeit auf sich zog, oder vielleicht spürte ich ihn eher körperlich, jedenfalls drehte ich mich mehr oder weniger mitten im Satz um, und da ging er gerade direkt an mir vorbei, keinen halben Meter entfernt, ich konnte ihn riechen, Tabak und Kardamom und noch etwas, das ich nicht definieren konnte und worüber ich dann den ganzen Tag nachdachte. Seine Kleidung war unauffällig, sandfarbene Hose, weißes T-Shirt, er war nicht sehr groß, schmal, hatte dunkles, dichtes Haar, sein Gesicht sah ich nur ungefähr zwei Sekunden. Ich stand da und sah ihm nach, seine Art zu gehen war beiläufig, als wäre er ganz zufällig da, wo er gerade war, als würde er niemals etwas planen.

Willst du nun Tintenfisch, fragte mich Nikola, und ich wirbelte herum, beeilte mich, zu bezahlen und zu Hasan zu kommen, weil ich hoffte, er würde auch dort sein, aber ich sah ihn nicht. Wahrscheinlich besuchte er jemanden auf der Insel und war direkt dorthin gegangen. Ich saß länger bei Hasan als sonst, trank zwei Kaffee anstatt einen, blieb für mich, sah zu, wie der Ort zum Leben erwachte, das Postamt öffnete, der Traktor die Lebensmittellieferung vom Hafen in den Supermarkt fuhr, ich versuchte, mir einzureden, alles wäre wie immer, aber das war es nicht. Die Bora wehte nun schon den dritten Tag, und statt der sonnensatten, leicht trägen Zufriedenheit, in die ich mich sonst spätestens nach einer Woche auf der Insel zurücklehnte, empfand ich eine vage Unruhe. Es fühlte sich an, als wäre meine Silhouette verrutscht und stimmte nun nicht mehr mit den Rändern meines realen Körpers überein.

Verwirrt stieg ich mit meinem Tintenfisch die Treppe ins Oberdorf hinauf und ging ohne weitere Umwege nach Hause, auch das merkwürdig, sonst schaute ich meistens noch bei Freunden vorbei. Aber mir war nicht nach Gesellschaft, ich wollte allein sein und nachdenken, obwohl es absolut nichts nachzudenken gab. Ich pflückte Rosmarin und Thymian, der in meinem Hof auf einer steinumrahmten Rabatte wächst, setzte mich an den Tisch und begann, die Nadeln und Blättchen abzuzupfen. Ich tat es langsam und sehr genau, und als ich fertig war, hackte ich die Kräuter so lange, bis sie fast die Konsistenz einer Paste hatten, vermischte sie mit Olivenöl und Knoblauch und machte mich an das Waschen und Ausnehmen der Tintenfische. Als die großen weißen Tuben wohlgeordnet in ihrer Kräutermarinade vor mir lagen, fühlte ich mich etwas ruhiger.

Ich ließ das Mittagessen ausfallen, nahm mir stattdessen ein Bier aus dem Kühlschrank und legte mich in die Hängematte, wo ich es aber nicht lange aushielt. Ich unternahm einen Spaziergang zu den südlichen weißen Felsen, die grell in der Mittagssonne leuchteten, pflückte wilden Rucola, hatte keine Lust zu schwimmen, schlenderte zurück ins Dorf, stellte mich bei Vlado an die Bar, ohne etwas zu trinken und ohne zu reden, ich wollte nur dort stehen und dem Gerede der anderen zuhören, schließlich ging ich mit einem unerklärlichen Gefühl der Enttäuschung wieder nach Hause.

Am Abend kamen Tereza und Pedro mit Harry zum Essen. Tereza brachte Tomaten und Gurken aus ihrem Garten, die wir zu einem Riesensalat verarbeiteten, während die Tintenfische in der Pfanne brutzelten und die zwei Männer im Hof miteinander redeten, Pedro machte einen Witz, und Harrys kehliges Altmännerlachen hallte von den Steinmauern wider, Tereza sagte: Was ist mit dir, kriegst du deine Tage?, und ich zuckte mit den Achseln. Vielleicht, vielleicht auch nicht.

Während des Essens diskutierten wir über die Bora, vor der wir in meinem Hof geschützt waren, und warum sie nicht aufhören wollte, mitten im Sommer, warum sich das Wetter überhaupt so verrückt benahm, sogar hier auf der Insel, Schnee im Karst noch im Mai, und Pedro sagte, die Menschen benähmen sich verrückt und deshalb auch die Natur, das sei eben ihre Rache. Tereza klagte, sie könne bei Bora schlecht schlafen, das Schlagen der losen Fensterläden, das strenge Flattern der Wäsche, das metallische Gedengel der Masten im Hafen, all das mache sie fertig. Harry meinte, er habe nichts gegen den Sturm, solle er ihm doch auch noch die restlichen Gedanken aus dem Kopf blasen, oft habe er dieses Gefühl, sein Kopf sei ohnehin schon ein Durchhaus. Er sagte auch, dass er immer langsamer werde, für ein und dieselben Verrichtungen immer länger brauche, aber Pedro tat das mit einer Handbewegung ab und behauptete, das läge nur an der Insel und hätte nichts mit dem Alter zu tun, Tereza und ich nickten zustimmend. Das Inseltempo war nicht vergleichbar mit dem auf dem Festland, mit dem der Zivilisation allgemein, schon allein, weil es keine Autos gab, keine Notwendigkeit für Autos, keine Entfernungen, die man schnell zurücklegen musste, keine Ziele, an die man schnell kommen wollte. Man war schon dort, wo man hinwollte, und die Wege, die man zurücklegte, zu Fuß oder allenfalls mit einem Traktor, waren eher minimale topografische Anpassungen an die jeweilige körperliche Bedürfnislage oder Gemütsverfassung als Bewegungen durch die Zeit. Die Zeit bekam hier etwas Illusorisches, der Kampf gegen sie erübrigte sich ganz automatisch. Und dennoch saß ich damals in der scharfen Abendluft, die die Bora über meinem Hof abwarf, trank meinen Wein, redete mit den anderen über das Wetter, den EU-Beitritt Kroatiens, das Venenleiden von Vlados Frau und Whitmans Gedichte und wäre stattdessen lieber dreimal um die ganze Insel gerannt.

In der Nacht wuchs sich der Wind zum Sturm aus, ich lag wach, lauschte auf all die Geräusche, von denen Tereza gesprochen hatte, fiel zwischendurch in oberflächlichen Schlaf, dünn wie Gaze legte er sich über mein Bewusstsein und schickte mir wirre Bilder aus weit zurückliegender Vergangenheit, Bilder, die nicht hierher gehörten, aus denen ich immer wieder auftauchte wie aus einem Wasserstrudel, der mich unversehens beim Schwimmen überrascht hatte. Irgendwann schluckte ich zu viel Wasser und verlor die Orientierung. Als ich wieder zu mir kam, war es sieben Uhr, ich setzte mich im Bett auf und brauchte eine Weile, um zu begreifen, wo ich war, und noch mal einige

Minuten, um zu hören, was nicht zu hören war: Stille. Die Bora war vorbei.

Ich sprang aus dem Bett, zog mich in Windeseile an und trabte los. Ein Rest der Kühle lag noch in der Luft, ein Echo aus den Bergen, aber die Hitze lauerte schon in den Felsspalten, die Büsche brüteten sie aus. Ich lief am Friedhof vorbei und dann ganz oben am Grat der Insel entlang, durch die Sohlen meiner Schuhe hindurch spürte ich, wie die Erde leicht zu schwitzen begann, auf meiner Haut bildeten sich erste Schweißperlen, das Meer lag still, fast so glatt wie ein See. Mein Atem war laut, ich versuchte, ihn zu kontrollieren, aber es gelang mir nicht. Ich schnaufte wie ein Walross, weil ich so schnell rannte, aber anstatt mein Tempo ein bisschen herunterzuschrauben, wurde ich immer schneller und schnaufte noch mehr. Eigentlich wollte ich am Leuchtturm eine Pause einlegen, den Blick nach allen Seiten genießen, aber ich konnte mich unmöglich stoppen. Der Leuchtturmwärter rief mir ein überraschtes *Bok* hinterher, ich hatte ihn nicht mal gesehen.

Über die ganze Insel zu laufen dauert nicht lange, zum ersten Mal störte mich das. Als ich aus dem Hohlweg, der vom Leuchtturm bergab führt, ins Dorf einbog, war ich frustriert. Es kam mir blöd vor, so durchs Dorf zu preschen, also bremste ich mich mit Gewalt, wie ein durchgegangenes Pferd. Immerhin ging ich schnell, trotzig, eine Kriegerin, der man den Kampf verweigert hatte, ich wischte mir mit dem Unterarm den Schweiß von der Stirn und horchte auf die Geräusche aus dem Hafen. Das Morgenboot musste schon weg sein, ob er schon wieder ...? Ein Kurzbesuch bei seiner alten Mutter, vielleicht war sie ...? Aber da stand er, bei Nikola und seinen Fischen, genau wie ich gestern. Er plauderte, die Hände in den Hüften, warf den Kopf zurück, lachte, ich verfiel ins Schlendern. Nikola sah mich und rief nach mir, was ich zum Teil gewollt hatte, mir jetzt aber peinlich war.

Djevojka, rief er, kroatisch für Mädchen, so nennt er mich, obwohl ich bald vierzig werde, da kann man nichts machen. Ich hätte einfach winken und weitergehen können, aber natürlich ging ich hin, begrüßte Nikola, als hätte ich ihn seit einem Jahr nicht mehr gesehen, tat so, also stünde ich mit ihm allein dort, was schon beinahe an Unhöflichkeit grenzte.

Heut groß Brassen, sagte Nikola. Schau, megabig!

Nikola benutzte manchmal solche Wörter, die er von den amerikanischen Enkelkindern seines Bruders aufschnappte und aus seinem Mund total komisch klangen, wie Wörter aus einer aussterbenden Sprache, die nur noch von einem winzigen Volk in Südsibirien gesprochen wurde, besonders in Kombination mit seinem gebrochenen Deutsch. Zur Illustration griff er in einen der Kübel und förderte einen nahezu beunruhigend großen Fisch zutage, hielt ihn am Schwanz hoch und ließ ihn recht knapp vor meinem Gesicht hin- und herbaumeln.

Aber heute brauche ich keine großen Brassen, sagte ich. Keine großen Männer.

Stimmt, sagte der Mann neben mir, den ich so innig zu ignorieren versucht hatte. Ich bin nicht besonders groß.

Ich muss ihn angesehen haben wie ein Schaf, denn er begann augenblicklich zu lachen, nicht wohlwollend oder jovial oder charmant, sondern einfach wie jemand, der sich nicht beherrschen kann, weil er gerade etwas zu Komisches gesehen hat, laut und gackernd. Nikola fiel ein, und ehe ich mir ein neues Gesicht anziehen konnte, ein halbwegs würdiges vielleicht, gackerte auch ich los, als hätte dieser Typ einen unglaublich guten Witz gemacht, was mich maßlos ärgerte. Ich kam mir vor wie so ein Lachsack, der genau zehn Sekunden lustig ist und dann nur noch nervt, während dieser Hanswurst oder Hans im Glück sich königlich amüsierte, seine wirren Haare hüpften um sein Gesicht, in das ich hineinlachte wie eine Verrückte, während ich es das erste Mal wirklich sah, ein längliches, braunes, kantiges Gesicht, das mit mir sprach. Gleich verrat ich dir was, sagte der Mund, während er lachte, da gehts lang, sagte die Nase, ich bins, sagten die Augen, ich kenne dich, ich weiß, was du denkst, und endlich hörte ich auf zu lachen, er wechselte ein paar Worte mit Nikola auf Kroatisch, ich verstand sie nicht. Nikola packte ihm die Tschernobylbrasse in Zeitungspapier und steckte sie in einen dieser dünnen Plastiksäcke, die in meiner Küche bereits einen halben Schrank einnehmen, weil ich es nicht über mich bringe, sie wegzuwerfen. Auf der Insel gibt es keine Mülltrennung.

Ciao ragazza, sagte der Mann, als wäre er mein bescheuerter italienischer Urlaubsflirt, schnippte mit den Fingern in meine Richtung und machte sich mitsamt seinem verseuchten Riesenfisch einfach aus dem Staub.

Ein paar Monate bevor ich in diesem Sommer auf die Insel gekommen war, hatte ich eine langjährige Beziehung beendet. Wir hatten viele Vorlieben und Interessen miteinander geteilt, aber völlig verschiedene Auffassungen vom Leben gehabt. Als ich aus meinem Freudentaumel darüber erwacht war, dass es einen Mann gab, der im Bett Leonard Cohen zitierte und genauso gern scharfes asiatisches Essen vom Vortag zum Frühstück aß wie ich, dachte ich zuerst, das sei nicht so schlimm. Ich brauchte Jahre, um herauszufinden, dass es doch schlimm war, und noch zwei, um mich damit abzufinden und die Konsequenzen zu ziehen. Seither war ich ziemlich froh, dass niemand mehr meine Launen kommentierte, dass ich hemmungslos optimistisch sein konnte, ohne der Naivität bezichtigt zu werden, oder auch ordentlich schwarzsehen, wenn mir danach war, ohne gleich eine Depression diagnostiziert zu bekommen, und das nicht mal aus echter Besorgnis, sondern aus einem verzweifelten Bedürfnis nach Überlegenheit, aber eigentlich spielt das keine Rolle, denn hier geht es nicht um meine Beziehung zu S. Was ich sagen will, ist: Ich war in diesem Sommer nach allem Möglichen auf der Suche – nach meinem Rückgrat zum Beispiel oder meiner brachliegenden Inspiration –, nicht aber nach einem Mann.

Als der Mann mit dem sprechenden Gesicht am selben Abend vor meiner Tür stand, war deshalb mein erster Impuls, sie ihm vor der geschwätzigen Nase zuzuschlagen, denn ich roch Unheil. Unheil, angerichtet durch die Geschwätzigkeit von Nasen und Augen und Mündern und womöglich noch ganz anderen Körperteilen, Geschwätzigkeit der Körper allgemein, unbotmäßige Ausschüttung von Worten und Säften, die ganze Unordnung eben, und diese galt es zu verhindern. Doch er war schneller.

Hast du eine Pfanne?, fragte er, und schon baumelte die unselige Goldbrasse wieder vor meinem Gesicht herum. Zu zweit schaffen wir sie locker, fügte er hinzu und ließte mich am Fisch vorbei an. Du liebst es doch, dir einen Fisch zu teilen, plapperten seine Augen, oder ein Stück Fleisch, zwei Gabeln, die auf einem einzigen Teller herumstochern, sich in die Quere kommen ... ich drehte mich um, ging zu dem Schrank, in dem ich mein Kochgeschirr aufbewahre, holte die große, rechteckige Pfanne heraus und hielt sie ihm wortlos hin.

Er begann zu grinsen.

Nein, danke, sagte ich.

Er grinste noch breiter.

Ich habe keinen Hunger, log ich.

Er nahm die Pfanne, betrachtete sie prüfend, drehte sie um und sah sich die Unterseite an, als wäre ich die Verkäuferin in einem Haushaltswarengeschäft und wollte sie ihm zu einem unverschämten Preis andrehen.

Na gut, sagte er. Wie du willst.

Er gab mir die Pfanne zurück und ging einfach mit dem nackten Fisch in der bloßen Hand davon. Nach ein paar Schritten drehte er sich noch einmal kurz um.

Die Katzen werden sich freuen, sagte er.

Es ist nicht schwer, jemandes Wohnort auf der Insel ausfindig zu machen. Jeder kennt jeden, oder jeder kennt zumindest jemanden, der jeden kennt, zum Beispiel Tereza. Tereza, der gute Geist der Insel, obwohl sie eigentlich vom Festland stammt, aus reicher Familie, wie ich einmal gehört habe. Sie bewohnt ein Haus direkt am Kirchplatz, in dessen Erdgeschoss sie eine kleine Galerie eingerichtet hat, sie selbst macht Schmuck aus alten Perlen. Sie bereitet mit den Klosterschwestern die Prozessionen zu den Feiertagen vor, vermittelt den Sommergästen Quartiere, macht sie mit den Einheimischen bekannt, organisiert Beach-Partys, erklärt den Österreichern, die auf der Insel Häuser gekauft haben, wo sie die besten Baumaterialien für die Instandsetzung herbekommen. Sie spricht fünf Sprachen und hat immer eine riesige Flasche Kräuterschnaps vorrätig, den

sie nach einem Rezept ihrer Großmutter aus einundacht-
zig verschiedenen Kräutern ansetzt und der bei Zahn-
schmerzen, schlechter Wundheilung, Magenverstimmung,
Halsentzündung, Drüsenfieber, Gicht und noch ungefähr
hundert anderen Krankheiten hilft, was gut ist, da es auf
der Insel keinen Arzt gibt. Im Oktober, wenn es still wird
hier und die Katzen sich in den Häusern verkriechen vor
der Bora, die durch die engen Gassen fegt und die Olean-
derblüten durch die Luft wirbelt, verschwindet Tereza.
Den ganzen Winter treibt sie sich weiß Gott wo auf der
Welt herum und ist unerreichbar, niemand weiß, wo sie ist.
Aber pünktlich zu Fronleichnam ist sie wieder da.

Tereza besitzt noch ein zweites Haus auf der Insel, ein kleines Steinhäuschen mit einer Wohnküche im Erdgeschoss,
einem Schlafzimmer unter dem Dach und einem idyl-
lischen Innenhof. Das ist das Haus, in dem ich wohne,
wenn ich hier bin. Da ich immer lange bleibe, vermietet
Tereza es mir zu einem besonders günstigen Preis, ich liebe
den Steinboden und die offene Kochstelle, den Feigenbaum im Hof, das Höhlenartige des niedrigen Schlaf-
raums unter den schrägen Wänden und das Geräusch des
Wassers, das bei Regen in die Zisterne läuft, direkt unter
der Küche. Früher hat Tereza selbst in diesem Haus gewohnt und es mit viel Liebe zum Detail eingerichtet. Mein
Lieblingsobjekt ist eine Holzpuppe, die am Beginn des
Stiegenaufgangs an der weiß gekalkten Wand hängt, es
ist ein grimmig dreinschauender Mann in einer Art Kleid,
mit einem schwarzen Schnurrbart und einer Russen-
mütze auf dem Kopf. Zwischen seinen nackten Beinen be-
findet sich eine Schnur, und wenn man an ihr zieht, heben
sich Arme und Beine wie bei einem Hampelmann. Sonst
allerdings hat die Puppe überhaupt nichts Hampelmann-

artiges an sich, der Kerl ist durch und durch finster, hart und herrisch, und dann zieht man an dieser Verlängerung seines nicht sichtbaren Geschlechts, und auf einmal wirkt er völlig lächerlich, hilflos in seiner erzwungenen, hölzernen Bewegung, ich muss jedes Mal lachen.

An dem Abend, an dem ich Fisch und Mann verweigert hatte, konnte mich jedoch nicht einmal der russische Hampeloffizier aufheitern. Plötzlich fand ich das leise Klappern des Mechanismus und seinen gleichbleibend starren Gesichtsausdruck deprimierend, und diese Tatsache deprimierte mich gleich noch einmal. Ich öffnete aus Ratlosigkeit eine Flasche Wein (ein schlechter Grund!), setzte mich mit meinem Laptop in den Hof und schrieb:

Du bist ein Hornochse.

Was sind Hornochsen eigentlich? Ich habe keine Ahnung. Sicher habe ich das Wort schon einmal in einer Geschichte benutzt, und ich weiß nicht einmal, was für ein Tier das ist. Es muss ja ein spezieller Ochse sein, sonst hieße er doch einfach Ochse. Ochsen sind jedenfalls männlich, also kann ich streng genommen keiner sein, auch wenn ich mich so fühle.
Eigentlich bin ich eine Kuh. Eine blöde Kuh.
Was eine Kuh ist, weiß ich.
Ich weiß auch, dass Kühe eigentlich nicht blöd sind.
Weil ich die ausgelutschte Wendung von der blöden Kuh einmal in einer Geschichte verwendet und dabei festgestellt habe, dass ich abseits von Almgeläut und Milchpackerl keine Ahnung von Kühen habe, also biologisch-naturwissenschaftlich, habe ich ihre Intelligenz gegoogelt.

Seither weiß ich, dass Kühe gescheite, neugierige Tiere sind, die gerne Probleme lösen und sich mit ihrer Umgebung austauschen, dass sie imstande sind, voneinander zu lernen, und über ein Langzeitgedächtnis verfügen – ganz im Gegensatz zu mir, die ich offenbar vergessen habe, was Neugier ist.

Was ich unter anderem an der Insel liebe, ist, dass ich hier keinen Internetanschluss habe. Ich kann also in einer solchen Situation nicht googeln, was ein Hornochse ist. Der Nachteil ist, ich bin meiner Blödheit ohne jede Ablenkung ausgeliefert, und das ertrage ich in der Regel nicht lange. Also flüchtete ich an jenem Abend irgendwann kopfüber aus dem Haus. Meine Nachbarn, eine kroatische Familie, deren Mitglieder jeden Tag mehr zu werden schienen, saßen wie jeden Abend vor ihrem Haus und sangen Lieder aus einem unerschöpflichen Repertoire zur Begleitung eines Akkordeons, gespielt von einem zahnlosen Alten, der den lieben langen Tag unten im Emigrant's Pub saß, weshalb es mich erstaunte, dass er danach noch fähig war, bis nachts um drei sein Instrument zu quälen. Er winkte mich jedes Mal zu sich, wenn ich vorbeikam, und wollte mich dazu überreden, mit ihnen zu trinken und zu singen. Wenn ich keine Lust dazu hatte, gab ich vor, es nicht zu bemerken, indem ich demonstrativ den Himmel betrachtete oder einfach in die andere Richtung schaute, so wie man es bei diesen Typen auf Einkaufsstraßen tut, die einem eine Mitgliedschaft bei Greenpeace oder dem Tierschutzverein andrehen wollen.

An jenem Abend war das allerdings nicht nötig, denn ich rannte aus dem Haus, als würde es brennen. Es war schon dunkel, und ich musste aufpassen, dass ich nicht stolperte, die Lampen im Oberdorf waren eher zufällig über den Ort verteilt und warfen ihr orangefarbenes Licht stimmungsvoll, aber zum Teil nur spärlich oder gar nicht in die engen Gässchen, was normalerweise egal war, weil keiner hier rannte, außer den Kindern, für die der Boden unter ihren Füßen noch Teil ihres Körpers war.

Ich eilte über den Kirchplatz, nahm auf der Treppe zu Terezas Haustür, die über dem Laden lag, immer zwei Stufen auf einmal, hämmerte wie verrückt dagegen. Niemand antwortete. Ich drückte die Klinke nieder, die Tür war unverschlossen. Ich öffnete sie vorsichtig und steckte meinen Kopf durch den Spalt. Die Küche war leer bis auf das Chaos aus Pfannen, Töpfen, Tellern, das auf ein ausgiebiges Abendessen hinwies, es roch nach Fisch. Ich hörte Stimmen von oben, wahrscheinlich saßen sie an diesem schönen, windstillen Abend auf der Terrasse. Ich ging bis zum Fuß der Treppe, die ins obere Stockwerk führte, rief: Tereza? Sie erschien am oberen Treppenabsatz, sagte überrascht: Hey, Mara, was ist los? Entschuldige, sagte ich, stör ich? Nein, gar nicht, Tereza machte eine einladende Geste, komm doch rauf, wir haben Besuch.

Und da saß er, satt und zufrieden wie eine Katze, die soeben ihre Beute verspeist hat, und grinste mich an. Ich hätte gerne mit dem Oleander in dem Terrakottatopf getauscht, der neben mir stand.

Wein?, fragte Tereza. Ich hoffe, du hast keinen Hunger, denn wir haben alles restlos aufgegessen.

Sie hat keinen Hunger, sagte er.

Tereza hielt inne im Einschenken, schaute verwirrt zwischen uns hin und her. Ihr kennt euch?

Ja, also nein, sagte ich wie eine Idiotin, Tereza schüttelte den Kopf, und endlich rettete er mich.

Er stand auf und streckte mir die Hand hin: Andrej, sagte er, ich nahm sie und sagte: Mara, wie ein normaler Mensch, Tereza fragte: Muss ich das jetzt verstehen, und Andrej sagte freundlich: Nein.

Gut, denn es gibt schon genug auf der Welt, das ich nicht verstehe und womit ich mein armes Hirn, wie heißt es? Sie runzelte die Stirn ... mučiti, tormento, torturo ...

Martern, übersetzte Andrej, womit du dein Hirn marterst.

Pedro lachte. Jaaaaa, das tut sie gerne.

Na, so gerne auch wieder nicht, verteidigte sich Tereza. Ich kann schließlich nichts dafür, dass Gott die Welt so kompliziert gemacht hat. Prost.

Wir hoben die Gläser und tranken.

Ich entspannte mich. Ein Freund von Tereza und Pedro also, das beruhigte mich ein wenig, ich weiß nicht, warum. Er hatte einen Namen – Andrej. Was seine Herkunft anging, ließ das viele Möglichkeiten offen, er konnte natürlich einfach Kroate sein oder Bosnier, allerdings auch Russe oder Rumäne, aber warum sprach er so gut Deutsch? Er hatte einen Akzent, aber einen, den ich nicht identifizieren konnte, obwohl ich mir einbildete, ihn schon einmal gehört zu haben.

Der Mond, gerade nicht mehr voll, erleuchtete den Himmel und die Bucht, die Konturen der Nachbarinsel waren deutlich zu erkennen. Das Gespräch floss dahin, ohne dass ich mich daran beteiligte. Ich trank meinen Wein, beobachtete ihn durch mein Glas hindurch. Er gestikulierte viel, seine Bewegungen waren groß, raumgreifend, man hatte das Gefühl, ihm stünde mehr Platz zur Verfügung als anderen Menschen, selbst in einer Gefängniszelle. Ich hatte Schwierigkeiten, ihm zuzuhören, seine Stimme wirkte mehr wie eine Begleitung seiner Gesten, die Musik zu einem Tanz. Seine Mimik war intensiv, aber im Zentrum standen seine Augen. Ich konnte mir nicht vorstellen, dass er jemals schlief.

Jemand fragte mich etwas. Ich brauchte einen Moment, um zu lokalisieren, aus welcher Richtung die Frage kam, so sehr war ich in diese Augen gekrochen.

Es war Pedro, der mich erwartungsvoll ansah. Entschuldige, was hast du gesagt? Woran du schreibst, wiederholte Pedro, wir wollten wissen, woran du gerade schreibst.

Sie redeten über mich, und ich bekam es nicht mit. Das war, was Andrej mit mir machte.

Die Wahrheit war, ich schrieb gar nicht. Also, grundsätzlich schon, ich lebte davon. Schriftstellerin nennt man das, Geschichtenerzählerin wäre mir lieber, denn das ist es, was ich tue: Ich erzähle Geschichten. Damals allerdings erzählte ich gar nichts. Ich hätte mir buchstäblich etwas aus den Fingern saugen müssen, für Pedro und Tereza und den armen Andrej, den man gerade darüber aufgeklärt hatte, dass die Frau, die da mit am Tisch saß, keinen Hunger hatte, ihn jedoch anstarrte, als hätte sie welchen, und nicht redete, Schriftstellerin war, und der verständlicherweise erwartete, jetzt eine Geschichte erzählt zu bekommen.

Aber in meinem Kopf waren keine Geschichten. Zum ersten Mal, seit ich mit sechzehn die Geschichte dieses Typen zu Papier gebracht hatte, der nach einem Telefonat, bei dem seine Freundin mit ihm Schluss macht, eine Woche in der Telefonzelle verbringt und schließlich vom Telefonautomaten verschlungen wird, fiel mir nichts mehr ein. Mir fiel nichts auf. Ich machte mir keine Notizen, recherchierte nichts, mich beschäftigte nichts. In mir war eine Art Wortwüste, hin und wieder setzte ich mich hin, starrte den leeren Bildschirm an, warf ein paar Sätze auf den weißen Hintergrund, aber sie hielten nicht. Sie rutschten ab, als hätten sie nicht die richtige Konsistenz, wie Spaghetti, die man nicht lange genug gekocht hat.

An sich war das kein großes Problem. Da sich meine letzten beiden Bücher gut verkauft hatten und ich außerdem Kolumnen und Plattenrezensionen für Musikzeitschriften schrieb, würde ich nicht so schnell verhungern. Zur Langeweile habe ich keine Begabung, und der vernünftige Teil von mir nahm an, dass dieser Zustand der Leere vielleicht normal und notwendig war, so wie ein Akku leer wurde und wieder aufgeladen werden musste, und dass er einfach vorübergehen würde.

Doch ein anderer Teil von mir schämte sich. Mein Verstand konnte sagen, was er wollte, irgendwo in mir saß ein überaus ordentliches kleines Mädchen in Faltenrock und blütenweißer Bluse mit sorgfältig geflochtenen Zöpfen und strengem Blick, das überzeugt davon war, dass ich, wenn ich nicht schrieb, unnütz war. Meine Existenz verwandelte sich in etwas, das ich nicht verdiente, als hätte ich eine Bank ausgeraubt und mir von dem Geld mein Leben gekauft. Insgeheim rechnete ich täglich damit, dass zwei seriöse Herren im grauen Anzug vor meiner Tür stehen und es mir wieder abnehmen würden. Guten Tag, wir kommen vom Amt zur Prüfung der Daseinsberechtigung, könnten Sie uns Ihre bitte vorweisen? Ich würde eilen und meinen letzten Roman holen, von dem ich für solche Fälle immer mindestens ein Exemplar im Hause habe, sie würden ihn sich ansehen und sagen: Es tut uns leid, diese hier ist abgelaufen, und dann würde einer von ihnen so eine schallgedämpfte Pistole zücken, und das wärs. Ich träumte schlecht. Und ich log. Wenn mich jemand fragte, sagte ich: Die Geschichte ist erst im Anfangsstadium, da möchte ich noch nicht darüber reden, oder, mit kokettem Lächeln: Sei nicht so neugierig, lass dich überraschen, oder, besonders dreist: Ach, ich habe da mehrere Ideen, aber ich kann mich einfach nicht entscheiden, welche ich weiterverfolgen soll. Es war erbärmlich.

Pedro sah mich immer noch erwartungsvoll an, und auch die beiden anderen warteten geduldig auf eine Antwort, als würde ich gleich das Evangelium verkünden. Ich sah von einem zum anderen, und dann blieb ich wieder an Andrejs Augen hängen. Erzähl mir was, sagten sie, ich will es wissen, es interessiert mich brennend, komm, sag schon, und plötzlich sagte ich:
Nichts, ich schreibe gar nichts. Ich mache Urlaub.
Urlaub wovon?, fragte Andrej wie aus der Pistole geschossen.
Na, vom Schreiben, sagte ich kampflustig, glaubst du nicht, Schriftstellerinnen verdienen auch mal eine Pause? Es klang, als wäre ich von der Gewerkschaft und müsste ausbeuterische Leser missionieren. Das kleine Mädchen in mir übergab sich.
Urlaub, ja? Tereza zog die Augenbrauen hoch. Du meinst, ein ganzer Sommer ohne Schreiben? Das bringst du nicht fertig. Niemals.
Andrej sah mich unverwandt an.
Wir werden sehen, sagte ich.

Am nächsten Tag traf ich Tereza morgens beim Brotholen. Man muss zeitig aufstehen, wenn man Brot essen will auf der Insel. Es gibt ein begrenztes Kontingent, und im Sommer ist die Anzahl der Brotesser schwer kalkulierbar. Spätestens um elf ist Sense – danach muss man die trockenen Reste vom Vortag in eine Pfanne mit viel Butter schmeißen. Wir waren noch ziemlich lang gesessen, hatten über Dinge philosophiert, von denen ich schon nichts mehr wusste, als ich nach Hause wankte, schwer vom Wein, wirr von diesen Augen und wo sie hinschauten, ein Ort, an dem ich noch nie gewesen war. Im Einschlafen war mir, als sähe ich ihn, vage, wie durch dichten Nebel, eine Vorstellung, die auf der sommerlichen Insel absurd schien. Am Morgen war ich todmüde, aber ich hatte schon abends nichts gegessen, und mein knurrender Magen trieb mich aus dem Haus und die Stiegen hinunter ins Unterdorf. Im Supermarkt die übliche Brotschlange, und direkt vor mir Tereza, mit Schlaffrisur und ebenso müde wie ich, wir glotzten uns einige Sekunden lang an, bevor wir einander erkannten.

Jutro, sagte Tereza, hätte nicht gedacht, dass du es heute schaffst.

Ich grinste. Na, du bist auch nicht das blühende Leben.

Tereza verdrehte die Augen. Was für ein Sitzenbleiber, dieser Andrej, sagt man so?

Hockenbleiber, sagte ich. Woher kennst du ihn eigentlich?

Ich kenne ihn gar nicht. Ein Gesicht, das im Sommer immer wieder mal hier auftaucht und wieder verschwindet, wie so viele. Ich glaube, Nikola kennt ihn, vielleicht ein entfernter Verwandter, ist ja eine riesige Sippe, die Familie von Nikola. Und dann stand er gestern mit diesem Fisch vor der Tür. Er hatte ihn einfach so in der Hand, weißt du, uneingepackt. Sie lachte. Es sah komisch aus, als würde er mit ihm von Tür zu Tür gehen. Fisch gefällig? Wahrscheinlich ist er vorher bei dir gewesen, und du hast ihn weggeschickt.

Genau, sagte ich.

Tereza sah mich an, als hätte ich ihr gerade erzählt, ich bekäme ein Kind vom Papst.

War das ein Witz?

Ich schnitt eine Grimasse.

2

Es wurde heißer. Die Luft stand still zwischen den Steinhäusern, die Insel buk sich auf. Alles verlangsamte sich, als müsste man sich gegen den Widerstand der Luft bewegen, der stündlich größer wurde, die alten Männer saßen bewegungslos unter ihren Hüten. Ich lag in der Hängematte und las, stopfte mir die Wörter ins Hirn, so wie man einem lästigen Kind Süßigkeiten in den Mund stopft, damit es ruhig ist. In der Stille der Siesta glaubte ich manchmal, einen sehr hohen, singenden Ton zu hören, eine merkwürdige Frequenz, von der ich nicht sagen konnte, ob sie von außen kam oder aus meinem Inneren, ob vielleicht mein Gehirn sie produzierte, eine Übersteuerung meiner Gedankenströme.

Ich verschlief den halben Nachmittag. Als ich gegen fünf aufwachte, war ich schweißgebadet und ärgerlich, unzufrieden, als hätte ich irgendwas Wichtiges versäumt. Ich packte ein Buch und ein Handtuch ein und machte mich auf den Weg zu den Felsen nördlich des Hafens, wo es um diese Zeit schon Schatten gab. Wenn man weiter ging und ein wenig Kletterei nicht scheute, fand man auch im Hochsommer Plätze, an denen man völlig allein war – kleine Felseinschnitte, in die das Meer hineinlief, als wollte es die Insel fressen, und kleine türkisfarbene Tümpel bildete, in denen sich allerlei Getier tummelte. Dahinter lagerte sich Sand und Kies ab, auf dem man sein Handtuch ausbreiten konnte, solange Ebbe war. Ich liebe diese Plätze, weil ich dort die Illusion habe, ein Teil der Insel zu sein, so wie Trstika, das meterhohe, bambusartige Schilf, das hier überall wächst und ganze Wälder bildet, oder die Krabben oder diese seltsamen, kugelrunden Lebewesen, die sich unter Wasser an den Felsen festsaugen und aussehen wie dunkelrote, weichfleischige Früchte. Von Zeit zu Zeit kommt mir meine ansonsten ausgeprägte kommunikative Ader völlig abhanden, dann gehe ich dorthin und rede mit den Felsen. Sie antworten mir nicht, das finde ich gut.

An jenem Nachmittag allerdings hatte ich ihnen nichts zu sagen. Ich schwamm ein bisschen, um mich abzukühlen, ohne große Begeisterung, dann saß ich auf meinem Handtuch, die Arme um die Beine geschlungen, schaute aufs Meer, wollte nicht lesen, in meinem Kopf war kein Platz. Ich versuchte, auf der gegenüberliegenden Insel eine Bewegung zu erkennen, was unsinnig war, denn abgesehen davon, dass dort nur zwei Menschen lebten und ein paar Schafe, war die Entfernung zu groß. Ich bohrte gerade meine Zehen in den Kies, als ich eine Gestalt bemerkte, die auf mich zukam. Von der falschen Seite der Insel, also nicht vom Hafen, sondern von noch weiter nordwestlich, wo die Küste sich plötzlich in einem spitzen Winkel nach Westen wendet, Richtung Italien. Auf der Karte ist diese Ecke ein komischer kleiner Knubbel, wie ein Schildkrötenkopf. Es erfordert schon ziemliche Akrobatik, zu Fuß um ihn herumzuklettern, aber genau das tat Andrej. Ich erkannte ihn bereits, als er noch ziemlich weit weg war, an der Art, wie er sich über die Felsen bewegte, als wären sie Verlängerungen seiner Arme und Beine. Ich hatte viel Zeit, ihm dabei zuzusehen, wie in einem Film, plötzlich hatte ich diesen Blick, diese Distanz. Für einige Minuten kam es mir so vor, als könnte ich jederzeit anhalten, vor- und zurückspulen, so lange, bis ich wirklich alles Wichtige gesehen hätte.

Als er nur noch eine Minibucht von mir entfernt war, erkannte er auch mich und winkte, ich winkte zurück. Er blieb stehen und lachte. Was gab es da zu lachen? Ich bin wirklich kein humorloser Mensch, aber diese dauernden Ausbrüche von Heiterkeit angesichts meiner Person machten mich fertig. Er watete um den letzten Felsen herum durchs seichte Wasser und setzte sich neben mich.

Gott, ist das heiß heute, sagte er und zog sein T-Shirt aus. Dabei muss es nach sechs sein. Er sah hinauf zum Himmel.

Woher zum Teufel kommst du?, fragte ich.

Bin um die Insel gegangen. Einmal komplett drum rum.

Warum?, fragte ich.

Braucht man dafür einen Grund?

Wenn es so heiß ist, schon.

Er lachte. Okay, ich gebe zu, darüber hab ich vorher nicht nachgedacht.

Darüber musst du *nachdenken*?

Ja, denn wenn ich gerade Lust habe, etwas zu tun, wird es in meinem Kopf ganz groß, da ist kein Platz mehr für Gedanken wie *es ist zu heiß*.

Aber dafür brauchst du keinen Gedanken. Es reicht der Schweiß in deinen Achselhöhlen.

Wenn ich etwas unbedingt möchte, beachte ich meine Achselhöhlen aber nicht.

Wow. Also bist du einer von diesen Mont-Blanc-Besteigern.

Der Mont Blanc ist ein Spaziergang, sagte Andrej, wenn auch ein langer.

Dann eben der Mount Everest oder der K2, du weißt, was ich meine.

Ich bin kein großer Bergsteiger, sagte Andrej.

Nimm mich nicht so wörtlich.

Soll ich nicht?

Nein.

Okay. Andrej grinste mich an, als hätte ich etwas Anzügliches gesagt. Ich versuchte, mich nicht davon irritieren zu lassen.

Was ich meinte, war, dass es Leute gibt wie dich, die über dem, was sie machen wollen, ihre körperlichen Bedürfnisse und Befindlichkeiten vergessen können. Leute mit einem sehr starken Willen. Und es gibt Leute wie mich. Ich laufe zum Beispiel sehr gerne, aber wenn es zu heiß ist oder zu kalt, laufe ich nicht. Es geht nicht, auch wenn ich wirklich Lust dazu habe. Gestern bin ich noch gelaufen, aber heute Morgen bin ich im Bett gelegen und habe gedacht: Mir ist jetzt schon heiß, und wenn ich laufen gehe, wird mir noch viel heißer, meine Füße werden schwitzen, bis meine Socken durchweicht sind, und wenn ich keine Socken trage, reiben die Schuhe, und ich bekomme Blasen, und während ich laufe, steigt die Sonne, und es wird noch viel, viel heißer, und dann kollabiere ich vielleicht, und der arme Leuchtturmwärter muss mich wiederbeleben oder mich ins Dorf hinuntertragen. Falls ich überhaupt bis zum Leuchtturm komme.

Du denkst zu viel, sagte Andrej.

Ja, vielleicht, sagte ich lahm.

Ich finde, man darf dem Körper nicht so viel Macht zugestehen, fuhr er fort. Er ist wichtig, und man sollte schon auf ihn hören, aber manchmal quengelt er einfach nur so vor sich hin wie ein anstrengendes Kleinkind. Es ist zu heiß, zu kalt, zu nass, zu windig, hier zwickt es und dort sticht es ...

Bei Wind mag ich auch nicht laufen, sagte ich.

Und wenn du ihn im Rücken hast?

Ich bestimme mein Tempo lieber selbst.

Aha, sagte Andrej.

Ich hatte das unangenehme Gefühl, dass meine simplen Aussagen über meine Laufgewohnheiten in dieser Unterhaltung eine falsche Bedeutung bekamen, ein Gewicht, das sie nicht haben sollten.

Wir ließen das Meer eine Weile rauschen, ohne es zu unterbrechen. Die Sonne sank, die Felsen veränderten ihre Farbe. Ein Fischkutter tuckerte langsam an uns vorbei. Ich holte mir mit einem Fingernagel ein bisschen Dreck unter dem großen Zehennagel hervor.

Na gut, sagte Andrej und stand auf. Ich muss dann mal weiter.

Du musst?

Ja, ich habe Hunger. Er legte eine Hand auf seinen Magen. Großen sogar, wenn ich darüber nachdenke. Er lachte kurz auf, griff nach seinem T-Shirt und wedelte damit in meine Richtung. Wir sehen uns.

Ja, sicher.

Ich sah zu, wie er sich über die Felsen entfernte, über kleine Spalten springend, sich immer wieder mit den Händen an Vorsprüngen abstützend, wie ein Vierbeiner. Er kam schnell voran, auch an den schwierigen Stellen, an denen ich langsam war, weil ich mir vor jedem Schritt überlegte, wo ich als Nächstes hinsteigen konnte, ohne die Hände zu Hilfe zu nehmen. Als sei das unter meiner Würde.

Als er hinter dem nächsten Eck verschwunden war, stürzte ich mich ins Wasser und schwamm, bis ich völlig außer Atem war. Auf dem Heimweg versuchte ich, so zu gehen wie Andrej. Es war erstaunlich leicht.

Ich begann zu warten.

Wir sehen uns, hatte er gesagt, aber wir sahen uns nicht. Ich saß stundenlang bei Hasan herum, trank einen Kaffee nach dem anderen, bis ich so aufgeputscht war, dass ich nicht mehr imstande war, mich in einem normalen Tempo fortzubewegen, und schließlich zu Vlado übersiedeln und Bier trinken musste, um wieder runterzukommen.

Was los?, fragte mich Vlado, als ich das dritte Bier bestellte, Problem mit Mann?

Normalerweise ist das der Punkt, an dem ich entweder offensiv werde oder die Sache begrabe – der Punkt, an dem ich zu warten beginne. Ich bin eher pragmatisch in Liebesdingen. Ich muss schreiben, ich habe keine Zeit zu warten.

Aber nun schrieb ich nicht, ich hatte Zeit. Jede Menge Zeit. So viel Zeit ist ungesund. Selbst in Zen-Klöstern, in denen das Nicht-Tun als hohe Disziplin gilt, ist der Tag gut gefüllt mit Arbeit. Die Mönche wissen schon, warum.

Ich schaute dauernd bei Tereza vorbei, in der Hoffnung, ihn da noch einmal zu treffen, lungerte bei ihr herum, sah ihr beim Auffädeln von Perlen zu.

Ist dir langweilig?, fragte Tereza.

Es ist so heiß, sagte ich.

Es ist Sommer, bemerkte Tereza lakonisch.

Ja, aber es ist anders als sonst, kommt dir das nicht auch so vor? Es ist schwül, dunstig.

Ja, das ist wahr. Heut Morgen bin ich um halb sieben aufgewacht, und es war schon drückend. Das ist nicht normal.

Ich mag Terezas Akzent, ich kann ihr stundenlang zuhören. Bei ihr klingt sogar das Wort »normal« gut, wegen des vibrierenden R, das noch mal anders klingt als im Italienischen, und wegen des L, das von ganz hinten aus ihrer Mundhöhle kommt. Am schönsten ist es, wie sie *Lošinj* ausspricht.

Morgen fahre ich nach Lošinj, sagte Tereza, ich muss ein paar Sachen einkaufen. Kommst du mit?

Nichts lieber als das, sagte ich.

Also fuhren wir nach Lošinj, mit dem Halbachtboot. Als ich aufstand, hatte ich das Gefühl, es wäre erst fünf, so schwer fiel es mir, aus dem Bett zu kommen. Aber ich hatte gar nicht zu wenig geschlafen, es war die Luft. Sie war schwer. Sie war gesättigt mit Feuchtigkeit und Hitze und Warten und lastete auf mir wie das Gewicht der Welt. Handkes Wendung fiel mir ein, während ich da im Bett lag wie aufgebahrt und nicht aus ihm herausfand, und ich dachte: Gott, wie pathetisch. Ich meinte nicht Handke, sondern mich selbst. Wenn ich verliebt bin, werde ich pathetisch, das stört mich daran.

Vom Boot aus sah ich am südlichen Horizont Wolken, ein weißes Band, angeklebt ans Blau des Meeres darunter, wie auf einem Kinderbild. Wir standen an der Reling und rauchten.

Hast du diesen Andrej noch mal gesehen?, fragte ich möglichst beiläufig.

Du findest ihn gut, oder?, fragte Tereza sofort. Er gefällt dir, gibs zu.

Ja, sagte ich, keine große Sache.

Schon gut, ich versteh dich. Er sieht gut aus, ist witzig und hat was im Kopf, seltene Kombination. Wenn ich nicht so vernarrt wäre in Pedro ...

Ich will ja nichts von ihm, sagte ich.

Nein? Warum nicht? Mit diesem *budala* bist du doch nicht mehr zusammen, wie hieß er noch?

Ich will überhaupt keinen Mann, sagte ich.

Du willst nicht vögeln, und du willst nicht schreiben, was willst du dann? Den ganzen Sommer aufs Meer starren? Weißt du nicht, dass das gefährlich ist? Du wirst zu viel trinken.

Ich habe nicht gesagt, dass ich nicht vögeln will.

Na also. Tereza schnippte ihre Kippe ins Meer. Du musst ihn ja nicht gleich heiraten.

Darauf sagte ich nichts. Tereza und ich führen nicht oft solche Gespräche. Das liegt an mir, nicht an ihr. Sie ist eine Person, der man gern was erzählt, Geheimnisse sind bei ihr gut aufgehoben, irgendwo zwischen ihren großen, warmen Brüsten, die jede Umarmung zu einem kleinen Trost machen, wofür auch immer. Aber es ist merkwürdig: Immer wenn ich Tereza etwas Persönliches erzähle, habe ich hinterher das Gefühl, dass es gar nicht stimmt, dass alles ganz anders ist, als wäre ich während des Erzählens nicht ganz ich selbst gewesen. Nur um später festzustellen, dass ich zu dem Zeitpunkt nur noch nicht gewusst habe, wie es wirklich ist – nämlich genauso, wie ich es Tereza erzählt habe. Manchmal mag ich das, aber meistens ist es mir suspekt.

Hast du ihn nun gesehen?, fragte ich.

Nein, sagte Tereza bedauernd, tut mir leid. Komisch eigentlich, man läuft ja hier jedem andauernd über den Weg. Vielleicht ist er gar nicht mehr auf der Insel?

Vielleicht. Ich zeigte auf das Wolkenband. Glaubst du, es gibt Regen?

Im Juli? Das wäre wirklich nicht normal, aber wer weiß?

Ich spuckte ins Wasser.

So witzig finde ich ihn gar nicht, sagte ich.

Lošinj ist immer ein kleiner Schock. Die Welt jenseits der Insel existiert noch. Es gibt sie noch, mitsamt ihren Autos und Hotels und schicken Boutiquen und Surfschulen und Jet-Ski-Verleihen und sorgfältig gebräunten Urlaubs-schönheiten und Ray-Bans und Goldkettchen, die Adria im Juli eben. Auf der Insel vergisst man das so leicht.

Im Hafen tranken wir einen Kaffee und aßen ein mit Schokolade gefülltes Hörnchen, ein *kifla* – ich mag das Wort, weil es dem österreichischen *Kipferl* so ähnlich ist. Tereza ist süchtig nach kiflas, und sie schwört, dass es in dieser einen kleinen Bäckerei mit angeschlossenem Café in Lošinj die besten kiflas Kroatiens gibt – mit Ausnahme derer, die ihre Großmutter buk, was sie leider nicht mehr kann, da sie tot ist. Tereza erzählte mir von den süßen Wunderwerken ihrer Großmutter, während sie aß, sie geriet in Verzückung bei dem Gedanken an die Ge-schmacksorgasmen ihrer Kindheit, gestikulierte wild und bekleckerte ihr T-Shirt mit Schokolade. Während sie auf dem Klo war, um den Fleck rauszuwaschen, saß ich mit halbgeschlossenen Augen da und genoss die Sonne. Plötz-lich glaubte ich, gegenüber, beim Eingang zum überdach-ten Wochenmarkt, Andrej zu sehen, aber als ich richtig hinschaute, war er verschwunden. Später, während wir dort einkauften, hielt ich die ganze Zeit nach ihm Ausschau, sah ungefähr zwanzig falsche Andrejs von hinten, ging mir selbst damit auf die Nerven und kaufte viel zu viel ein – ein Reflex, den man automatisch hat, wenn man von der Insel kommt, auf der das Angebot an frischen, leicht verderblichen Lebensmitteln begrenzt ist. Schwer behängt mit unseren vollen Einkaufstaschen und nach Fisch stinkend traten wir aus dem Markt heraus, und die Sonne war weg. Ein gelbliches, unwirkliches Licht lag auf den Häusern, die Geräusche schienen lauter und hallten nach wie in einem großen, leeren Raum. Die Atmosphäre war aufgeladen, nervös und hektisch, alle schauten dauernd hinauf zum Himmel, und es wehte dieser Wind, der so ganz anders ist als die Bora, ihr ewiger Gegenspieler, heiß, feucht, stetig von Süden kommend: der Jugo.

Tereza und ich hatten eigentlich vorgehabt, noch in Lošinj zu Mittag zu essen, doch wenn es ein Unwetter gab, konnte es passieren, dass das Nachmittagsboot ausfiel, dann saßen wir fest bis zum nächsten Morgen.

Egal, sagte Tereza. Wir können notfalls bei Goran übernachten, ich wollte ihn sowieso schon lange besuchen. Ich will jetzt unbedingt Ivanas Meeresfrüchterisotto.

Tereza kannte überall Leute. Restaurants. Bäckereien. Die besten kiflas. Das beste Risotto.

Ivana war eine irrsinnig hübsche Blondine um die dreißig, die ich in einer der schicken, modernen Bars in der zweiten Reihe hinter dem Hafen als zur Einrichtung gehörig empfunden hätte. Hier aber, zwischen den mit dunklem Holz getäfelten Wänden und den spitzenumrandeten Tischtüchern einer altkroatischen Konoba, die schon bessere Tage gesehen hatte, wirkte sie auf mich wie diese

Models, die in österreichischen Tourismuswerbespots im Dirndl für Urlaub im Defereggental werben, wo sie in ihrem wirklichen Leben nicht einmal begraben sein wollten.

Doch Ivana war freiwillig hier und kochte für die echten und falschen Lošinjer alles, was mit Fisch zu tun hatte, und zwar so, dass sie immer wiederkamen und zum Teil lange Wege in Kauf nahmen. Ich konnte sie verstehen. Im schummrigen Licht der spärlichen Beleuchtung aßen wir uns durch Ivanas Fischhimmel, von den kleinen, zarten, süßsauer eingelegten Sardinen angefangen, über einen Auflauf mit Stockfisch, außen knusprig, innen cremig, das besagte Risotto, für das man tatsächlich, ohne zu zögern, einen Mord begehen würde, bis zur Vollendung in Form der gebratenen Seezunge in ihrer köstlich leichten, zitronig-buttrigen Sauce. Wir saßen in dieser dunklen, gemütlichen Höhle, tranken zwei Flaschen Žlahtina, ein blassgelber, nach Akazien duftender Wein, der ausschließlich auf Krk wächst, und vergaßen die Welt. Das Lokal war voll, die Luft erfüllt von Stimmengewirr und Düften und Rauch, unsere Wangen glühten, und erst als jemand hereinkam, der völlig durchnässt war und die Tür kaum wieder zubekam, weil es draußen so stürmte, erinnerten wir uns. Das Nachmittagsboot konnten wir vergessen. Wir bestellten Fritule, süße, perfekt frittierte Kugeln aus einem Teig, für den es so viele Rezepte wie kroatische Haushalte gibt, dazu Kaffee aus der Triestiner Hausbrandtrösterei. Das Lokal begann sich zu leeren, jedes Mal, wenn die Tür geöffnet wurde, sauste die feuchte Luft zwischen die Tisch- und Stuhl- und Menschenbeine, begleitet von Donnergrollen. Ich war satt und betrunken und fragte mich gerade, ob ein Mann, dessen Nase mit mir sprach und der mit einem nackten Fisch in der Hand an meiner Tür auftauchte, möglicherweise eine Ausgeburt meiner in Ermangelung ihres gewohnten Ventils auf Abwege geratenen Fantasie sein konnte und ob es vielleicht doch stimmte, was manche meiner Freunde behaupteten, nämlich dass man ab einem gewissen Alter einfach seltsam wurde, wenn man zu lange allein war, als die letzte größere Gruppe an dem großen Tisch im hinteren Teil des Raumes sich aufzulösen begann. Es war eine eigenartige Mischung an Menschen, die sich da laut und umständlich erhob, die Sessel herumrückend, jeder von jedem sich verabschiedend mit großer Umarmung: zwei alte Männer mit kunstvoll zerfurchten Gesichtern und drei junge, zu glatte, zu gut angezogene. Zwei Mädchen mit glänzenden Zöpfen, höchstens zwölf oder dreizehn, und einige reifere, ehrfurchtgebietende Frauen mit großen Köpfen, vielleicht waren es auch nur die ausufernden Frisuren, die die Köpfe so groß erscheinen ließen, warum nur dachte man bei Familienzusammenkünften im Süden immer gleich an die Mafia? Und dann, als eine der Ladys stehend ihre letzte Zigarette fertig geraucht hatte und, in Richtung Tür wogend, den Blick auf die hinterste Ecke freigab, erkannte ich im schlierigen Licht Andrej, der sich jetzt eine Zigarette anzündete, den neuen Rauch in den alten blies und laut sagte: Ivana, Travarica, za sve. Für alle, das hieß in dem Fall: er, Tereza und ich.

Er kam herüber und setzte sich zu uns an den Tisch, Ivana brachte den Schnaps und zog sich ebenfalls einen Sessel heran.
Was machst du hier, fragte ich, bevor irgendjemand etwas sagen, bevor ich mich selbst daran hindern konnte.

Andrej nahm einen Zug von seiner Zigarette und sah mich belustigt, jedoch ohne jede Spur von Arroganz, an.

Das Gleiche wie ihr, sagte er. Ich versuche, Ivanas wunderbares Essen auf angenehme Art zu verdauen. Er hob sein Glas. Živjeli!

Živjeli, sagten auch Ivana und Tereza, ich nahm mein Glas und kippte es in einem Zug. Andrej, der noch nicht getrunken hatte, stellte sein Glas wieder ab und machte eine anerkennende Kopfbewegung.

Alle Achtung, sagte er zu mir, dann etwas auf Kroatisch zu Ivana und – welch Überraschung – begann zu lachen, Ivana stimmte mit ein.

Vorsicht, warnte Tereza, Ivanas Schnaps ist berühmt, nein, warte ... da gibt es ein besseres Wort ...

Berüchtigt?, fragte ich.

Genau, berüchtigt. Komisches Wort.

Kommt aus dem Mittelalter, sagte ich und kam mir sofort vor wie mein Vater, der jedem andauernd sein akademisches Wissen aufdrängt, ganz egal ob es die Leute interessiert oder nicht. Berüchtigen hieß, einen anderen in Verruf bringen.

Na, das kann man von Ivanas Schnaps nicht behaupten – dass er sie in Verruf bringt, oder vielleicht doch? Tereza lachte und begann, sich mit Ivana auf Kroatisch zu unterhalten. Andrej sah mich unentwegt an, ich versuchte, woandershin zu schauen, schaffte es aber nicht. Andrej beugte sich vor, berührte mich kurz am Arm.

Entspann dich, sagte er, so schlimm ist er nicht – er sah mir in die Augen, als suchte er da drin nach etwas Bestimmtem –, der Schnaps, fügte er nach einer kurzen Pause hinzu. Er lehnte sich wieder zurück. Außerdem kommen wir heute ohnehin nicht mehr nach Hause, keine Chance.

Also, lass uns das Beste draus machen. Er prostete mir noch einmal zu und trank.

Was meinst du mit *nach Hause*?, fragte ich.

Andrej deutete ein kleines Lachen an und zuckte mit den Achseln. Dann sah er weg, Richtung Tür, drehte sein Glas in der Hand.

Falls du die Insel meinst, sagte ich, keiner von uns ist dort zu Hause.

Sein Blick kehrte langsam zu mir zurück. Bist du dir sicher?, fragte er.

Na ja, du lebst nicht da, soviel ich weiß. Oder hast du mal da gelebt, früher?

Andrej schüttelte den Kopf.

Bist du vielleicht da geboren?, fragte ich weiter.

Andrej schüttelte den Kopf.

Wo kommst du her?

Andrej rieb sich das Kinn, eine verlegene Geste, die mich erstaunte.

Suffragette City.

Haha. Witzig.

Nicht besonders, gab er zu.

Na dann, sagte ich, raus damit. Geburtsort?

Langsam begann ich mich zu fühlen wie ein Polizist bei einer Amtshandlung – idiotisch, aber ein bisschen wichtig.

Hoboken, sagte Andrej.

Ho-was? Where the fuck is that?

Ho-fuckin'-boken, New Jersey. Andrej zuckte mit den Achseln. Von Manhattan aus nimmst du den Lincoln Tunnel oder den Holland, rauschst unter dem Hudson River durch und bist dort.

Du bist *Amerikaner*?

Andrej wiegte den Kopf.

Gott, sagte ich, sei nicht so entsetzlich geheimnistuerisch, eine Staatsbürgerschaft ist doch keine Intimsache.

Die amerikanische schon, konterte Andrej.

Wir lachten beide mehr, als der Witz hergab. Es war befreiend, verringerte die Spannung ein wenig. Andrej setzte sich neu zurecht, verschränkte die Hände, als würde er gleich ein Bekenntnis in einer Talkshow machen.

Meine Eltern stammen von der Insel, beide.

Ach, sagte ich. Dann gehören sie also zu den Auswanderern, die jeden Sommer hierher zurückkommen?

Andrej nickte. Mein Vater nicht mehr, er ist inzwischen sehr schlecht zu Fuß, und seine Bandscheiben sind quasi nicht mehr vorhanden. Meine Mutter lässt ihn nicht gern allein, aber alle zwei Jahre überredet sie mein älterer Bruder, Papa für ein paar Wochen einer Cousine anzuvertrauen. Ivan ist noch hier geboren und würde sich eher erschießen lassen, als seinen Urlaub woanders zu verbringen. Andrej schüttelte den Kopf.

Unverständlich?

Ich weiß nicht. Seltsam ist es schon – viele Erinnerungen kann er nicht haben. Er war erst vier, als meine Eltern weggingen.

Wann war das?

Neunzehnhunderteinundsechzig.

Hm.

Ich kramte in meinen rudimentären Kenntnissen der Geschichte Jugoslawiens herum, aber bis 1991 war dieses Land für mich ein unscharfes, flimmerndes Fernsehbild von Tito in Uniform, mit der Hand an der Schirmmütze, und ein paar abgegriffene Schwarzweißfotos, auf denen ich als Fünfjährige vor einem Plattenbauhotel in die Kodak-Instamatic-Kamera grinse. Dann fiel das Land, das wahrscheinlich nie eins war, auseinander, Nachrichten von mit großer Brutalität geführten Kämpfen und unfassbaren Gräueltaten schwappten gemeinsam mit Flüchtlingsströmen über die Grenzen, und ich war sicher nicht die Einzige, die kaum verstand, wie genau es dazu gekommen war oder worum es wirklich ging. So viel aber war mir klar: 1961 war Jugoslawien ein realsozialistischer Staat, und Tito saß bombenfest im Sattel.

Und du, was ist mit dir?

Andrej riss mich aus meinen halbgebildeten geschichtlichen Betrachtungen.

Du meinst, wo ich herkomme? Hört man das nicht?

Andrejs Akzent war bundesdeutsch, mit genau jener Färbung, die man auch bei den Kindern der GIs hören kann, wie mir jetzt bewusst wurde. Dagegen hob sich mein Breitmaulfroschdeutsch ohne jeglichen harten Konsonanten ab wie Marillenknödel von einem Bismarckhering.

Ich wollte keine voreiligen Schlüsse ziehen, sagte Andrej.

Er legte den Kopf schief. Also Wien?

Eh gloa.

Andrej lachte. Ich mags, sagte er, freu mich immer, wenn ich irgendwo Wienerisch höre. Es hat so was Lässiges, was ... er suchte nach dem richtigen Wort, fand es in den Rauchschlieren unter der Deckenlampe ... was Nachsichtiges. Auf Wienerisch klingt nichts so ernst, dass man das Gefühl hat, sich Sorgen machen zu müssen.

Tja, wir machen uns eben nicht gerne Sorgen, sagte ich, auch wenn uns das Wasser bis zum Hals steht.

Wieder lachte er, und plötzlich verspürte ich das verrückte Bedürfnis, ihn immer weiter zum Lachen zu bringen, für den Rest des Tages, des Sommers, meines Lebens, und der enorme Kontrast zu dem bisherigen Gefühl, das sein

Lachen bei mir ausgelöst hatte, nämlich immer ein bisschen verarscht zu werden, verunsicherte mich zutiefst.

Also, ich finde den Schnaps gar nicht so stark, sagte ich. Wie siehts aus, trinken wir noch einen?

Andrej hob die Hand. Ivana, Travarica, za sve!

Es kam, wie es kommen musste: Wir tranken und redeten und redeten und tranken, und als es dunkel wurde und das Lokal sich allmählich wieder zu füllen begann, waren wir voll wie die Haubitzen – seltsam, dass mir diese veraltete Redewendung, deren Herkunft ich auch einmal gegoogelt hatte, just in dem Moment einfiel, als wir leicht schwankend auf der Straße standen, als hätte uns das Lokal gut durchgekaut und ausgespuckt. Haubitzen, also Steilfeuergeschütze, die an einem Strand in Stellung gebracht wurden, neigten dazu, sich mit Sand und Wasser zu füllen, sofern ihre Mündungen nicht verschlossen waren und die Geschütze nicht regelmäßig gewartet wurden – was meist dann der Fall war, wenn Soldaten sich volllaufen ließen, anstatt ihren Pflichten nachzukommen. Der Soldat Andrej sowie die Soldatinnen Tereza und Mara hatten ihre Stellungen vermutlich schon lange vor diesem Abend verlassen und konnten daher ohne Gewissensbisse laut singend durch die Gassen von Lošinj streifen, die ungewohnterweise nass waren und im gelblichen Licht der Straßenlaternen schimmerten, als wären wir in einem Jim-Jarmusch-Film, *it's a sad and beautiful world*, am Horizont wetterleuchtete es immer noch. Meine Espadrilles waren in Nullkommanichts völlig durchweicht, ich zog sie aus und schwenkte sie über meinem Kopf, *breeze driftin' on by / you know how I feel*, aber der Jugo hatte sich bereits ausgetobt und war nur mehr ein erschöpftes Echo des Gewitters, die Luft war kühl und roch nach Salz und Rosmarin. Die Kirchturmuhr schlug, wir zählten laut mit, Herrgott, sagte Tereza, wie kann man nur um zehn Uhr abends schon so betrunken sein. Neun, sagte ich. Elf, sagte Andrej. Ich brauch ein Bett, sagte Tereza, jetzt.

Aber als wir bei Goran ankamen, waren da all diese Leute, wir wurden begrüßt, als kämen wir aus dem Krieg, und wurden genötigt, weiterzutrinken. Was ich vom Rest des Abends noch sicher weiß, ist, dass Andrej mich irgendwann fragte, ob ich wüsste, dass die Araber sechzig verschiedene Worte für die Liebe haben, und ich sagte, nein, ich hätte es nicht gewusst, aber mich würde schon das eine Wort, das wir im Deutschen dafür kennen, überfordern, und er sagte: Aber genau das ist das Problem – dass wir versuchen, dieses ganze unendliche Universum in die Zwangsjacke eines einzigen Wortes zu stecken, und ich sagte, nein, die Worte sind nicht das Problem. Nein, sagte Andrej, du hast recht, die Worte sind nicht das Problem. Das Problem ist, dass wir zu viel getrunken haben. Und dann lachten wir, bis wir fast vom Stuhl fielen.

Als ich aufwachte, lag ich auf einer Matratze unter dem hohen Dach eines alten Hauses und war mit einer gehäkelten rotweißen Wolldecke zugedeckt, die mich stark an die Handarbeitserzeugnisse meiner Großmutter erinnerte, im ersten Moment glaubte ich, in ihrem Haus in Altmünster zu sein. Auch dort hatte ich zuweilen viel Schnaps getrunken, mit meinen älteren Cousins, denen ich meine Trinkfestigkeit verdanke, auch dort war ich mit diesem weißen Nebel im Kopf aufgewacht, ohne zu wissen, wie genau ich ins Bett gekommen war und wann. Die Sonne warf ihr hell gleißendes Adrialicht in einem Recht-

eck durchs Dachfenster auf den dunklen Dielenboden, Staub tanzte darin. Ich lag da und lauschte auf Geräusche im Haus, Schritte, Stimmen, Geklapper von Geschirr und Besteck, aber alles, was ich hörte, war der Wind, der ums Haus pfiff und einen losen Fensterladen gegen den Rahmen schlagen ließ, klack, klack, klack. Ich stand auf und stieg die steile Treppe vom Dachboden hinunter, sie knarzte furchtbar laut in der vormittäglichen Stille. Ich streifte eine Weile durch die Räume, deren Türen offen standen und die auf mich wirkten, als wären sie fluchtartig verlassen worden, als würde niemand je wieder zurückkommen, um sie zu bewohnen. Ich nahm einzelne Gegenstände in die Hand mit dem Gefühl, etwas Verbotenes zu tun, nicht weil ich in die Intimsphäre anderer Leute eindrang, sondern als würde ich Gegenstände in einem Museum für Volkskunde berühren – einen aufwendig bestickten Schal aus dunkelblauem Samt, der am Boden neben einem zerschlissenen Fauteuil lag, einen Steckkamm mit einigen abgebrochenen Zähnen auf einer Kommode, ein Rasiermesser auf dem Fensterbrett im Bad. In der Küche fand ich schließlich Tereza, sie saß da mit einem gehäkelten Etwas um die Schultern, das aussah wie meine Schlafdecke, hatte eine Tasse Kaffee in der Hand und las Zeitung. Ich war auf nackten Sohlen gekommen und stand schon eine Weile in der Tür, ehe sie mich bemerkte. Sie sah von ihrer Zeitung auf, mit völlig verständnislosem Blick, als hätte sie noch nie einen Menschen gesehen.
Wo sind die anderen?, fragte ich.
Tereza machte mit der Kaffeetasse eine unbestimmte Geste Richtung Tür. Weg, sagte sie.
Alle?
Tereza nickte, senkte den Blick wieder in ihre Zeitung.

Ich schlurfte durch die Küche, die wie viele kroatische Häuser einen direkten Ausgang auf die Straße hatte. Ich öffnete die Tür und streckte meinen Kopf hinaus. Der Himmel war so stechend blau, dass ich die Augen schließen musste, und der Wind blies mir schlagartig die Haare, den Schlaf und die Trunkenheit aus dem Gesicht. Er war kalt und scharf. Ich leckte meinen Zeigefinger ab und hielt ihn in die Luft.

Die Bora war zurück.

3

Die Bora, sagte Tereza, während sie ein Huhn ausnahm, kommt in Senj auf die Welt, herrscht in Rijeka und stirbt in Triest.

Warum bleibt sie dann nicht in Triest, fragte Pedro, der am langen Holztisch in Terezas Küche vor dem Laptop saß, können die Italiener sie nicht begraben?

Ich lag auf dem Sofa und stierte an die Decke. Die leichte postalkoholische Depression nach unserem Besäufnis in Lošinj war übergangslos in eine mittelschwere Melancholie übergegangen. Ich schlief schlecht, brütete nächtelang in der Hängematte über unbeantwortbaren Fragen und kochte nicht mehr, was wirklich kein gutes Zeichen war und mich, mit schlechtem Gewissen, regelmäßig in Terezas Küche trieb. Natürlich hätte ich zum Essen auch zu Jela gehen können, Nikolas Frau, aber da ihre Konoba eigentlich ihre Küche war und es nur drei Tische gab, hätte ich vor zehn aufstehen müssen, um ihr zu sagen, dass ich am Abend kommen würde, und das schaffte ich einfach nicht. Seit Tagen war ich nicht mehr schwimmen gewesen. Der Gedanke an den Weg zu den südlichen Felsen, wo man bei Bora vor dem Wind geschützt war, erfüllte mich mit bleierner Müdigkeit, bevor ich mir noch die Schuhe anziehen konnte.

Wenn das so weitergeht, müssen wir demnächst Mara begraben, sagte Tereza.

Ich zündete mir eine weitere Zigarette an. Jetzt übertreib mal nicht, sagte ich, solange du noch Hühner brätst, kann mir doch nichts passieren.

Aber die Hühner werden uns ausgehen, wenn die Bora noch länger dauert, prophezeite Tereza. Und übermorgen habe ich einen Zahnarzttermin in Rijeka, Herrgott, wie soll ich da hinkommen, wenn der Katamaran nicht fährt?

Pedro stand auf, ging zu ihr hinüber und umarmte sie von hinten, küsste sie in den Nacken, während sie die rotbraune, glänzende Leber aus dem Bauch des Huhns fischte.

Dann musst du eben auf den Schaumkronen hinübertanzen, meine Süße, säuselte er.

Na klar, sagte Tereza, oder Gott wird das Meer für mich teilen, damit ich hindurchschreiten kann wie Moses und das Volk Israel.

Ich drehte mich auf dem Sofa zur Wand. In letzter Zeit machten mich die Zärtlichkeiten zwischen den beiden fertig, ja regelrecht aggressiv. Manchmal blieb ich deshalb daheim und aß nichts. Tereza hatte recht. Wenn es so weiterging, würde ich mich selbst begraben.

Ich rollte mich herum und schwang die Beine vom Sofa.

Ich gehe, sagte ich.

Aber was ist mit dem Huhn?, fragte Tereza. Hast du keinen Hunger?

Hebt mir was auf.

Bis wann?

Bis die Bora vorbei ist, sagte ich und war schon aus der Tür.

Die Sonne stand bereits tief und kam nicht mehr gegen den Wind an. Ich hatte ihn im Rücken und ließ mich von ihm Richtung Friedhof treiben. Er lag hinter dem Oberdorf und thronte über allem. Ich mag Friedhöfe. Viele Leute finden sie deprimierend oder unheimlich, ich finde sie friedlich. Als Kind glaubte ich, das Wort Friedhof käme daher, und obwohl ich heute weiß, dass das nicht stimmt, erscheint es mir noch immer logisch. Zu Hause besuche ich gerne schöne Gräber berühmter Menschen – das Grab des Dichters Nikolaus Lenau in Klosterneuburg-Weidling zum Beispiel oder Falcos Grab auf dem Wiener Zentralfriedhof. Hier liegen keine Berühmtheiten, nur die toten Dorfbewohner, das finde ich auch schön.

Ich bin nicht gläubig. Mein Verhältnis zur Religion ist von einer milden Sympathie geprägt. Meine Eltern sind beide überzeugte Atheisten, mein Vater aus wissenschaftlichen, meine Mutter aus feministischen Gründen, ich selbst fühle mich ein wenig zum Buddhismus hingezogen, hauptsächlich, weil es die einzige Religion ist, die in ihrem Namen noch nie einen Krieg angezettelt hat. Trotzdem finde ich in jeder der großen Religionen etwas, das mir gefällt. Ich mag das Läuten der Kirchenglocken am Ostersonntag, die Verschwiegenheit von Beichtstühlen, das langsame Dahinwogen einer Prozession. Ich mag das Rufen der Muezzins, und dass die Betenden immer, auch mitten auf der Straße in einer großen Stadt, zu wissen scheinen, wo Mekka ist. In Wien liebe ich es, am Samstagabend im zweiten Bezirk spazieren zu gehen, wenn die Herren in Schwarz mit den Schläfenlöckchen – Hut, Mantel, Gebetbuch, Brille – unterwegs in die Synagoge sind. Vermutlich habe ich einfach eine Schwäche für Rituale. Das einzige Ritual bei uns zu Hause war, beim Sonntagsfrühstück mit der Zeitung in der Hand über Kirche, Politik und die Medien herzuziehen und den restlichen Tag hinter Büchern zu verschwinden.

Ich setzte mich auf eines der Gräber in der hintersten Reihe und hörte eine Weile zu, wie die Würmer da unten im Erdreich stetig und verlässlich wie immer ihre Arbeit taten und die Skelette langsam, aber sicher zu Staub zerfielen. Es beruhigte mich ein wenig, aber meine Gedanken waren zu wirr, meine wechselhaften Gefühle zu undefinierbar, ich blieb nervös und gleichzeitig antriebslos, wie schon die letzten Tage. Schließlich gab ich auf und ging zu Harry.

Schon von weitem hörte ich ihn hämmern. Harry stand im Hof seines Hauses, mit nacktem Oberkörper, und bearbeitete einen mannshohen weißen Stein mit dem Meißel. Harry stand mit dem Rücken zum Eingangstor, und seine sonnengegerbte Haut war so dunkel, dass sein Körper wie ein Loch im Stein wirkte, während sein schlohweißes, wild in alle Richtungen abstehendes Haar sich mit ihm zu einer Art Lichterscheinung verband. Ich blieb ein paar Momente stehen und beobachtete, wie sich die optische Täuschung in einen Mann mit Kopf und Rumpf verwandelte, und dann noch eine Weile, um mich zum wiederholten Mal über diesen Mann zu wundern, der mit über siebzig täglich viele Stunden damit verbrachte, Steinen eine Form abzuringen, die sie ursprünglich nicht hatten, in seinem Kopf aber haben sollten, in sengender Sonne, als stünde ein Sklaventreiber hinter ihm. Die jahrzehntelange Arbeit als Bildhauer hatte seinem Rücken zugesetzt, aber er war immer noch erstaunlich muskulös, sein ganzer Körper eine Verdichtung von Kraft und Energie. Ich konnte mir gut vorstellen, wie sehr es ihn irritierte, zu spüren, wie diese Kraft nachließ.

Ich ging in großem Abstand um ihn und den Stein herum, um Harry nicht zu erschrecken, winkte, als er aufsah und den Meißel in meine Richtung schwenkte, setzte mich an den verwitterten Holztisch, der unter dem großen Feigenbaum stand und auf dem ein wüstes Sammelsurium an Werkzeugen, gebrauchten Kaffeetassen, Gläsern, Flaschen, diversen Rauchutensilien und einige Skizzenblätter lag. Die Skizzen zeigten alle ähnliche Variationen eines Motivs: ein Mann und eine Frau, stehend, in entgegengesetzte Richtungen schauend, am Rücken zusammengewachsen zu einem einzigen Rumpf, die Arme nach vorn gestreckt, als würden sie voneinander wegstreben, als warteten sie darauf, dass einer käme und sie vom jeweils anderen wegzerrte. Ihre Augen und Münder waren weit aufgerissen, als wäre ihnen soeben bewusst geworden, dass sie zusammengewachsen waren. Auf einer Skizze zeigten sich Risse im Rumpf, und die beiden hielten sich an den Händen.

Der Stein war nur beim ersten Hinsehen weiß. Wenn man ihn genauer betrachtete, gab es Schattierungen von zartem Rosa, und er war durchzogen von feinen goldgelben Linien. Sicher war es irgendein teurer, seltener Marmor, den ihm ein obszön reicher italienischer Kunstsammler aufgedrängt hatte, damit er exklusiv nur für ihn eine Skulptur anfertigte.

Harry ist ein international anerkannter Bildhauer. Seine Skulpturen stehen in Museen wie dem MoMA in New York oder der Berlinischen Galerie. Harry ist das ziemlich egal. Er ist einfach besessen von Stein, arbeitet ausschließlich mit diesem Material und hauptsächlich figural, weshalb er als Traditionalist gilt. Harry ist auch das egal. Seine Figuren sind expressiv, ausladend, trotzdem aufs Wesentliche konzentriert, und ich finde sie überhaupt nicht traditionell. In den letzten Jahren hat er angefangen, die Skulpturen mit Text zu versehen – er malt ihn quer über ihre Körper, graviert ihn in ihre Rücken, Arme, Schenkel. Das hat meine Aufmerksamkeit erregt, noch bevor ich ihn kennengelernt habe – bevor ich herausfand, dass er ein Haus auf der Insel hat und sich jedes Jahr von April bis Oktober hierher zurückzieht, um zu arbeiten.

Es war bei einer Werkschau im Pariser Musée d'Art Moderne, und ich war mit S. dort. Es war die letzte Reise, die wir miteinander unternahmen, und die Atmosphäre zwischen uns war von einer müden Gereiztheit – der Zustand, nachdem man aufgehört hat zu streiten, weil man bereits weiß, dass es aussichtslos ist, sich aber noch nicht trennen kann und darauf hofft, dass der andere es tut. Unsere unterschiedlichen Einstellungen zu Kunst waren ein Spiegel unserer übrigen Probleme: Uns gefielen dieselben Dinge, aber wenn wir anfingen, darüber zu reden, was uns daran gefiel und warum, begannen wir zu streiten. Das erzeugte in mir letztlich ein Gefühl von Einsamkeit, das größer war als die Beruhigung, die mir die grundsätzliche Übereinstimmung auf einer Werteskala anfangs verschafft hatte.

Die Ausstellung in Paris war die erste, auf der Harry seine *Talking sculptures* zeigte, es gab einen eigenen Raum voll davon. Ich war wie elektrisiert. Schon immer hatte ich viel übriggehabt für Versuche, die Grenzen zwischen den Ausdrucksformen zu überschreiten, die Möglichkeiten einzelner Künste miteinander zu verbinden, und das hier war eine ungewöhnliche Art, das zu tun, eine, die mir davor noch nicht begegnet war. Manchmal war es nur ein Satz, der einer Figur eine zusätzliche Dimension verlieh, andere waren zur Gänze mit Text übersät. Er benutzte Zitate, aber auch eigene Gedanken und kurze Kōan-artige Gedichte, die er seinen Skulpturen einschrieb. Ich betrachtete lange die ausladende Figur einer während des Laufens zu Stein gewordenen Frau mit üppigen Schenkeln, breiten Hüften, großen Brüsten und Armen, an denen man die einzelnen Muskelstränge erkennen konnte, angespannt in der Kraftanstrengung, die Masse dieses Körpers in Bewegung zu halten. Als ich direkt vor ihr stand, wollte ich instinktiv zur Seite treten, um nicht mit voller Wucht von ihr überrannt zu werden. Dann ging ich um sie herum und entdeckte die Worte, die entlang ihrer Wirbelsäule von oben nach unten eingraviert waren, feine Linien in rötlichem Schwarz: *Stories are like blood running through a body – paths of a life.* Ich erkannte das Zitat sofort, es stammte aus Siri Hustvedts *What I Loved,* und es hatte mich in seiner Einfachheit und Tiefe so beeindruckt, dass es mir all die Jahre, seit ich das Buch gelesen hatte, in Erinnerung geblieben war. Harrys Frau aus weißem Stein – der Titel der Skulptur war *Venus on the run* – verlieh es eine unvermutete Verletzlichkeit, versteckt in ihrer massigen Physiognomie, sichtbar gemacht an der einzigen Stelle, wo die Wirbel einen Blick freigaben auf das, was darunterlag. Später sprach ich mit Harry über die Skulptur, und er sagte mir, es habe ihn wirklich Mühe gekostet, die Gravur zu machen, er sei sich dabei brutal vorgekommen und sei mehrfach versucht gewesen, es einfach zu lassen.

Ich sah Harry gerne bei der Arbeit zu. Es war, als würde ich dabei ein wenig von meiner eigenen körperlichen Energie los, während er hämmerte und meißelte, nach einer Zeit konnte ich spüren, wie die Spannung in meiner Muskulatur nachließ. Nur der missbilligende Blick des Mädchens im Faltenrock störte neuerdings diese angenehme Empfindung.

Harry legte sein Werkzeug weg und kam zu mir herüber. Er schnappte sich ein Handtuch, wischte sich den Schweiß aus Gesicht und Nacken, ließ sich seufzend auf einen Stuhl fallen.

Langsam, sagte er kopfschüttelnd, zu langsam. Ich verliere die Form, wenn ich so langsam bin. Er griff nach der offenen Weinflasche auf dem Tisch, zog zwei Gläser zu sich heran, die halbwegs sauber aussahen, und schenkte uns ein. Außerdem tut mir alles weh, das Kreuz, die Gelenke in den Fingern – jetzt hör dir das an, ich rede schon wie ein alter Mann, reicht es nicht, dass ich einer bin? Arme Mara, du bist sicher nicht gekommen, um dir meine Jammerei anzuhören. Er hob das Glas. Prost.

Ich bin nicht arm, sagte ich, nachdem wir getrunken hatten. Ich bin faul. Und um ehrlich zu sein: *Ich* bin gekommen, um zu jammern. Also ist es mir recht, wenn du auch ein bisschen jammerst, dann habe ich ein weniger schlechtes Gewissen.

Harry lachte. Sein Lachen kam vom Grund eines Brunnenschachts.

Anscheinend bist du gekommen, um dich selbst runterzumachen. Wie kommst du darauf, dass du faul bist? Du bist das fleißigste Mädchen, das mir je begegnet ist.

Harry macht gern absolute Aussagen. Bei anderen macht mich das aggressiv, bei ihm ist es einfach so, wie seine Augenfarbe oder seine Schuhgröße.

Ich schreibe nicht, sagte ich. Als ich es ausgesprochen hatte, kam ich mir ziemlich blöd vor. Oh, mein Gott, ich schreibe nicht – Weltuntergang!

Na und?, fragte Harry prompt.

Ja, ich weiß, sagte ich kleinlaut.

Was weißt du? Worüber sollst du schreiben, wenn du die ganze Zeit schreibst – übers Schreiben? Ein tödlicher Kreislauf.

Du hast recht.

Klar hab ich das. Man glaubt lange, es geht immer so dahin, nicht wahr? Eine Skulptur, ein Roman nach dem anderen. Kaum ist etwas fertig, steht die nächste Idee schon in der Tür, meistens sogar zwei oder drei, man kann sichs aussuchen, welche man hereinbittet. Aber irgendwann steht man selbst in der Tür und schaut verzweifelt den Gang rauf und runter – nichts! Und dann kann man vielleicht noch *daraus* was machen, aber danach ist wirklich Schluss. Dann muss man raus aus der Tür und in die Welt.

Aber du arbeitest doch auch andauernd, versuchte ich mich zu verteidigen.

Das stimmt nicht, sagte Harry. Das ist nur das, was du von mir siehst. Ich arbeite im Sommer, im Winter lese ich, besuche Freunde, gehe in Konzerte, koche und schaue viel in die Luft. Das ist das Wichtigste, das In-die-Luft-Schauen.

Oh, das tue ich oft in letzter Zeit, sagte ich, aber ich genieße es nicht. Es quält mich.

Was dich quält, sind deine Vorstellungen von Produktivität. Sie ähneln denen der freien Marktwirtschaft – grenzenloses Wachstum! Funktioniert nicht. Du weißt schon, es ist das Problem mit den Ressourcen.

Ja, ich weiß, sagte ich noch einmal und dachte an meinen Vergleich mit dem leeren Akku, aber irgendwie hinkte er. Etwas an der ganzen Sache verstand ich einfach nicht, obwohl alles, was Harry sagte, absolut logisch, ja fast schon banal klang. Ich kam mir vor wie eine Volksschülerin, die einwandfrei multiplizieren konnte, aber die Division nicht begriff.

Um davon abzulenken, wechselte ich das Thema.

Sag mal, was weißt du eigentlich über diese Auswanderer?

Ah, machte Harry, nahm seine Pfeife vom Tisch und klopfte sie über dem Aschenbecher aus, das ist eine interessante Geschichte, aber ich weiß nicht annähernd so viel, wie ich gerne wüsste. Die Leute reden nicht so gern darüber, was mich nicht wundert – der Kommunismus unter Tito war sicher kein Honiglecken, auch wenn er bei uns im Westen ein freundlicheres Gesicht hatte als der sowjetische. Wenn du jemanden fragst, wird er dir erzählen, dass es ihnen nicht erlaubt war, ihre Religion auszuüben. Priester wurden abgezogen und Kirchen geschlossen, und es war für die Leute undenkbar, nicht in die Kirche zu gehen, keine Prozessionen abzuhalten, ohne Priester zu heiraten oder ihre Angehörigen zu begraben. Aber – Harry machte eine kleine Pause, während er die restliche Asche aus der Pfeife kratzte – ich denke, die Sache ist noch ein wenig komplexer. Tatsache ist, dass schon um die Jahrhundertwende, als die Insel noch zu Österreich-Ungarn gehörte, Leute von hier nach New Jersey gingen, genauer gesagt nach Hoboken.

Wieso ausgerechnet Hoboken?

Na ja, sie brauchten einen Hafen, würde ich sagen. An der Hudson Waterfront konnten die Leute tun, was sie hier auch getan hatten: Sie beluden und entluden Schiffe. Sie waren harte Arbeiter, daran gewöhnt, ihr ganzes Zeug über die Insel zu schleppen, hinauf und hinunter, schwere Lasten, alles zu Fuß. Ich weiß nicht, wie die Verhältnisse auf so kleinen Inseln wie dieser hier waren, aber vermutlich nicht so viel anders als auf dem Festland, und dort herrschte damals unbeschreibliche Armut. Die Landwirtschaft war rückständig, zum Teil noch feudalistisch geregelt, und auch dort, wo die Grundherrschaft schon abgeschafft war, profitierten davon nur einige wenige. Und die Bevölkerung explodierte – kannst du dir vorstellen, dass die Insel damals über tausendvierhundert Einwohner hatte? Wovon sollten die alle leben?

Eintausendvierhundert Menschen?, fragte ich, wo zum Teufel haben die alle gewohnt?

Harry winkte ab. Es wurden noch mehr, sagte er. Vor dem Massenexodus nach dem Zweiten Weltkrieg waren es angeblich tausendneunhundert. Hast du dich noch nie gefragt, warum so viele Häuser leer stehen?

Doch, hatte ich. Obwohl inzwischen viele verkauft und hergerichtet worden waren, gab es immer noch genügend verlassene Häuser in unterschiedlichen Stadien des Verfalls. Es gab richtige Ruinen, Gemäuer, in denen sich die Vegetation breitgemacht hatte, ich kletterte gerne in ihnen herum. Andere waren noch gut erhalten, steinerne Trutzburgen mit einem großen, rostigen Vorhängeschloss an der Tür und Fensterläden, die ich noch niemals offen gesehen hatte.

Jedenfalls, fuhr Harry fort, nach neunzehnhundert brachen hier eine Menge Leute in die Neue Welt auf, später als überall sonst in Europa. Sie gingen fort, um Geld zu verdienen, und dann kamen sie wieder. Aber die, die später während des Kommunismus gingen, kamen nicht zurück, die meisten jedenfalls – nur im Sommer, um Urlaub zu machen, aber das weißt du ja ... sag mal, warum interessiert dich das eigentlich plötzlich? Immerhin kommst du schon seit Jahren auf die Insel, und ich kann mich nicht daran erinnern, dass wir je darüber gesprochen hätten.

Ich hab jemanden kennengelernt, dessen Eltern von hier ausgewandert sind, bevor er geboren wurde, sagte ich und versuchte, möglichst unbeteiligt zu klingen – völlig umsonst, wie sich herausstellte.

Ist es dieser Andrej?, fragte Harry. Er sah mich nicht an und stopfte in aller Gemütsruhe seine Pfeife, aber in seinen Mundwinkeln saß so ein ganz kleines Lächeln. Ich hätte es wissen müssen.

Tereza hat es dir erzählt, oder?

Harry zuckte gutmütig mit den Achseln.

Was für eine Tratschtante, sagte ich.

Sei ihr nicht böse. Sie macht sich Sorgen um dich.

Unnötig.

Ja? Harry sah von seiner Pfeife auf, bedachte mich mit prüfendem Blick aus zusammengekniffenen Augen. Dann ist es ja gut.

Ja, ist es.

Inzwischen war es fast dunkel im Hof. Der weiße Stein leuchtete von innen heraus, ohne sein Licht auf die Umgebung abzuwerfen, nur für sich selbst. Harry schenkte uns noch ein Glas Wein ein, trank einen Schluck, dann zündete er sich die Pfeife an.

Weißt du, sagte er versonnen, während er den Rauch ausblies, ein bisschen Liebe hat noch keinem geschadet.

Wirklich? Ich deutete auf eine der Skizzen. Was ist mit den beiden da?

Sie glauben, sich entscheiden zu müssen, sagte Harry. Aber das können sie gar nicht.

Nein?

Nein.

4

Tags darauf zog die Bora weiter nach Triest und hinterließ eine erschöpfte Insel, ausgetrocknet nicht von Hitze, sondern vom Wind. Er machte die Haut dünn wie Papier, empfindlich und rau. In allen Ecken und Winkeln des Dorfes lag feiner gelblicher Sand, und die Weinstöcke oben auf dem Inselplateau waren völlig zerzaust, zum Leidwesen der beiden verbliebenen Weinbauern der Insel, deren Grabrede auf die heurige Weinernte man schon seit Tagen bei Hasan hatte hören können. Während der Bora war jeder ein bisschen angreifbarer und gereizter als sonst. Wenn sie vorbei war, beruhigten sich die Gemüter, der Sand wurde weggefegt, es wurde heiß, und alle verfielen nach und nach wieder dem sich gemächlich auf und ab wiegenden Singsang des Sommers.

Ich kehrte zum Lesen zurück, ging schwimmen, machte Spaziergänge über die Insel, kurz, ich versuchte, mich wie jemand zu benehmen, der Urlaub machte, mit dem irritierenden Gefühl, dass ich dabei wirkte wie ein Kind, das erwachsen spielt. Da ich nicht nur Terezas und Pedros Gesellschaft mied, sondern mir allgemein nicht besonders nach anderen Menschen zumute war, begann ich wieder mit dem Kochen, und es entpuppte sich, wie schon in der Vergangenheit, als mildes Antidepressivum. Tagsüber war es zu heiß, also kochte ich nachts, aß und las nachts, ging erst gegen Morgen ins Bett und verschlief den Vormittag und die Siesta gleich mit. Wenn ich zwischendurch kurz wach wurde, blieb ich still liegen, horchte mit geschlossenen Augen auf das Geplapper der zwei Nachbarmädchen beim Spielen, den vielstimmigen Rhythmus der Flip-Flops, wenn die slowenische Familie am Ende der Gasse zum Baden ging, das Klopfen und Hämmern der Leute von gegenüber, die ihre Terrasse renovierten, das Tuten der ein- und auslaufenden Boote, das hochfrequente Schreien der Möwen und ewige Sägen der Zikaden, bevor ich mich mit einem ganz grundlosen Gefühl der Erleichterung wieder in den nächsten Traum gleiten ließ.

Natürlich träumte ich von Andrej. Ich stand am Hafen und sah ihn über das Meer gehen, die Hände in den Hosentaschen, als schlenderte er eine Straße entlang, ich dachte *wie lächerlich*, und gleichzeitig *wie gut, so ist er nicht auf die Boote angewiesen und kann jederzeit zu mir kommen* – das dachte ich nämlich, dass er zu mir kam, von Lošinj aus, ewig lang kam er auf mich zu, und dann, kurz vor der Hafeneinfahrt, bog er ab, er hob die Hand, winkte und lachte. Als ich aufwachte, schämte ich mich, weil ich so kitschige und leicht durchschaubare Träume hatte. Ich träumte auch von Harrys Skulptur, sie war viel größer als in Wirklichkeit und nach der Skizze gefertigt, auf der Mann und Frau sich an den Händen hielten, und dann hörte ich das Geräusch, mit dem der gemeinsame Rumpf Risse bekam, es war ein trockenes Knacken und Knirschen, das ein grässliches Kribbeln in meinen Knien verursachte, und aus irgendeinem Grund stand die Skulptur vor dem Parlament in Wien, genau dort, wo sonst Pallas Athene steht, der Himmel weiß warum. Bevor mir das ganze Ding auf den Kopf zu fallen drohte, wachte ich auf.

Normalerweise träume ich origineller.

In meinem zweiten Sommer auf der Insel habe ich ein Kochbuch erstanden: *Kulinarische Herausforderungen meiner Insel* von Adrijano Nikolić. Es lag in Terezas Galerie herum, und ich fand den Titel passend. Ich dachte, die Herausforderung besteht darin, aus den immer gleichen Zutaten immer wieder neue Gerichte zu erfinden – aber wie sich herausstellte, hatte ich keine Ahnung. Nikolić stammt aus Lošinj, und er ist ein wahrer Kenner der Tier- und Pflanzenwelt des Inselarchipels, vor allem der essbaren Teile davon. In der gesamten Kvarner Bucht gibt wohl keinen Fisch, den er nicht schon geschuppt und ausgenommen, kein Kraut und kein Wildgemüse, das nicht den Weg in seine Töpfe gefunden hätte. Ich bin ziemlich experimentierfreudig, was das Kochen angeht, und ich lese Kochbücher zur Entspannung vor dem Einschlafen, aber als ich das erste Mal Nikolić' Rezepte durchsah, dachte ich: Ringelblumensuppe? Panierter Portulak? Leinkrautknödelchen? Das Ganze klang für mich wie die dubiosen Mahlzeiten, die meine Sandkastenfreundin und ich im Garten für unsere Puppen zusammengebraut hatten. Aber es machte mich neugierig, also zog ich los und fing an, die Insel botanisch zu erkunden. Ich entdeckte Pflanzen, von denen ich noch nicht einmal gehört, geschweige denn gewusst hatte, dass man sie essen konnte, wie Matar, ein Kraut mit saftigen, glänzenden, graugrünen Blättern und einem leicht salzigen, fast süß-scharfen Geschmack, oder

Salicornia, ein geschmacksintensives, leicht bitteres Gemüse, deren fleischige Stängel nur auf salzhaltigen Böden gedeihen. Den scharfen Küstenmäusedorn hatte ich schon öfters gesehen und etwas angeekelt den milchigen Saft begutachtet, der aus den Stielen herausquoll, wenn man sie zwischen den Fingern zerdrückte. Niemals wäre ich auf die Idee gekommen, das Zeug als Salat oder gekocht als Beilage zu verzehren. Und Paretaria sah für mich einfach aus wie Unkraut – das Zeug, das in den Höfen der leerstehenden Häuser wuchs. Es gab natürlich auch Dinge, die ich sehr wohl kannte, aber nur in gezüchteter Form, wie Spargel, Lauch oder Rucola. Hier wuchsen sie wild und entwickelten in der salzigen Meerluft und dem verschwenderischen Sonnenlicht, im Widerstand gegen Hitze, Wind und Trockenheit ein viel intensiveres Aroma, genauso wie all die mediterranen Kräuter, die ich in Wien mit einiger Akribie auf meiner immerhin südseitigen Fensterbank ziehe und die niemals so riechen und schmecken wie der Rosmarin oder der Thymian, der überall auf der Insel am Wegesrand wächst.

Das war ein guter Sommer und eine glückliche Zeit, in der ich an meinem Roman *Das Dunkel im Innern des Lichts* schrieb, zwischendurch in der Küche stand und die einfacheren von Nikolić' Rezepten ausprobierte: Insellauchsuppe und Zahnbrasse mit Thymian und Wein und Löwenzahnkuchen. Ich lud dauernd Leute ein, um meine Kochkünste an ihnen zu erproben und ein bisschen mit meiner ach so authentischen Lokalküche anzugeben. Jetzt, in diesem Schwebezustand des Nicht-Schreibens und Nicht-Liebens holte ich das Kochbuch wieder hervor. Vielleicht glaubte ich, wenn ich wieder daraus kochte, könnte ich mir durch die Gerichte etwas vom damaligen Glück einverleiben – so wie in manchen Gegenden Affenhirn gegessen wird, um sich die Intelligenz der Tiere anzueignen.

Ich stürzte mich in die aufwendige Zubereitung von gefüllten Calamari in Fenchelcreme, Laibchen aus drei verschiedenen Fischarten und Teigröschen mit Wildgemüsefüllung. Ich buk Torten mit Olivenöl und Schnaps, rührte eine Muskatellercreme, bis sie kalt war und mir der Arm wehtat, feilte an meinem Frituleteig, den ich einmal mit Haselnüssen, ein andermal mit Pinienkernen veredelte. Bei der Beschaffung der Zutaten ließ ich nichts unversucht, kroch auf Abhängen und zwischen Felsen herum, stand nach nur einer oder zwei Stunden Schlaf auf, um am Hafen Fisch einzukaufen, einmal fuhr ich sogar nach Lošinj, weil sich auf der Insel kein Fasan auftreiben ließ. Natürlich konnte ich die Berge von Essen, die ich produzierte, nicht alleine vertilgen, aber die Vorstellung, einen ganzen Abend mit Leuten an einem Tisch sitzen und sprechen zu müssen, erschien mir plötzlich als zu mühselig. Also packte ich meine kulinarischen Erzeugnisse in einen Korb und brachte sie Harry, der sich freute und anfing, mich Rotkäppchen zu nennen. Ich beglückte auch meine Nachbarn links von mir, ein österreichisches Therapeutenpärchen, die sich zwar jedes Mal überschwänglich bedankten, mich aber zunehmend mit Blicken bedachten, die wohl empathisch sein sollten, ich aber als mitleidig empfand. Eigentlich waren sie nette Leute, auch nicht uninteressant, aber ihre geduldige Art, Fragen nach meinem Befinden zu stellen, und ihre wiederkehrenden Einladungen, doch wenigstens mit ihnen zu essen, verstärkten mein leises Gefühl, dass meine Kochwut, ja vielleicht mein ganzer Zustand, etwas Manisches an sich hatte, und ich war nicht interessiert an Reflexion. Ich wollte kochen, backen und frittieren, braten und brüten und meine Verwirrung in Mürbteig kneten.

Eines Nachts fiel mir beim Teigkneten das Märchen vom Mann aus Zucker ein: Eine Königstochter weist alle Männer ab, die um sie werben, weil ihr keiner gefällt. Sie beschließt, sich selbst einen Mann zu machen, und knetet einen Teig aus Mandeln, Grießmehl und Zucker. Daraus formt sie einen Mann nach ihren Vorstellungen, stellt ihn vor das Heiligenbild des Hauses, kniet nieder und betet vierzig Tage lang, bis er zum Leben erwacht. Wunderschön ist er, ihr Zuckermann, nur leider wird er ihr bald darauf nächtens von einer neidischen Königin geraubt. Dann kommt die altbekannte mythologische Suche, inklusive des Verschleißes drei Paar eiserner Schuhe und der Überreichung dreier Zaubernüsse, mit deren Hilfe sie ihn listig wieder aus den Klauen der unlauteren Königin befreit. Die beraubte Räuberin schäumt natürlich vor Wut und versucht nun, was sie vielleicht von Anfang an hätte tun sollen: sich einen eigenen Mann zu machen. Statt der Gebete jedoch spricht sie Flüche, und der Teigmann verfault.

Ich presste meine Handballen in den Teig und dachte an die Männer in meinem Leben. Nicht an den ein oder anderen im Speziellen, vielmehr sah ich sie in einer langen Reihe an mir vorbeiziehen, wie bei einer Prozession, angeführt von der großen, schlaksigen Gestalt Andi Bohatniks mit seinen unbeholfenen Bewegungen und dem selbstvergessenen Charme, der mich mit vierzehn so betört hatte, bis zu S., S. wie Schlusslicht, König des Widerspruchs, der in seinen zynischen Mundwinkeln wohnte und aus seinen Augen funkelte. Hatten sie etwas gemeinsam? Kaum. Gab es Unterschiede, die in der jeweiligen Kombination aus

Temperament, Charaktereigenschaften und Physiognomie die Stationen meiner eigenen Entwicklung widerspiegelten? Vielleicht, aber selbst wenn es solche Zusammenhänge gab, hätte ich nicht sagen können, worin sie bestanden. Meine Auswahl erschien mir recht willkürlich und zufällig, Männer waren über mich gestolpert oder ich über sie, ich verliebte mich leicht und hatte keine großen Bindungsängste, also ging ich Beziehungen ein, ohne viel darüber nachzudenken. Doch nach einer Weile – und diese Weile war immer ungefähr gleich lang, zweieinhalb Jahre, höchstens drei – kam der Punkt, an dem ich mich fremd fühlte in dem Gefüge, das sich da gebildet hatte, wie in einer fremden Wohnung oder in einem Hotelzimmer, wo es außer einem Buch auf dem Nachtkästchen und den Badezimmerutensilien keine persönlichen Gegenstände gab. Ich lebte mein Beziehungsleben aus einem aufgeklappten Koffer, und irgendwann klappte ich ihn wieder zu und ging, ohne dass der andere es merkte, manchmal sogar, ohne dass ich selbst es merkte. Ich war nicht immer die, die Schluss machte, aber ich war die Meisterin der heimlichen Emigration – ich hätte unbemerkt aus dem stalinistischen Russland entkommen können, nur dass ich mich nicht im stalinistischen Russland befand, sondern in einer modernen Paarbeziehung des 21. Jahrhunderts, also diskutierte ich, war konstruktiv, machte Lösungsvorschläge, ich redete und redete, und währenddessen lief ein Teil von mir durchs Zimmer und murmelte die Liste der Dinge vor sich hin, die ich nicht vergessen durfte: Haarfön, Ladegeräte, Schmuckkästchen, Selbstbewusstsein, Integrität.

Ich zog meine Hände aus dem Teig. Wie lange knetete ich schon daran herum? Ich wusste es nicht. Er war zu trocken geworden, klebte in großen Klumpen an meinen Fingern. Ich goss etwas warmes Wasser dazu und machte ihn wieder geschmeidig. Dann deckte ich ihn mit einem Geschirrtuch zu und stellte ihn aufs Fensterbrett, um ihn aufgehen zu lassen.

Ich schaltete das Licht in der Küche aus, setzte mich hinaus in den Hof und rauchte eine Zigarette. Es war drei Uhr nachts und vollkommen still, sogar die Pfeiffrösche hatten ihren monotonen Gesang eingestellt. Ich dachte kurz daran, Musik aufzulegen, aber eigentlich fand ich die Stille gut. Sie verstärkte die Dunkelheit. Sie vergrößerte den Raum. Ich schaute hinauf in das Schwarz zwischen den Sternen und erinnerte mich daran, wie unverständlich es mir als Kind gewesen war, dass alle Menschen in einer großen Stadt denselben Mond sehen konnten. Wenn er über unserem Haus stand, sodass er durchs Fenster direkt auf mein Bett leuchtete, konnte er unmöglich zur gleichen Zeit ins Fenster meiner Großmutter scheinen, zu der wir eine volle Stunde mit Straßenbahn und Bus unterwegs waren, wenn wir sie besuchten. Doch wenn ich abends mit ihr telefonierte, weil ich nicht schlafen konnte und sie immer gute Geschichten wusste, versicherte sie mir, dass es nur einen Mond gäbe, und genau der stünde nun über dem Kirschbaum in ihrem Garten, auch wenn es für mich so aussah, als wäre er am Himmel über dem Haus unserer Nachbarn angeklebt.

Meine Gedanken wanderten zu Andrej. Ich versuchte, ihn mir als Kind vorzustellen, als Fünf- oder Sechsjährigen, die Haare kurzgeschoren, weil sie anders nicht zu bändigen waren, mit mageren braunen Bubenbeinen, die aus kurzen Hosen hervorschauten, auf dem Weg zur Schule. Konnte er die Spitze des Empire State Building sehen?

Wurde er in der Schule ausgeschlossen, weil er das Kind kroatischer Einwanderer war? Machte er nach der Schule einen Umweg, um die Schiffe an den Piers zu sehen, und schimpfte seine Mutter mit ihm, weil er zu spät zum Mittagessen kam, oder musste sie ohnehin arbeiten, und es gab niemanden, der auf ihn wartete? Sich jemanden als Kind vorzustellen, den man nur als Erwachsenen kennt, ist, wie einen Film rückwärtslaufen zu lassen, eine Geschichte verkehrt herum zu erzählen, vom Ende zum Anfang. Es ist, als suche man die Frage zu einer Antwort, die richtige Frage von den vielen möglichen. Wenn ich an den sechsjährigen Andrej dachte, sah ich seine Augen wie zwei weit geöffnete Tore in die Welt und einen sehnigen kleinen Körper, der unausgesetzt in Bewegung war, sogar wenn er schlief. Dieses Bild nervöser Unruhe überraschte mich, denn als Erwachsener wirkte Andrej zwar äußerst lebendig, aber nicht hibbelig oder rastlos, und ich erkannte, dass ich im Fall von Andrej noch nicht einmal die leiseste Ahnung von der Antwort hatte, ganz zu schweigen von der richtigen Frage.

Ich stellte mir auch Andrejs Eltern vor, wie sie sich mit dem vierjährigen Ivan auf den Weg nach Amerika machten, seine Mutter (in meiner Vorstellung eine weibliche Version von Andrej, die langen dunklen Locken zu Zöpfen geflochten, die sie auf ihrem Kopf feststeckte, ihren Erstgeborenen niemals aus den bernsteinbraunen Augen lassend), wie sie alles zusammenpackte, was sie mitnehmen wollten oder konnten – viel wird es nicht gewesen sein. Wie waren sie über den Atlantik gereist? Mit dem Schiff oder schon mit dem Flugzeug? Mussten sie an der Grenze ihren Pass abgeben wie die Tschechen, die nach dem Einmarsch der Russen in Prag 1968 das Land verließen (eine

Szene, die mich in der Verfilmung von Kunderas *Die unerträgliche Leichtigkeit des Seins* stark berührt hatte)? Wie viele Stationen hatten sie überwinden müssen, ehe sie im Gelobten Land ankamen? Und entsprach die neue Heimat ihren Vorstellungen, den Bildern, die sie davon im Kopf gehabt hatten? Ich dachte an den Hudson River, Manhattans Skyline, große Frachtschiffe, aus deren Schloten dicke Dampfwolken in den Himmel stiegen. Ich sah alles in Schwarzweiß, wie die meisten Bilder, die ich von der Zeit vor meiner Geburt oder meiner frühen Kindheit habe – als wären die Farben in den Jahren, die seither vergangen waren, verblasst, oder als würde ich sie in einem alten Fernsehapparat sehen. Hatten Andrejs Eltern in Farbe von ihrer Zukunft geträumt? Was für Bilder hatte Andrej von der Insel gehabt, dieses ferne, winzige Eiland, das die Heimat seiner Eltern und seines Bruders war, nicht aber seine? Wie alt war er, als er sie das erste Mal wirklich sah? Und wo zur Hölle war er eigentlich, warum war er jetzt nicht da, damit ich ihm all diese Fragen stellen konnte?

Ich ging in die Küche, machte das Licht wieder an, entfachte ein Feuer auf der offenen Kochstelle und schmolz Fett in einer schweren gusseisernen Pfanne. Dann holte ich den Teig und begann, daraus kleine Kugeln zu formen, die ich vorsichtig in die Pfanne gleiten ließ. Das Geräusch der brutzelnden Fritule in der Stille und ihr leicht süßlicher Duft machten mich müde und ein wenig benommen, ich fühlte mich wie ein Kind, das lange geweint und das man mit Süßigkeiten getröstet hat. Als die Fritule mit Zucker bestäubt auf einem großen Teller aufgetürmt waren und ich ins Bett kroch, wechselte der Himmel über dem Hof gerade die Farbe, von Schwarz zu Dunkeltürkisblau.

So trieb ich nach und nach weg vom Heute, von der Insel als realem Ort, von ihrer blaugelben, sommerlichen Urlaubserscheinung, ich spann mich ein in einen Kokon aus Nacht und Bratfett, Zuckerguss und imaginierter Geschichte und Träumen von Andrej. Ich registrierte kaum, als sich das Wetter wieder zu ändern begann, die ersten Wolken am Horizont auftauchten, die Luftfeuchtigkeit stieg. Eines Nachmittags schreckte ich schweißgebadet aus einem verrückten Traum auf, in dem ich in einer Stadt, die aussah wie New York, aber nicht New York war, sondern eine gigantische Filmkulisse aus Pappe, eine Art Fahnenstange hinaufkletterte, die immer länger wurde, je höher ich kletterte. Immer sah ich das Ende der Stange etwa anderthalb Meter über mir, und immer kletterte ich weiter und weiter, während die Stange in den Himmel zu wachsen schien und die Häuser mit ihr. Ich musste unbedingt da hinauf, um mir einen Überblick zu verschaffen, um etwas ganz Bestimmtes zu sehen, im Traum war es mir lebenswichtig erschienen. Während ich aus dem Fenster starrte und angestrengt darüber nachdachte, was es war, das ich so dringend hatte sehen wollen, und warum, hörte ich das noch ferne Geräusch eines Donners, bemerkte das gelblich-trübe Licht, das der bewölkte Himmel auf das Dach gegenüber warf. Plötzlich war ich alarmiert, als hätte ich das Herannahen einer Katastrophe verschlafen. Oder vielleicht träumte ich noch, war in einer Filmkulisse, und da draußen war außer mir niemand? Ich sprang auf und warf das Kleid über, das neben dem Bett lag. Ich hatte es schon seit Tagen an, es war zerknittert und getränkt mit einer wilden Mischung verschiedener Essensgerüche, aber das war mir egal, ich schlüpfte in meine Flip-Flops und stürmte nach draußen. Der Jugo schlug mir ins Gesicht wie ein feuchtheißer Lappen. Auf dem Weg zum Kirchplatz begegnete ich keiner Menschenseele, nur die hochschwangere Katze ein paar Häuser weiter, die sich schon seit Tagen kaum noch bewegte, lag mitten auf dem Weg und linste mich aus einem halbgeöffneten Auge träge an. Ich musste mehrmals an Terezas Tür klopfen, bevor sie öffnete, ich hatte sie wohl aus ihrer Siesta geweckt. Leicht verwirrt sah sie mich an.

Du lebst noch? Wie schön, sagte sie.

Darf ich reinkommen?

Sie trat zur Seite, hielt mir die Tür auf und verbeugte sich.

Schon gut, sagte ich, es tut mir leid. Ich hab mich ein wenig zurückgezogen.

Ich setzte mich an den Küchentisch, Tereza schlurfte zur Kaffeemaschine und füllte sie mit frischem Wasser und Kaffeebohnen.

Was ist los, schreibst du wieder?, fragte sie.

Nein. Du weißt doch, wenn ich schreibe, muss ich zwischendurch mit Menschen sprechen, sonst werde ich verrückt.

Vielleicht ist das auch so, wenn du nicht schreibst.

Jaja, sagte ich, Punkt für dich. Aber keine Sorge, wie du siehst, bin ich hier. Sag, was ist das eigentlich für ein Wetter da draußen?

Das, sagte Tereza, ist kein Wetter, es ist eine Krankheit. Das Wetter ist krank, es hat die Grippe. Vielleicht stirbt es.

Und dann?, fragte ich.

Na, dann begraben wir es. Und dann kriegen wir vielleicht wieder Sommer. Früher hat es im Sommer kein Wetter gegeben auf der Insel, nur Sommer. Wetter hat es nur im Winter gegeben.

Sie drückte mir meinen Espresso in die Hand und hob

ihre Tasse, wir stürzten die dicke schwarze Flüssigkeit in einem Zug hinunter.

Oder, sagte Tereza und leckte sich die Crema von den Lippen, oder es gibt wieder ein Urknall.

Ein*en* Urknall, verbesserte ich sie. Was meinst du, können wir davor noch zu Vlado auf ein Bier gehen?

Jetzt? Es ist drei Uhr nachmittags! Tereza zeigte mit dem Finger auf mich. Es fängt schon an, ich hab dich gewarnt.

Mach dich nicht lächerlich, sagte ich, seit einer Woche habe ich kaum was getrunken, und es ist nur ein Bier.

Aber es wurden drei, und dazu noch ein paar Schnäpse, weil irgendwann Harry auftauchte und meinte, er könne nicht mehr arbeiten, weil es so schwül sei, sein Herz mache das nicht mehr mit und das deprimiere ihn.

Und du meinst, der Schnaps macht dein Herz besser?, fragte Tereza.

Nein, sagte Harry, aber meine Depression.

Das Lokal hatte sich langsam gefüllt, seit wir gekommen waren, jetzt herrschte vielfältiges Stimmengewirr, alle redeten über das Wetter. Der ferne Donner hier und da hatte sich in ein ständiges, näher kommendes Grollen verwandelt, doch das Gewitter ließ sich Zeit. Die Wolken zogen herum wie ein Geschwader, das sich zum Angriff formiert. Die See war kabbelig, als würde sie von einem riesigen unterirdischen Mixer aufgeschlagen, sie hatte die Farbe von flüssigem Platin. Ich verabschiedete mich und sah zu, dass ich nach Hause kam, bevor es zu regnen anfing. Es war unnatürlich dunkel und so schwül, dass einem bei jeder Bewegung sofort die Kleidung am Körper klebte. Als ich ankam, war ich komplett durchgeschwitzt

und reichlich benommen, als hätte mir jemand einen gut dosierten Schlag auf den Hinterkopf verpasst. Ich stellte mich unter die Dusche, ziemlich lange, etwas, das man auf der Insel eigentlich nicht tut – im Sommer wird das Wasser hier schnell knapp. Aber ich wusste ja, es würde regnen und die Zisternen würden sich wieder füllen. Es war so angenehm, da zu stehen und das lauwarme Wasser an mir hinunterlaufen zu lassen, mit geschlossenen Augen, fast hatte ich das Gefühl, mich selbst zu verflüssigen, Schichten von Haut lösten sich auf, bildeten Pfützen rund um meine Füße und verschwanden schlierenförmig im Abfluss. Plötzlich war das ganze Gewicht fort, das mich in letzter Zeit so beschwert hatte. Das Seltsame war: Es ängstigte mich. Ich dachte, wo ist es jetzt hin, ich brauche es doch, sonst verschwindet auch noch der Rest von mir im Abfluss, oder er fliegt einfach davon, so wie die Zwischenblättchen im Zigarettenpapier, wenn man sie anzündet. Spinn nicht rum, sagte ich laut und drehte das Wasser ab. Genau in diesem Moment klopfte es an der Tür. Ich sauste in den Hof, wo die Handtücher auf der Wäscheleine hingen und seit Tagen nicht richtig trocken wurden.
Wer ist da?, rief ich.
Ich bins, lässt du mich rein?
Wer ich?, fragte ich, obwohl ich es wusste. Hektisch wickelte ich mir ein Handtuch um.
Andrej, rief Andrej. Ich möchte dir was zeigen.
Äh, warte einen Moment.
Ich lief die Treppe hoch, kramte frische Sachen aus dem Regal, zog sie an, zog sie wieder aus, wickelte mich erneut in das Handtuch, lief hinunter, öffnete die Tür einen Spaltbreit und steckte den Kopf hinaus.
Hi, sagte ich.

Stör ich bei irgendwas?, fragte er und lächelte.

Nein, nein, ich war nur unter der Dusche.

Verstehe. Kann ich reinkommen?

Ich bin noch nicht angezogen, sagte ich und machte den Spalt ein winziges bisschen breiter, damit er sehen konnte, dass ich nur ein Handtuch anhatte.

Oh, sagte er und straffte sich ein wenig. Dann warte ich so lange hier draußen. Ich wollte dich sowieso nur zu einem kleinen Spaziergang überreden.

Spaziergang? Siehst du den Himmel?

Es dauert nicht lange. Bis es regnet, sind wir wieder zurück, sagte er.

Bist du sicher?

Nein. Er lächelte wieder. Seine Augen sagten etwas auf Kroatisch. Ein Blitz erleuchtete die Hauswand gegenüber, gefolgt von einem scheppernden Donner.

Komm rein, sagte ich.

Bist du sicher?

Nein.

Er lachte ein kleines Lachen, wie Blasen, die in einem Glas Wasser aufsteigen, eher für ihn selbst bestimmt als für mich. Dann beugte er sich vor und küsste mich.

Das Unwetter tobte fast die ganze Nacht hindurch. Es stürmte und heulte, grollte und polterte, der Regen prasselte wie lauter kleine Gewehrschüsse aufs Dach, wir lagen darunter und hörten ihm zu. Wir sprachen nicht viel in dieser ersten Nacht, nur hie und da blühten einzelne Sätze, kleine Fetzen eines Dialogs in der Dunkelheit zwischen den Blitzen auf, wurden vom Sturm weggetrieben, vom Donner verschluckt.

Seit wann bist du wieder hier?
Seit heute Morgen.
......
Was hast du gemacht die ganze Zeit, hast du geschrieben?
Nein, gekocht.
......
Wo warst du so lange?
Montenegro.
Ist es schön da?
Ich weiß nicht.
......
Ich liebe Gewitter und Stürme am Meer.
Was magst du daran?
Es macht einen klein und unwichtig.
......
Was wolltest du mir vorhin zeigen?
Das kann ich nicht sagen – ich kann es nur zeigen.
Wirst du es mir noch zeigen?

Ein Teil von mir wollte für immer dort bleiben, in der Geborgenheit der Nacht, zwischen den launischen Böen, den immer wieder von Neuem aufbrausenden Regengüssen, den unbefangenen Fragen. Ein anderer Teil jedoch eilte mir voraus, in den Tag, die klare Luft, das gleißende Sonnenlicht, das alle dunklen Ecken ausleuchten und scharfe Schatten werfen würde.

5

Die Bora überraschte mich nicht. Sie kam und wehte alles
Gegrübel, alle Gefühle der Nutzlosigkeit und Vergeblich-
keit, die bohrenden Selbstzweifel und die ganze Schwere
der Sehnsucht einfach fort. Zurück blieb eine azurblaue
Durchsichtigkeit, fast eine Art meditativer Leere in meinem Kopf, und ein Paar große Kirchenglocken, die direkt
in meinem Brustkorb läuteten. Durch die Poren meiner
Haut konnten jederzeit Glücksgefühle ungehindert herein-
strömen wie durch die geöffneten Schleusen einer Stau-
stufe. Meine Muskeln und Organe schienen von ihnen
angetrieben zu sein, mein ganzer Körper war ein sehr effi-
zientes, perfektes, kleines Glückskraftwerk. Es war etwas
beängstigend, aber völlig unmöglich, sich dagegen zu
wehren.

Die Bora war sogar noch stärker als das letzte Mal, sie
sauste über die Insel, als wollte sie die Steinhäuser ins
Wanken bringen, sie fegte in sämtliche Ecken, sang in den
Kaminen, ließ uns die Haare um unsere Köpfe wehen,
sodass sie aussahen wie Heiligenscheine. Der Katamaran
fiel aus, die Ausflugsboote sowieso. Am Strand kämpften
die Urlauber vergeblich mit Sonnensegeln und Strand-
muscheln, die Einheimischen drückten sich in windge-
schützte Nischen oder blieben im Haus, die notwendigen
Wege erledigten sie schnellen Schrittes, geübt die Windrichtung nutzend wie kleine Segelboote.

Andrej und ich liefen oben auf dem Inselplateau zwischen
den Weingärten herum, setzten uns dem Wind aus wie
Kinder, die sich mit offenem Mund in den strömenden
Regen stellen, um ihn zu kosten. Wir drehten und wen-
deten uns im Luftstrom, probierten aus, seitlich zu gehen

wie Krebse, riefen uns Dinge zu, die nicht oder anders ankamen, weil der Wind so laut war. Die Sonne sprenkelte die durchweichte Erde unter den Weinstöcken mit glitzernden Flecken, durchdrang mit ihren Julistrahlen mühelos die Haut und verbrannte sie, ohne dass man es spürte. Nachts wurde es ungewöhnlich kühl, wir saßen in Decken gewickelt im Hof und sahen hinauf zu den kalten Sternen, die so dicht am Himmel standen, dass sie ganze Leuchtwolken bildeten. Manchmal schwiegen wir, manchmal redeten wir. Damals, ganz am Anfang, fielen uns die Worte aus dem Mund wie bunte Glasmurmeln, rollten hin und her, trafen mit freudigem Klackern aufeinander, wechselten die Richtung ganz nach ihrer eigenen Lust und Laune. Wie unsere Berührungen fanden sie ihr Ziel, falls es eines gab, ohne jede Anstrengung.

Andrej besaß eine kleine Reisetasche, in der, wie er sagte, alles sei, was er zum Leben brauche, mit Ausnahme seines Kameraequipments. Es war eine alte, abgewetzte Ledertasche, wirklich nur so groß, dass man sie locker im Handgepäckfach eines Flugzeugs unterbringen konnte. Auf die Frage, wo er denn eigentlich lebe, sagte er: Mal hier, mal da, und als ich wissen wollte, ob es irgendwo auf der Welt eine Wohnung gab, in die er immer wieder zurückkehre, erzählte er mir von einem Loft in einem ehemaligen Fabrikgebäude in Hoboken, nahe dem Haus, in dem er aufgewachsen war, das ein befreundeter Fotograf gekauft hatte und als Studio nutzte. Dort gab es auf einer Galerie in schwindelnder Höhe ein Bett mit einem riesengroß aufgeblasenen Foto der jungen, fast nackten Jane Birkin darüber und eine Stereoanlage, ein Arrangement, das seinem Freund für amouröse Abenteuer mit Fotomodellen diente und gleichzeitig Andrejs Postadresse in Amerika und sporadischer Schlafplatz war. Es gab außerdem eine Wohnung in Berlin, die er immer wieder aufsuchte, wenn er in Europa war, und nach ein bisschen Bohren erfuhr ich, dass er dort einige Jahre sesshaft gewesen war, gemeinsam mit seiner Exfrau, die immer noch da lebte. Die Ehe hatte sich als Katastrophe entpuppt, aber seit sie sich getrennt hatten, waren die beiden gute Freunde, und die Wohnung war groß genug.

Die Nachricht, dass Andrej verheiratet gewesen war, überraschte mich – ich konnte ihn mir rein gar nicht als Ehemann vorstellen, wobei meine Vorstellung von Ehemännern im Wesentlichen das graue, knochige Antlitz meines Vaters trug. Ich kannte zwar auch ein paar Leute meiner Generation, die geheiratet hatten, allerdings meist nach vielen Jahren Beziehung und aus pragmatischen Gründen – Kinder oder Finanzen oder beides. Die Unterzeichner solcher Verträge verwandelten sich durch diesen Pakt für mich nicht plötzlich in Ehemänner oder Ehefrauen, sie blieben Martha und Erik oder Andi und Linda, die sich genau wie vor ihrer Eheschließung darum stritten, wie man den Geschirrspüler optimal einräumt, wer den stressigeren Tag gehabt und daher das Vorrecht auf Erschöpfung hatte. In meiner euphorischsten Phase mit S. habe ich mich einmal um fünf Uhr morgens reichlich betrunken auf der Albertinarampe vor ihm niedergekniet und ihn gefragt, ob er mich heiratet. Er kniete sich ebenfalls hin und sagte, er würde mit Sicherheit einen entsetzlichen Ehemann abgeben, und da er mich liebe, wolle er mir das nicht antun. Aus irgendeinem Grund, den ich heute nicht mehr nachvollziehen kann, fand ich das unglaublich komisch, ich kugelte mich vor Lachen, und am nächsten Tag hatte ich es vergessen. Es fiel mir erst wieder ein, als ich mich das erste Mal von ihm trennen wollte, und der Gedanke, er hätte damals ja sagen und sich am nächsten Tag auch noch daran erinnern können, treibt mir noch heute den Schweiß auf die Stirn.

Andrejs Hochzeit dürfte eine ziemlich überstürzte Angelegenheit gewesen sein – eine Fotosession im Central Park, ein von kubanischem Rum getränktes Wochenende in Havanna, ein Antrag hoch über den Wolken, viel mehr erzählte er mir nicht. Andrej war damals dreiundzwanzig, ein junger Fotograf, der mit Jobs bei Zeitungen seine künstlerischen Ambitionen finanzierte. Er folgte seiner jungen Braut nach Deutschland, und obwohl die Ehe nicht hielt, wurde er durch seinen Umzug nach Berlin zu dem Reportagefotografen, der er heute noch ist.

In der ersten Zeit fotografierte er mich viel. Er hatte eine eigene Art, an die Sache heranzugehen, redete währenddessen die ganze Zeit mit mir, stellte mir alle möglichen Fragen, nach meinen Lieblingsblumen, ob ich gerne Tischfußball spielte und ob es ein Gemüse gab, das mir überhaupt nicht schmeckte, ich sagte: Karfiol, und er sagte: Komm, sags noch mal, und ich sagte: Karfioooool, igittigitt, und wir lachten, und dabei knipste er mich die ganze Zeit, ich fand es gut, obwohl ich mich sonst nicht so gerne fotografieren lasse. (Das Karfiolfoto hängt heute in meinem Flur in Wien. Wenn ich daran vorbeigehe oder mein Blick zufällig darauf fällt, passiert es mitunter, dass ich mich selbst nicht erkenne. Ich sehe eine Frau, die mir sympathisch ist, von der ich aber kaum etwas weiß, wie etwa meine Trafikantin an der U-Bahn-Station, bei der ich seit Jahren meine Zigaretten kaufe).

Dann, nach ein paar Tagen nur, packte er die Kamera wieder weg.

Ich kann das nicht, sagte er.

Was?

Dich fotografieren, ich will das nicht.

Warum?

Ich weiß nicht, es ist ... wie ein Frevel.

Ein *Frevel*? Weißt du, was das ist?

Andrej schaute ein wenig ratlos drein. Was moralisch Verwerfliches irgendwie.

Es ist die Schändung von etwas *Heiligem*, sagte ich, a *sacrilege*. Ich bin nicht heilig, nur damit das klar ist. Sollte ich je in Gefahr geraten, es zu werden, würde ich dich bitten, mich zu schänden, bevor es zu spät ist.

Andrej lachte, aber er blieb dabei. Er fotografierte mich nicht mehr.

Wir saßen am Eingang einer kleinen Höhle, ein Fischmaul in den weißen Felsen auf der Südseite der Insel, nicht weit von Pot Tarnak entfernt. Es war nicht leicht, dorthin zu kommen, zehn oder fünfzehn Meter über dem Meer, abseits aller Pfade, inmitten einer blendend hellen Mondlandschaft, die Steine mit spitzen Zipfeln bewaffnet. Zieh gute Schuhe an, hatte Andrej gesagt, und ich zog meine besten Schuhe an, das waren meine Laufschuhe, danach hatten sie lauter kleine Löcher in den Sohlen. Andrej sagte: Besser die Schuhe als die Füße, und dann machte er mir die Räuberleiter, damit ich mich von einem Felsvorsprung aus in die Höhle hieven konnte. Die Aussicht war unglaublich, besonders bei Bora, wenn es so klar war, dass die Nachbarinseln zum Greifen nah schienen. Wie große, schlafende Meerestiere lagen sie in der gekräuselten

See, blaugrüne Schattierungen flüssiger Luft, luftiger Hügel. Wir waren ein wenig außer Atem von der Kletterei, die Gesichter gerötet vom Wind, ich fragte: Und du wolltest mich allen Ernstes kurz vor dem Gewitter hierherschleppen?

Ich war schon ein paarmal bei Gewitter hier, sagte Andrej, es ist fantastisch.

Eine Weile sagten wir nichts, schauten nur, einmal streckte Andrej den Arm aus, verfolgte mit dem Finger die Bahn eines sehr großen Vogels mit einer furchterregenden Flügelspannweite.

Die sind selten, sagte er. Mir fällt ihr deutscher Name gerade nicht ein, aber sie fressen nichts Lebendes.

Geier?

Genau, aber eine ganz besondere Art.

Vor denen graust mir, sagte ich.

Warum? Immerhin töten sie niemanden.

Ja, aber sie warten darauf, dass andere es tun.

Das ist nicht wahr. Sie fressen auch Tiere, die einfach so sterben.

Komplizen des Todes, beharrte ich.

Recycler des Lebens, widersprach Andrej. So nützlich sind *wir* nicht, im Gegenteil. Wir machen die Natur nieder, um Tiere zu züchten, die wir dann töten, um sie zu fressen, und das, obwohl es für unser Überleben nicht notwendig wäre. Findest du wirklich, wir sind die netteren Tiere?

Wir sind Menschen, sagte ich etwas dümmlich.

Jaja, und so kultiviert, dass wir massenweise unsere eigenen Artgenossen abschlachten, sagte Andrej verächtlich.

Du glaubst nicht an Kultur?

Ich glaube nicht an die Überlegenheit unserer Spezies, außer wenn es um die Zerstörung des Planeten geht.

Wow, ich hätte nicht gedacht, dass du so pessimistisch bist.

Wieso pessimistisch? Ich habe nicht gesagt, dass wir nicht lernfähig sind. Für irgendwas muss die ganze Hirnmasse ja schließlich gut sein.

Du gehörst also nicht zu diesen mieselsüchtigen Typen, die meinen, dass der Mensch ein Missgeschick der Evolution ist und die Zerstörung unumkehrbar? Du weißt schon, diese Leute, die dauernd verkünden, dass alles demnächst den Bach runtergeht?

Seh ich so aus?, fragte Andrej ein wenig beleidigt.

Nein, gar nicht.

Na also.

Trotzdem, ich bin erleichtert.

Warum?, fragte Andrej.

Ich legte mich auf den Bauch und spuckte hinunter auf den weißen Fels.

Weil ich es nicht ertrage, wenn jemand meine eigenen Zweifel füttert.

Andrej legte sich neben mich auf den Rücken und begann, mit meinen Haaren zu spielen.

Diese Geier, sagte er, sie leben auf Cres. Es gibt ein Vogelreservat dort und ein Naturschutz-Center, das sich um verletzte oder vergiftete Tiere kümmert. Ich habe eine Reportage darüber für *National Geographic* fotografiert, ist schon länger her. Jedenfalls ... er fuhr mit dem Zeigefinger meinen Hals entlang ... während der Balz machen die Paare Tandemflüge, ein Vogel genau über dem anderen, alle Flugbewegungen synchron, es sieht unglaublich elegant aus.

Andrej hielt seine beiden Hände flach übereinander und ahmte den Balzflug der Geier nach, dazu blies er Luft durch den leicht geöffneten Mund. Er ließ die Hände sinken und lächelte.

Dann bauen sie gemeinsam das Nest, sie brüten gemeinsam und kümmern sich beide um die Nahrung für die Jungvögel. Sie leben in Kolonien von bis zu hundert Paaren und mehr, vollkommen friedlich.

Ich beobachtete den Vogel, der jetzt in großer Entfernung über dem Südzipfel von Lošinj kreiste.

Vielleicht, sagte ich, graust es den Geiern ja vor uns.

So oft hatte ich die Bora schon erlebt, doch nie war ich Zeugin gewesen, wenn sie aufhörte. Immer passierte es, während ich schlief, ich wachte auf, und sie war vorbei. Ich wusste nicht, ob sie langsam abnahm, ein Diminuendo, ein allmähliches Versiegen, als würde einem Riesen die Luft ausgehen, oder ob sie sich ganz plötzlich zurückzog wie eine beleidigte Diva – zack, und aus. Ich fragte Andrej danach, und auch er konnte es nicht sagen, aber er begeisterte sich sofort für die Idee, es herauszufinden.

Wir bleiben einfach wach, sagte er. Wir bleiben wach, bis sie vorbei ist. So lange kann es nicht mehr dauern.

Na ja, sagte ich.

Wir warteten also. Wir beobachteten den Wind, als wäre er unser Neugeborenes.

Hast du nicht das Gefühl, er ist schwächer geworden in den letzten zehn Minuten?

Hm, ich glaube nicht.

......

Schau doch, das Handtuch da, es flattert nicht mehr ganz so stark.

Kann sein. Vielleicht. Nein, schau doch, gleich fliegt es davon.

......

Hat er nicht die Richtung gewechselt?

Unsinn. Du sitzt nur mit dem Rücken zu ihm.

Wir hielten unsere Augen offen und die Finger, Nasen und Stirnen in den Wind, horchten auf die Geräusche, die er machte. Wir verfolgten den Rhythmus der Böen, entzifferten den Code der Wellenkämme auf dem Meer. Wir tranken Unmengen Kaffee, um nur ja nicht einzuschlafen, und der viele Kaffee bewirkte, dass wir zu viel und zu schnell redeten. Wir redeten, als wären wir jahrelang mit verklebten Mündern herumgelaufen und man hätte uns gnädigerweise endlich das Heftpflaster runtergerissen. Heraus kamen Fragezeichen und Rufzeichen, Wortkaskaden und Halbsätze und eilige kleine Bindewörter, sie alle stürzten sich in großer Geschwindigkeit über Steine und Klippen von Berg zu Tal, ein hurtiger Wasserfall, der niemals versiegte. Die Gedankenstriche vermieden wir, denn sonst hätten wir uns küssen müssen, uns anfassen und so weiter, und wir befürchteten, die Bora würde aufhören, während wir uns liebten.

Warum hast du geheiratet?

Ich weiß nicht. Ich habe überhaupt nicht darüber nachgedacht. Ich war schrecklich verliebt, sehr jung, sehr enthusiastisch, Paola war schön, fremd, interessant, anders als alle Mädchen, die ich kannte.

Paola?

Ihr Vater ist Italiener, ihre Mutter Deutsche, eine Urlaubsliebe.

Soso.

Ja.

Verstehe, erzähl weiter.

Bist du sicher?

Ich hab dich gefragt, warum du sie geheiratet hast – nicht, wie der Sex war.

Also gut – ich dachte wohl, es gehört sich so. Nicht dass mir das damals bewusst gewesen wäre, aber ich bin eben so aufgewachsen, in einer katholischen Familie, einer kroatischen Community. Sie haben ja alles weiterhin so gemacht wie vorher auf der Insel, auch wenn sie mitten in Amerika waren, arbeiten, kochen, beten, heiraten, bis heute machen sie es so. Man heiratet eben. Wenn man sich mit Anfang, Mitte zwanzig verliebt, heiratet man, es gibt eine Riesenhochzeit, da kommen immer an die dreihundert Leute zusammen ...

Dreihundert Leute? Auf deiner Hochzeit?

In meinem Fall eher noch mehr, denn die Deutschen und die Italiener kamen auch, wenigstens ein paar.

Gab es Musik?

Natürlich gab es Musik.

Was für Musik, kroatische oder italienische? Ich meine, ich nehme nicht an, dass Wagner gespielt wurde oder Kraftwerk.

Amerikanische, sagte Andrej. Mein Vater wurde drüben Sinatra-Fan, was ihm die Gelegenheit gab, seinen Hang zum Lokalpatriotismus auch in seiner neuen Heimat auszuleben, Sinatra kommt nämlich aus Hoboken, na ja, du kannst dir vorstellen, was das heißt: Es gibt einen Frank Sinatra Park und ein Sinatra Café, beides liegt – surprise, surprise – am Sinatra Drive, sogar ein Postgebäude haben sie nach ihm benannt. Und das Historische Museum

Hoboken bietet eine Frank-Sinatra-Tour an, da kann man dann auch die Lokale besichtigen, die heute noch ganz stolz drauf sind, dass Frankie-Boy dort mit den Gambinos und Bilottis und weiß der Himmel mit welchen Mafiosi sonst noch zu Mittag gegessen hat.

Oh, mein Gott, ihr musstet also auf eurer Hochzeit zu *Come Fly with Me* tanzen?

Unser erster Tanz war *Night and Day*, das ist gar nicht so schlecht, jedenfalls nicht allzu schmalzig. Aber es gab später natürlich auch eine kroatische Band, die sich die Seele aus dem Leib spielte, bis keiner mehr auf den Füßen stehen konnte.

Klingt doch gut.

Die Hochzeit *war* gut.

Aber die Ehe nicht?

Nein. Ich finde, man sollte heiraten können, ohne nachher verheiratet zu sein.

Aber wozu dann heiraten?

Na wegen der Hochzeit.

Aber man kann doch auch so ein Riesenfest feiern, mit Tanzen und Band und so weiter.

Ja, aber das wäre nicht dasselbe. Niemand würde vor Rührung weinen.

Du hast geheiratet, damit die Leute *weinen*?

Es gibt kein Fest, dass emotional so aufgeladen ist wie eine Hochzeit – mit Ausnahme eines Begräbnisses. Das sind die beiden Gelegenheiten, wo es wirklich ans Eingemachte geht, das lässt einfach keinen kalt. Die Kroaten wissen das. Deshalb hat Bregović sein *Wedding and Funeral Orchestra* so genannt.

Ich verstehe. Liebe und Endlichkeit, die zwei großen Themen, da kann sich keiner entziehen.

Genau.

Aber die Liebe als Basis der Ehe ist ja eine recht neue Erfindung, hab ich erst vor kurzem gelesen.

Ja – blöde Idee, wenn du mich fragst. Mir leuchtet die Ehe als wirtschaftliche Gemeinschaft auch viel mehr ein. Ich meine, man sollte sich schon *mögen*, aber die Kombination von Liebe und Ehe ist potenziell gefährlich, für die Liebe *und* für die Ehe.

Du meinst also, man sollte heiraten, aber nicht jemanden, den man liebt?

Wenn du es so sagst, klingt es natürlich absurd, aber im Prinzip: Ja. Es hat durchaus seine Vorteile, verheiratet zu sein, überhaupt, wenn man Kinder aufziehen möchte.

Aber man kann doch auch ohne Trauschein zusammenleben, wandte ich ein.

Meinst du das ernst?, fragte Andrej. Warum sollte man alle Nachteile der Ehe in Kauf nehmen und dann nicht mal ein großes Fest feiern? Das ist doch witzlos.

Na ja, wenigstens muss man sich dann nicht scheiden lassen, wenns nicht klappt. Das kann einem unter Umständen viel Ärger und Geld ersparen.

Ja, aber der Ärger bei Scheidungen kommt ja auch nur daher, dass die Liebe mitspielt. Scheidungen an sich kommen nur daher, dass die Liebe mitspielt. Jede Menge enttäuschter Erwartungen, zerschlagene Träume vom großen Glück.

Andrej machte eine ausladende Geste, die dieses große Glück weit oben über unseren Köpfen lokalisierte, im klaren frühabendlichen Himmel über meinem Haus. Wir waren gerade von einem Spaziergang zurückgekommen und standen nun vor meiner Tür, der Wind ließ einen losen Fensterladen klappern.

Aber was ist dann mit der Liebe?, fragte ich. Wo soll man denn hin mit ihr?

Soviel ich weiß, kann man sich auch lieben, ohne zusammenzuleben, sagte Andrej, oder nicht?

Oh. Du meinst, so wie ich das bisher immer gemacht habe?

Wir mussten beide lachen, Andrej fasste meine Haare im Nacken zusammen, damit sie mir nicht ins Gesicht wehten, und küsste mich, ich dachte noch flüchtig an Scheidungen und dass Andrej ja auch eine gehabt haben musste – oder etwa nicht? – und wie absurd es war, dass ich jetzt daran dachte, wir küssten uns zur Tür hinein und die Treppen hoch unters Dach, Andrejs Mund sprach mit mir in einer Sprache, die mir fremd war, die ich dennoch verstand, wir verfingen uns zwischen den Laken, die angenehm kühl waren auf der ausgetrockneten Haut. Unsere Laute beim Lieben verwoben sich mit den Geräuschen des Hauses, das Surren des alten Kühlschranks, das Singen im Kamin, das Knacken der Dachbalken, der Fensterladen klapperte immer noch. Irgendwann, am bleigrauen Rand des Schlafes, murmelte Andrej etwas auf Kroatisch, ich fragte: Was?, und Andrej sagte: Morgen, Liebste, morgen, doch am Morgen hatte ich es vergessen. Ich schreckte hoch, und es war hell, ich zog vorsichtig meine Füße unter Andrejs rechtem Bein hervor, stand auf, ging die Treppe hinunter, setzte Kaffee auf, summte einen Song vor mich hin, der in meinem Traum vorgekommen war und von dem ich nicht wusste, wie er hieß. Andrej kam herunter, küsste meine nackten Schultern, die eine, die andere, schlug Eier in die Pfanne, ich deckte den Tisch im Hof, wir sprachen nicht. Dann, als wir fast fertig gefrühstückt hatten, fiel es uns auf, beinahe gleichzeitig.

Andrej streckte den Finger in die Luft, ich nickte und lächelte.

Ovakav je plan da te volim jedan dan, sagte Andrej,
ali dan je ipak vrijeme kratko a tebe voljeti je baš slatko
ma bolje meni bez tog plana pa te volim svakog dana
Ich sah ihn fragend an.
So ist der Plan, sagte Andrej,
dass ich dich liebe einen Tag
aber der Tag ist eine kurze Zeit und dich zu lieben ist gar
süß
ach, besser ist mir ohne diesen Plan und ich liebe dich
jeden Tag

Hatte die Bora aufgehört, während wir uns geliebt oder während wir geschlafen hatten? Wir wussten es nicht.

6

Andrej wuchs in mein Inselleben hinein wie eine Schraube, die sich in ein Gewinde dreht. Ich hatte nicht das Gefühl, dass sich meine Gewohnheiten durch seine Anwesenheit auch nur im Geringsten änderten. Normalerweise brachten Männer alles durcheinander, sobald sie in meinem Leben auftauchten. Immer zogen sie Bausteine von ganz unten aus meinem Gebäude und setzten sie ganz obendrauf, wo sie mir die Sicht auf die Welt verstellten, während ich damit beschäftigt war, das Ding stabil zu halten, trotz der plötzlichen Lücken im Fundament. Andrej ließ alles, wo es war, und setzte seine Steine dahin, wo Platz war. Ich kochte, ich hörte Musik, ich las, und Andrej war einfach da, legte hin und wieder Musik auf, fragte mich etwas zu einem Song oder einer Band, las mir einen Absatz aus einem Buch vor, räumte mitten in der Nacht den Inhalt des Kühlschranks auf den Küchentisch und begann, Zwiebeln zu schneiden. Ich ging schwimmen, laufen oder spazieren, er kam mit oder auch nicht, nie störte mich das eine oder das andere. Wir besuchten Tereza und Pedro oder Harry oft gemeinsam, trotzdem gab es immer noch genug Gelegenheiten für mich, sie allein zu sehen. Ich wusste nicht, wie er es machte, aber es funktionierte, und es irritierte mich gewaltig. Manchmal, wenn er allein unterwegs war, überfiel mich dieses Gefühl, das ich als Pubertierende hin und wieder gehabt hatte, wenn ich allein zu Hause war: dass ich mir meine Eltern und Freunde nur einbildete, dass sie in der objektiven Realität gar nicht existierten, sondern das dreidimensionale, sprechende und sich bewegende Produkt einer komplizierten Gehirnfunktion waren. Vielleicht hatte sich mein Kopf einen Mann gebastelt, ganz wie die anspruchsvolle Königstochter, nur ein wenig moderner – einen zerebralen Zuckermann aus dem Gehirnlabor. Und wie damals, als ich fünfzehn oder sechzehn war, beschäftigte mich in diesen Augenblicken dieselbe Frage: Was, wenn meine Einbildungskraft nachließ, wenn sie eines Tages plötzlich nicht mehr stark genug war, um das Bild aus meinem Kopf in die Wirklichkeit zu projizieren?

Wir redeten über Musik. Andrej war zwar in einer kroatischen Community aufgewachsen, die, wie ich nach und nach erfuhr, in erstaunlichem Ausmaß in sich abgeschlossen war, eine Zelle von einer mal einer Meile, die gemäß ihren eigenen Regeln und Traditionen lebte, a world in a box, wie Andrej einmal sagte, dennoch war er auch Amerikaner und Kind seiner Zeit. Andrej wurde am 18. August 1969 als jüngstes von drei Kindern geboren. Während seine Mutter in den Wehen lag, spielte Jimi Hendrix gerade auf dem Gelände einer Farm in Bethel im Bundesstaat New York vor 400 000 Leuten *Voodoo Child*. Als er in die Volksschule ging, hörte seine ältere Schwester Donna Summer und handelte sich mit dem lautstarken Abspielen von *Love to Love You Baby* gewaltigen Ärger mit ihren sehr katholischen Eltern ein. Als Andrej selbst in der Pubertät ankam, war der 70er-Disco tot, und niemand stieß sich an dem riesigen *Blondie*-Plakat mit der spärlich bekleideten Debbie Harry im Vordergrund, das er über seinem Bett aufhängte. Die *Talking Heads* brannten das alte Haus nieder, *Grandmaster Flash* verbreitete seine Message, und die *Ramones* prügelten sich mittels Gitarre und Drumsticks durch den unterirdischen Dschungel Amerikas. Andrej erzählte mir, wie er mit sechzehn durch eine drogenverseuchte, noch nicht von Giuliani gesäuberte Lower East Side streifte, bewaffnet mit nichts als seiner ersten eigenen Kamera. Er fotografierte den Müll auf den Straßen, die heruntergekommenen Häuser und die mit Schutt übersäten, trostlosen Baulücken dazwischen. Er fotografierte brennende Autos auf der Bowery und Junkies, die an den U-Bahn-Abgängen herumhingen oder auf dem Gehsteig lagen. Einmal fotografierte er an einer Straßenkreuzung Jean-Michel Basquiat, ohne zu wissen, wer er war – erst drei Jahre später, als Basquiat an einer Überdosis starb, erkannte er ihn auf einem Foto in der *Village Voice* wieder. Andrej war nicht naiv, aber er hatte auch keine

Angst – mit seiner relativ dunklen Haut und den schwarzen Locken fiel er unter all den Latinos nicht groß auf, und er kam aus einem Viertel, das genau wie Loisaida zum Großteil aus armen Einwanderern bestand, wo die Straße ein potenziell gefährlicher Ort war, besonders in der Nähe des Hafens. Lange Zeit hatten ihm seine Eltern verboten, sich dort herumzutreiben, doch Andrej tat es trotzdem. Mit dreizehn hatte er im Fernsehen *On the Waterfront* gesehen, und die düstere Atmosphäre des Films, der mehr oder weniger vor seiner Haustüre spielte, und der junge Marlon Brando als furchtloser, von Gewissenskonflikten geplagter Terry Malloy hatten großen Eindruck bei ihm hinterlassen. Aber die Lower East Side war nicht Hoboken. Eines Tages sah er sich einem gezückten Messer gegenüber, und es war ein Glück, dass er dabei nur seine Kamera verlor. Es dauerte eine Weile, bis er sich durch einen Aushilfsjob in der kroatischen Stammkneipe seines Vaters wieder genug Geld für eine neue zusammengespart hatte.

Mit siebzehn war Andrej immer noch zu jung, um in die angesagten Clubs in Manhattan zu gehen, außerdem konnte er sich dort weder den Eintritt noch die Getränke leisten. Er besaß keinen Plattenspieler, und CD-Player waren ohnehin noch unbezahlbar. Sein ganzer Stolz war ein Ghettoblaster mit Kassettenteil, mit dem er Musik aus dem Radio aufnahm. Er stand am Kopfende seines Bettes und Andrej hielt halbe Nächte lang sein Ohr an die Lautsprecher und hörte sich durch sämtliche New Yorker Radiostationen. Er sagte mir, sein Leben sei damals von einem permanenten Soundtrack unterlegt gewesen, selbst während er in der Schule saß (was zunehmend seltener der Fall war). Musik war sein Motor, nie aber sein Ziel gewesen. Im Gegensatz zu vielen seiner Freunde hatte er nicht das Bedürfnis gehabt, ein Instrument zu lernen oder wenigstens in einer Punkband zu spielen.

Andrej erzählte, und ich tauchte ab in das New York der 80er, das meine Pubertät auf eine ganz andere Art, aber ebenso intensiv geprägt hatte. Nur dass ich dabei auf einem Sitzsack vor der Stereoanlage in meinem Zimmer in Wien saß, unter dem Kopfhörer, den meine Eltern mir aus purem Eigennutz geschenkt hatten, denn alles abseits von Klassik war ihnen ein Gräuel. Ich begriff nie, wie Rock 'n' Roll und die 60er spurlos an ihnen hatten vorübergehen können, obwohl sie beide erst nach dem Krieg geboren wurden, doch der einzige Bezug, den sie zu dieser Ära hatten, war politischer Natur. Mit Jugendkultur hatten sie nie was am Hut gehabt, vermutlich, weil sie nie jung waren. Obwohl ich weder meine Haare grün färbte noch mein Outfit mit Sicherheitsnadeln und Nieten aufpeppte, sahen sie mich schon wegen meines Musikgeschmacks als Außerirdische, und Wien war gerade erst dabei, aus dem Dornröschenschlaf zu erwachen. Es gab eine Handvoll Plätze, wo man hingehen konnte, und man wusste, welche Leute man dort traf, es war, rückblickend betrachtet, eine Art urbaner Streichelzoo. New York war für mich damals alles, was ich mir erträumte: brodelndes Leben, pulsierender Underground, schräge Typen, Avantgarde, Spielplatz der Experimente. Genau wie Andrej hörte ich ununterbrochen Musik, und, wie wir feststellten, so ziemlich dieselbe. Das faszinierte mich. Es war wie mit dem Mond. Obwohl Tausende Kilometer voneinander entfernt, hatte derselbe Sound unsere Sehnsüchte befeuert, derselbe Beat den Rhythmus unserer Schritte bestimmt. Wir waren völlig unterschiedliche Straßen entlanggewandert, dieselben Textzeilen vor uns hinsingend.

Eine Zeit lang sah es so aus, als wäre der Sommer zurück – der kroatische Sommer, in dem die Farben die Hitze in sich aufsaugten und immer intensiver wurden, bis sie gesättigt waren und im Laufe des August ausbleichten wie meine Haare. Der Inselsommer, in dem ich die Wochentage vergaß und die Nächte die Sonne ausatmeten, die Luft wie der Atem eines großen, formlosen Tieres, der Sommer, in dem die Insel Teil meines Körpers wurde, der sich ausdehnte bis an die scheinbaren Ränder des Meeres. Eine nahezu unheimliche Leichtigkeit ergriff von mir Besitz, ich dachte nicht mehr ans Schreiben und auch nicht ans Nicht-Schreiben, das ordentliche Mädchen im Faltenrock verwandelte sich in eine unbekümmerte Kurtisane des Sommers. Ich war allzeit bereit, mich ihm an den üppigen Meerbusen zu werfen, zu schwimmen, zu tauchen, Eis zu essen, Fisch zu essen, mit einer Flasche Wein eine einsame Bucht aufzusuchen und mich dort von Andrej um den restlichen Verstand vögeln zu lassen.

Nichtsdestotrotz sprachen wir über unsere Arbeit. Wir sprachen darüber aus dieser merkwürdigen Distanz heraus, die wir in diesem Sommer wohl beide zu unserem Leben hatten, als hätte es uns über Bord geworfen wie von einem Boot bei Bora.

Warum bist du Fotograf geworden?
Warum willst du dauernd wissen, warum ich bestimmte Dinge getan habe?
Weil ich nicht dabei war. Ich kenne deine Geschichte nicht, das macht mich fertig.
Reicht es nicht, dass ich jetzt da bin, wo ich bin?
Nein! Ich muss wissen, wie du hierhergekommen bist. Das

hat mich auch beim Schreiben immer angetrieben: herauszufinden, wie sich meine Figuren in die Lebenssituationen gebracht haben, in denen sie sich befinden, warum sie tun, was sie tun. Die Gründe liegen ja immer in der Vergangenheit.

Aber Menschen sind doch mehr als ein Produkt ihrer Vergangenheit. Manchmal tun sie funkelnagelneue Dinge, die sich überhaupt nicht aus ihrer Geschichte heraus erklären lassen.

Das glaube ich nicht, sagte ich freundlich. Außerdem weiß ich genau, was du gerade tust – du versuchst mich in eine Diskussion zu verwickeln, um von meiner Frage abzulenken.

Andrej lachte.

Also gut, sagte er, aber erwarte nicht zu viel. Ich weiß nämlich oft nicht, warum ich etwas getan habe. Und was das Fotografieren betrifft ... vielleicht war es mein Versuch, die Welt zu verstehen. Möglicherweise dachte ich, wenn ich die Dinge, die ich sah, festhielt – so wie ich sie wahrnahm –, könnte ich sie danach beliebig oft anschauen, so lange, bis ich begriff, was ich sah.

Und – hat es funktioniert?

Eine Zeit lang, ja. Aber je mehr und je länger ich unterwegs war, je regelmäßiger ich meine Fotos in Zeitschriften sah, neben den Fotos anderer Fotografen, desto mehr Distanz entwickelte ich zu ihnen. Sie wurden mir immer fremder, bis sie gar nicht mehr richtig *meine* Fotos zu sein schienen, sie hätten auch von einem meiner Kollegen sein können. Wenn ich nach einer Reportage das fertige Magazin in die Hand bekam und durchblätterte, dachte ich: Oh, gute Bilder, aber sie sagten mir nichts Neues. Ich erinnerte mich an die Reisen, an die Orte, an denen ich gewesen war, aber die Fotos fügten dem nichts hinzu, erklärten nichts, öffneten keine Türen mehr. Ich blieb auf meinen Tausenden Eindrücken sitzen, und das überfordert einen nicht nur, wenn man Indonesien nach dem Tsunami fotografiert.

Kann ich mir vorstellen. Du hast sicher noch Schlimmeres gesehen, oder?

Kaum. Ich bin ein Weichei, ich fahre nicht in Kriegsgebiete, zumindest nicht wissentlich. Zweitausendzwei war ich zufällig auf Bali, als die Islamisten diese Diskothek hochgehen ließen. Das war das einzige Mal, dass ich Menschen ohne Hände und mit brennenden Rücken fotografiert habe. Ich war auch nicht in der Krajina oder in Sarajevo oder sonst wo in Jugoslawien während des Krieges. Ich wurde natürlich gefragt, und es gab Kollegen, die mich dafür verachtet haben, dass ich ablehnte, weil ich doch die Sprache spreche und so weiter. Nur Mama war froh darüber. Sie sagte: Wozu sind wir weggegangen – damit du dort freiwillig hingehst, wenn Krieg herrscht? Mein Vater dachte da schon anders. Er meinte, ich sollte dort nicht fotografieren, sondern die Waffe in die Hand nehmen und mithelfen, Kroatien von den Serben und vom Kommunismus zu befreien. Aber er war immer schon Nationalist, ich vermute, er hat während des Krieges auch mit der Ustascha sympathisiert.

Du verstehst dich nicht mit deinem Vater?

Ach, er ist einfach ein völlig anderer Mensch als ich – sehr stolz, kampflustig, cholerisch. Ich bin friedlich, ich gehe Streitereien aus dem Weg.

Bis nach Bali?

Andrej lachte. Bis ans Ende der Welt, wenns sein muss! Nein, ich reise nur leidenschaftlich gerne, deshalb mache ich möglichst viele Reisereportagen, dazu noch ein bisschen Natur ...

Die Geier, warf ich ein.

Ja, zum Beispiel. Ich fühle mich einfach am wohlsten, wenn ich unterwegs bin.

Was ist mit der Insel?

Das ist was anderes. Die Insel ist ...

Eine Art Leo?, schlug ich vor.

Was ist ein Leo?

Das ist beim Fangenspielen der Zufluchtsort, wo man nicht abgeschlagen werden kann.

Das ist gut. Sehr gut sogar. Andrej nickte ein paarmal vor sich hin, nahm einen Schluck Wein aus der Flasche und sah versonnen aufs Meer hinaus.

Warum machst du keine künstlerischen Sachen mehr?

Weil ich nicht mehr an die Kunstfotografie glaube. Das Foto ist so banal geworden. Jeder Idiot kann heutzutage ein gutes Bild schießen, zumindest von der Bildqualität her. Weißt du, wie viele Fotos täglich auf Facebook hochgeladen werden? Dreihundert Millionen. Das macht mich krank, diese Bilderflut. Jeder drückt ständig auf den Auslöser, fotografiert sein Essen, seine neue Kaffeemaschine oder seine Freunde beim Saufen. Dann schnell noch ein paar Filter und Effekte drauf, und schon steht es auf Instagram. Es widert mich an.

Aber glaubst du nicht, dass man trotzdem noch Fotos machen kann, die berühren, die etwas sichtbar oder fühlbar machen?

Ja, vielleicht, aber ich fürchte, *ich* kann es nicht mehr. Wahrscheinlich ist mein Blick verdorben durch die Reportage-Routine. Als ich in Montenegro war, wollte ich wieder einmal nur für mich fotografieren. Aber es hat nicht funktioniert. Ich sehe nichts mehr, jedenfalls nicht durch den Sucher. Warum grinst du so?

Hm. Ich glaube, ich weiß, was du brauchst.

Was denn?

Urlaub, sagte ich.

Natürlich wollte Andrej dann auch wissen, wie ich zum Schreiben gekommen und warum ich dabei geblieben bin. Ob ich immer schon davon geträumt hätte, Schriftstellerin zu werden? Mitnichten, erklärte ich, vielmehr sei es zunächst eine fast alptraumhafte Entdeckung gewesen, dass ich ausgerechnet das am liebsten tat und am besten konnte, was meine Eltern am stolzesten machte. Was tut man bloß in so einer Situation, wenn man siebzehn ist? Fast hätte ich mir doch noch die Haare grün gefärbt, stattdessen nahm ich einen Job in einer Bar an, eines von den neuen New-Wave-Lokalen, in denen das Kuscheligste die Achselhaare der Kellnerin waren (ja, du hast schon richtig gehört, damals gabs noch welche in Europa, oder sagen wir mal, in Österreich). Noch vor Schulende zog ich von zu Hause aus, und zwar in eine reine Jungs-WG. Unglücklicherweise irritierte all das meinen Vater überhaupt nicht, er meinte, eine junge Literatin müsse eben etwas erleben, sonst hätte sie nichts, worüber es sich zu schreiben lohnte, es war zum Auswachsen. (Meine Mutter machte sich wenigstens Sorgen. Sie schenkte mir Kondome in Großpackungen und fragte jedes Mal, wenn sie mich sah, ob ich auch genügend Schlaf bekam. Hauptsächlich fürchtete sie um meinen Schulabschluss.) Erst als ich Jahre später meinen ersten Artikel im *Musikexpress* veröffentlichte, äußerte mein Vater die Besorgnis, ich würde mir mit *so was* meinen Ruf als ernsthafte Autorin ruinieren, ob ich das nötig hätte.

Es kam der Punkt, an dem Andrej mich darauf hinwies, dass auch ich von der eigentlichen Frage ablenkte: Warum schreiben?

Ich versuchte, es mir einfach zu machen.

Vielleicht war es ja *meine* Art, mir die Welt verständlich zu machen, schlug ich vor, oder eigentlich eher mich selbst.

Dann war dein Schreiben sehr autobiografisch?

Nein, überhaupt nicht, meine frühen Sachen waren ziemlich surrealistisch, geprägt von meiner Sehnsucht, die Welt, in der ich lebte, wenigstens beim Schreiben zu verlassen.

Du hast dir also eine eigene Welt geschaffen, eine, in der du lieber gelebt hättest?

Du meinst eine, in der Telefonautomaten verlassene Liebhaber fressen, Häuser sich als versteinerte prähistorische Wesen entpuppen, Körperteile sich selbstständig machen und einfach abhauen? Ich weiß nicht ...

Aber was war es dann? Andrej ließ nicht locker. Ernsthaft, was bringt einen dazu, so viele Wörter aneinanderzureihen, und zwar so, dass eine gute Geschichte daraus wird, eine, die die Leute lesen wollen?

Du hast recht, es ist verrückt.

Das habe ich doch gar nicht gesagt, entrüstete sich Andrej.

Aber ich habe es gedacht, sagte ich, und zwar oft. Ich meine, wie viel Zeit verbringt man als Schriftsteller damit, dazusitzen und über Formulierungen zu brüten, und mal ehrlich: An wie viele Sätze oder Absätze aus all den Büchern, die du gelesen hast, erinnerst du dich? Es gibt sicher irgendwelche Literaturprofessoren, die ganze Dialoge aus Hamlet zitieren können oder seitenweise die Gedankengänge des Leopold Bloom auf seinem Weg durch Dublin in ihrem Gehirn gespeichert haben, aber für die schreibe ich ja nicht.

Für wen schreibst du dann? Für dich selbst?

Ja klar, aber nicht nur. Ich hoffe doch, dass die eine oder andere Geschichte, oder wenigstens Teile davon, auch anderen etwas eröffnet – einen neuen Blick auf etwas, ungewohnte Perspektiven, ungeahnte Empfindungen, das hofft doch jeder Künstler, oder? Aber mit Bildern ist es etwas anderes. Egal ob gemalt oder fotografiert, Bilder graben sich mehr ein als Worte, nicht?

Andrej schüttelte sanft den Kopf, ich wurde unsicher, meine Gedanken gerieten ins Schleudern wie ein Fahrzeug auf regennasser Fahrbahn, verkrampft versuchte ich, auf Kurs zu bleiben.

Ich erinnere mich an viel mehr Bilder als Worte, insistierte ich, obwohl ich mit Worten arbeite.

Aber so einfach ist das nicht, sagte Andrej. Du erzeugst ja mit deinen Worten auch Bilder. Du erzeugst Geräusche und Farben und Stimmungen und sogar Musik, Melodie, Rhythmus. Und das ist es, was hängenbleibt … wie bei einem Haus, in dem du mal zu Besuch warst. Du erinnerst dich vielleicht nicht mehr an einzelne Details, die Vorhänge, das Muster des Sofas oder wo die Lichtschalter waren, aber du weißt noch genau, wie es dort gerochen hat, wie das Licht war am späten Nachmittag in der Küche, und wenn du die Augen schließt, hörst du diesen komischen Vogel, der immer morgens vor deinem Fenster gesungen hat, von dem du immer noch nicht weißt, wie er heißt, weil du damals vergessen hast zu fragen. Und wenn es wieder irgendwo so oder ähnlich riecht, wenn das Licht diese spezielle Färbung hat oder du womöglich dem Gesang dieses Vogels wieder begegnest, weil er wahrscheinlich nicht der einzige seiner Art gewesen sein wird, dann bringt das noch anderes hoch, und plötzlich erinnerst du dich an ein bestimmtes Gespräch in dieser Küche, obwohl du geglaubt hast, es vergessen zu haben.

Ich blinzelte. Und jedes Buch ist ein Haus?

Oder zumindest eine Wohnung, oder aber ein Schloss, ein Appartement, eine Dachkammer, ein Atelier, eine Gartenhütte ...

Dann wohne also nicht nur ich in Büchern?

Nein, sagte Andrej, strich mir über die Wange wie einem Kind, dem man gerade erklärt hat, dass die Sonne nachts die andere Seite der Erde beleuchtet, und hielt mir dann die Weinflasche hin. Ich nahm den letzten Schluck.

Das ist gut, sagte ich. Sehr gut sogar.

Am selben Abend trafen wir uns mit Harry, Tereza und Pedro bei Jela zum Essen. Nachdem Harry eine Weile darüber gejammert hatte, dass er wegen der inzwischen wieder brütenden Hitze nur am frühen Morgen arbeiten konnte, versuchte ich ihn abzulenken, indem ich ihn fragte, warum er Bildhauer geworden war. Harry erzählte, dass ihn die Flüchtigkeit von Dingen und Phänomenen schon immer fertiggemacht, ihm als kleinem Jungen sogar Angst eingeflößt habe. Als Landkind hatte er sie täglich vor Augen gehabt: Blätter, die von den Bäumen fielen, Blüten, die verwelkten, Abfälle, die auf dem Komposthaufen zu Erde wurden, Schnee, der schmolz, Eiszapfen, die vom Dach hingen und im Verlauf eines einzigen Sonnentages verschwanden, verfaulendes Obst, vermorschendes Holz, austrocknende Bäche. Zur Bestürzung seiner Eltern, die ihn gerne als Erben des landwirtschaftlichen Betriebes gesehen hätten, begann er in seiner Pubertät zu zeichnen und zu malen, um die Dinge festzuhalten, sie ihren ständigen Metamorphosen zu entreißen, doch was ihn daran störte, ihn unbefriedigt ließ, war die Zweidimensionalität, die keinen Zweifel daran ließ, dass es sich nur um ein Abbild handelte, selbst als er mit Perspektive, mit Licht und Schatten schon einigermaßen umgehen konnte. Die Rundungen eines Baumstamms auf einem Bild waren eine Illusion fürs Auge – anfassen, begreifen konnte man sie nicht. Dann starb sein kleiner Bruder bei einem Traktorunfall, und Harry, der ihn über alles geliebt hatte, kam nicht nur mit seinem Tod nicht zurecht, sondern vor allem nicht mit der Art seiner Eltern, damit umzugehen. Nach der Aufbahrung, der Totenmesse und dem Begräbnis wurde einfach nicht mehr darüber gesprochen, und seine drängenden Fragen – wohin sein Bruder entschwunden war, wie es sein konnte, dass er ein paar Tage, Wochen, Monate davor so selbstverständlich da gewesen war, mit ihm geredet und gegessen hatte, um die Wette gelaufen, zur Schule gegangen, aufgestanden und schlafen gegangen war, jetzt aber nicht mehr war als ein Name und ein Haufen Erinnerungen, sein lebloser Körper (nie würde Harry den Anblick vergessen) tief unter der Erde, da oben auf dem Hügel, wo der Friedhof lag –, all diese Fragen wurden mit ein paar frommen Floskeln (*Gott hat ihn zu sich genommen*) vom Tisch gewischt und ihm schließlich, da er nicht aufhörte zu fragen, unter Strafandrohung verboten. In den darauffolgenden Jahren kapselte sich Harry immer mehr ab, mit achtzehn verließ er den elterlichen Hof. Auf seinem Weg nach Wien durchquerte er zu Fuß das halbe Burgenland und kam dabei durch St. Margarethen, wo er vierzehn Bildhauer bei der Arbeit im dortigen Steinbruch antraf. Harry war über alle Maßen fasziniert: Stein! Warum war er nicht schon viel eher darauf gekommen? Vielleicht, weil es im Burgenland keine Berge gab. Hier konnte man

einen Körper schaffen, einen richtigen Körper zum Anfassen, der zudem Bestand hatte. Stein verwitterte zwar
auch (hier schweifte Harry ein wenig ab, gab uns einen
kleinen Exkurs über die Einflüsse von Temperatur, Feuchtigkeit, Sonne, Salz, Regen und Wind auf Gesteine – die
Bora zum Beispiel, sagte Harry, ist Gift für den Stein,
schaut euch nur den Karst an!), aber das dauerte, und
Dauer war es, was Harry suchte.

Jela kam und tischte uns eine Fischplatte auf, die, wie Harry
ihr auf Deutsch erklärte, eine ganze Kompanie satt gemacht hätte und nicht einen alten Mann und vier Turtel-
täubchen, die von Luft und Liebe lebten.

Über das Turteln sind Pedro und ich längst hinaus, sagte
Tereza, und die Bora kann man nicht essen. Her mit dem
Fisch.

Jela lachte ihr unnachahmliches Lachen, bei dem sie die
ganze Pracht ihres Humors und ihrer mehrfarbigen Zäh-
ne zeigte, und erklärte mit heiserer Stimme, Liebe mache
hungrig und sie sei es eben gewohnt, für Kompanien zu
kochen, so habe sie es von ihrer Mutter gelernt. Nachdem
sie die Fischplatte abgestellt und uns alle mit Wein ver-
sorgt hatte, ging sie nach draußen, um eine Zigarette zu
rauchen, und Tereza erzählte, dass Jelas Mutter nach dem
Zweiten Weltkrieg für die Soldaten der jugoslawischen
Volksarmee gekocht hatte, die als Beobachtungsposten
für die Militärbasis in Lošinj auf der Insel stationiert waren. Sie und ihr Mann hatten beschlossen, den Kommunismus auszusitzen und auf der Insel zu bleiben. Ihre
Form des Widerstands bestand darin, mit den Soldaten
Deutsch zu sprechen, das sie in ihrer Kindheit gelernt hatten, als die Insel noch zu Österreich-Ungarn gehörte. Die
jungen Soldaten verstanden sie natürlich nicht und waren

sich unsicher, ob es sich dabei um Kollaboration mit dem Feind handelte und sie das Verhalten der beiden ihren Vorgesetzten melden mussten. Doch die Soldaten waren hungrig, und es siegte wohl das Prinzip, dass man nicht die Hand beißt, die einen füttert. Und Jelas Mutter fütterte sie, so gut es damals ging. Als jedoch eines Nachts zwei Männer an ihre Tür klopften, um Jelas Vater abzuholen und ihn zwangsweise zum Straßenbau auf das Festland zu verfrachten, kamen sein hitziges Temperament und seine deutschen Verwünschungen nicht so gut an, und er landete vorübergehend im gefürchteten Straflager auf Goli Otok.

Vorübergehend?, fragte Andrej.

Es kursieren die wildesten Geschichten darüber, wie er es geschafft hat, relativ schnell wieder von dort wegzukommen, sagte Tereza. Manche behaupten, er sei geschwommen, bei Nacht. Unwahrscheinlich – die Entfernung zum Festland ist zwar nicht so groß, aber die Strömung sehr stark, ganz abgesehen davon, wie streng die Häftlinge bewacht wurden. Aber Jelas Vater war hier eben eine Art Lokalheld, da geht die Fantasie mit den Leuten durch, und Jela spricht nicht darüber, niemals.

Wie auf Kommando kam Jela gerade vom Rauchen zurück, wir verstummten und widmeten uns dem Fisch.

Auf dem Heimweg sagte Andrej plötzlich: Lass uns noch einen Spaziergang machen, nach der Geschichte von vorhin würde ich gern zur Kaserne gehen.

Die Kaserne, oder was davon noch übrig ist, liegt nicht weit entfernt vom Leuchtturm, oben auf dem Inselplateau, wo schmale Pfade durch Schilf und Gestrüpp, wilden Majoran und Beerenstauden nirgendwohin führen. Die Wände der Ruine sind in allen Farben vollgesprayt, viele Besucher haben sich hier verewigt, den Namen nach zu schließen, hauptsächlich Einheimische. Der Wachturm ist noch ganz gut erhalten und innen mit kleinen Eisentritten versehen, über die man hochklettern kann.

Ich wandere gern nachts über die Insel. Es gibt nur wenige Bäume da oben, und wenn die Nacht klar ist, hat man eine gute Sicht, die Abwesenheit von künstlichem Licht macht die Dunkelheit weniger dunkel. Der Weg leuchtet wie von selbst schwach unter den Füßen, der Mond wirft sein silbriges Licht in Schlieren auf das tintenschwarze Meer, der Himmel ist weit und hell. Ich fühle mich dann klein und sehr leicht, fast völlig befreit von der Schwerkraft, vom Gewicht meines Körpers, und ich habe das Gefühl, nur mehr aus Sinneswahrnehmung zu bestehen.

Eine Zeit lang gingen wir schweigend hintereinander, Andrej vor mir wie ein Guide bei einem Dschungeltrekking, dann erschien ihm genau das wohl lächerlich, und er nahm meine Hand, ich sagte: Warte, ich möchte barfuß gehen, und zog meine Schuhe aus, er tat es mir nach, der Boden war immer noch warm, Andrejs Hand auch. Ich wollte gerne ewig so weitergehen, doch als die Gemäuer der alten Kaserne in Sicht kamen, blieb Andrej stehen, schloss die Augen und sagte:

Sag mir, was du siehst.

Was?

Du sollst mir sagen, was du siehst. Beschreib es mir einfach. Bitte.

Okay. Also gut.

Ich legte den Kopf in den Nacken.

Ich sehe den Mond, begann ich. Er ist ... fast ganz weiß, mit ein paar bläulichen Flecken, die Mondmeere – das ist ein schönes Wort, Mondmeer –, auch wenn es gar keine Meere sind, sondern nur ausgetrocknete Becken, die einmal mit Lava bedeckt waren, vor dreitausendirgendwas Millionen Jahren, ich habe Angst vor solchen Zahlen. Als Kind glaubte ich ...

Nur beschreiben. Bitte.

Okay, ja. Entschuldige. Also, er hat keinen Hof.

Keinen was?

Einen Hof – so einen Lichtschein rundherum, wie eine alte Straßenlaterne, das hat er doch manchmal, aber nicht heute. Heute ist er an den Rändern sauber ausgeschnitten und auf den Himmel geklebt.

Ich konnte hören, wie Andrej grinste, aber ich sah nicht hin, schaute weiterhin auf den Himmel.

Deshalb sind auch so viele Sterne zu sehen, obwohl der Mond fast voll ist und hoch am Himmel steht.

Ich kramte eine Zigarette und das Feuerzeug aus meiner Tasche, zündete mir eine an.

Ich sehe die Glut meiner Zigarette, sagte ich, wie sie im Dunkeln aufleuchtet. Ich liebe das, es war einer der Gründe, warum ich zu rauchen angefangen habe.

Gib mir auch eine, bat Andrej. Wir setzten uns mitten auf den Weg.

Den Rauch sehe ich nur, wenn ich ihn gegen den Mond blase. Sieht aus wie auf so einem kitschigen Esoterik-Mondkalender.

Wir kicherten und rauchten.

Was noch?, fragte Andrej.

Ich sehe das weißlich schimmernde Band der Milchstraße, unsere gute alte Galaxis, an ihrem nordöstlichen Ende die eitle Kassiopeia, das Himmels-W, und direkt über uns, im Zenit, das Sommerdreieck.

Das klingt schön – Sommerdreieck, sagte Andrej verträumt. Ist das auch ein Sternbild?

Nein, sagte ich, streng genommen nicht. Eigentlich ist es ein Asterismus ...

Schon gut, mach einfach weiter, ja?

Es sind drei wunderbare Sterne, weißt du – Deneb, Wega und Altair. Sie gehören zu drei unterschiedlichen Sternbildern, aber sie bilden dieses markante, auffällige Dreieck, das auf unserer Seite der Erde den ganzen Sommer gut zu sehen ist, sogar in den großen Städten.

Aber sind da nicht noch ganz viele andere Sterne – dreitausendirgendwas Millionen?

Milliarden, sagte ich.

Wie kannst du dann genau diese drei erkennen, dieses Dreieck?

Man muss wissen, dass es da ist. Wenn es dir nie jemand gezeigt hat ...

Andrej legte sich auf den Rücken und lächelte. Seine Augen waren noch immer geschlossen.

Ja, sagte er, ich kann es sehen.

Gut.

Wir waren still, ich stellte mir vor, wie Andrej den Himmel sah, meinen Himmel, meinen Mond und die Sterne, das Sommerdreieck. Dann kam mir eine Idee.

Darf ich dich etwas fragen?

Klar.

Wonach riecht es hier?

Wie bitte?

Sag mir, wonach es hier riecht. Und mach bloß nicht die Augen auf, ja?

Okay. Also ... Andrej sog die milde Nachtluft langsam durch die Nase ein ... ich rieche das Meer ... Salz und Fisch und nasser Fels, Flechten ...

Wie riecht nasser Fels?

Ein bisschen metallisch und ein wenig nach Keller. Andrej schnupperte. Außerdem riecht es nach Gräsern und nach Schaf, fuhr er fort, nach ihrer Wolle und auch ein bisschen nach ihrer Kacke und natürlich nach Kräutern ... Oregano, aber auch etwas Bitteres, Herbes ist dabei, vielleicht Wermut? Und ganz im Gegensatz dazu ... seine Nasenflügel blähten sich und er drehte den Kopf ein wenig in meine Richtung ... ich rieche dich ...

Ich rieche mich selbst, sagte ich, du musst mir nicht beschreiben, wie ich rieche.

Unsinn, sagte Andrej, die Leute in der U-Bahn, die sich zu selten waschen, riechen sich ja selbst auch nicht.

Wunderbarer Vergleich, sagte ich.

Komm schon, du weißt, was ich meine. Das ist wie mit der Stimme – die eigene Stimme hört man auch ganz anders als die anderen.

Also gut, sags mir. Wie rieche ich?

Hm. Andrej nahm noch einen langen Atemzug durch die Nase. Süß, aber nicht zuckrig und auch nicht wie Honig ... vielleicht am ehesten wie Ahornsirup.

Ich musste lachen. Ich bin also eine Waffel?

Nein, eine Frucht, und ich weiß nicht, welche, es macht mich ganz fertig. Ich bin sicher, dass ich diese Frucht einmal gegessen habe, ich glaube, in Südamerika ...

Jetzt reichts aber! Ich stürzte mich auf Andrej und begann, ihn wild zu küssen, er gab vor, sich zu wehren, nein, sagte er, warte, so kann ich mich nicht aufs Riechen konzentrieren, er drehte mich herum, sodass ich auf dem Rücken lag, hielt meine Handgelenke fest und küsste mich dann erst recht, unfair, protestierte ich, als ich Luft bekam, unfair, unfair ... schließlich rappelten wir uns auf und gingen endlich zur Kaserne.

Ohne das Wissen, dass dieses Gemäuer eine Kaserne gewesen war, hätte ich es wahrscheinlich für einen vor langer Zeit verlassenen verfallenen Hof gehalten. Ein Schaf, das an einem Pflock gleich daneben angebunden war und jetzt leise blökte, als es uns bemerkte, verstärkte diesen Eindruck. Das Einzige, was nicht dazu passte, war der Turm – in seiner kahlen Funktionalität verriet er sofort seinen Zweck. Beim Hinaufsteigen leuchteten wir uns gegenseitig mit dem Feuerzeug, oben setzten wir uns auf den schmalen Rand, wie die Hühner – es gab keine Plattform oder etwas in der Art. Der Turm war nicht sehr hoch, vielleicht fünf oder sechs Meter, aber er stand so ziemlich am höchsten Punkt der Insel, und man sah das Meer, wo immer man hinschaute, 360 Grad rundum.

Und?, fragte Andrej. Wie sieht es aus, Gefreite äh ... verdammt, wie ist dein Nachname?

Nicht wichtig.

Gefreite Nichtwichtig, kommandierte Andrej, erstatten Sie Bericht. Feind in Sicht?

Nein, sagte ich. Alles ruhig am Horizont.

Du siehst den Horizont doch gar nicht.

Weißt du, was ich an der Insel so liebe?, fragte ich.

Was?

Genau das: dass ich hier sitzen und rund um mich herum das Meer sehen kann. Als wäre die Insel gar keine richtige Insel, sondern nur so eine Erdscholle, die aus dem Wasser ragt. Auf größeren Inseln vergesse ich manchmal, dass ich auf einer Insel bin. Hier nie, niemals.

Andrej nickte. Als könnte sie jeden Moment davontreiben, oder?

Ja.

Wir schwiegen. Die Stille fiel vom Himmel und hüllte uns ein.

Weißt du, wonach es hier riecht?, fragte Andrej irgendwann.

Sag.

Nach Sternen. Es riecht nach Sternen.

TEIL ZWEI

7

Ich musste nach Zagreb, um meine Mutter vom Flughafen abzuholen, die natürlich rechtzeitig zum Emigrant's Day auf der Insel sein wollte. Ivan und Nada waren schon früher geflogen und verbrachten noch ein paar Tage bei Freunden in Mošćenice.
Ich nahm das Halbachtboot. Mara schlief noch tief und fest, als ich aufstand, also schrieb ich ihr einen Zettel:

Bin in Zagreb, meine Mama holen.
Komme morgen wieder,
Kuss, A.

Es war lange her, dass ich so einen Zettel geschrieben hatte – oder dass ich auch nur das Gefühl gehabt hatte, ich *sollte* es tun. Es war ein bisschen merkwürdig, dass ich es gerade jetzt tat, denn es entsprach so überhaupt nicht dem, was zwischen Mara und mir lief. Ja, wir hatten viel Zeit miteinander verbracht in den letzten drei Wochen, und ja, wir waren beide ziemlich verknallt, aber das war noch lange kein Grund, sich verpflichtet zu fühlen – jedenfalls war es das in den vergangenen Jahren nicht gewesen, in vergleichbaren Situationen. Aber das mit dem Vergleichen ist ja so eine Sache, im Grunde völlig unzulässig, und Mara ... gerade Mara eignete sich so gar nicht dafür. Sie war gleichzeitig spröde und leidenschaftlich, eigensinnig und nachgiebig, sperrig und geschmeidig, und sie schien ihre Unabhängigkeit ebenso zu lieben wie ich. Deshalb war es komisch, das mit dem Zettel. Ich spürte eine leichte Irritation, als ich ihn beim Hinausgehen auf dem Tisch liegen sah, überlegte kurz, ihn wieder wegzunehmen oder aber ihn mit einem Stein zu beschweren, damit ihn ein eventuell aufkommender Wind nicht wegwehen konnte (es war seit Tagen vollkommen windstill). Dann zog ich vorsichtig die Tür zu, um keinen Lärm zu machen, und ging mit einem kleinen Lächeln über mich selbst durch die schlafenden Gassen in Richtung Hafen. Als ich unten am Pier stand und eine Zigarette rauchte, dachte ich noch kurz darüber nach, doch sobald ich am Boot war, hatte ich es vergessen.

Ich freute mich auf den kleinen Ausflug, so wie man sich immer freut, wenn man im Sommer für kurze Zeit die Insel verlässt – in dem Bewusstsein, dass man es nie ohne äußeren Anlass tut und dass man bald wiederkommt. Es war jetzt schon heiß, und die Segeljachten, die in der Bok ankerten, hätten selbst auf dem offenen Meer den Motor anwerfen müssen, um vom Fleck zu kommen, träge lagen sie in der spiegelglatten See wie vollgefressene Krokodile. Kein Wölkchen war zu sehen, das Wasser schimmerte türkis in der sandigen Bucht, die Szenerie erinnerte mich flüchtig an ganz andere Weltgegenden, die Andamanen, die Inseln unter dem Winde, an deren trügerische Friedlichkeit.

Ich traf Goran am Hafen von Lošinj, wir tranken einen Kaffee, und er gab mir den Autoschlüssel und die Papiere. Pass auf deinen rechten Fuß auf, sagte Goran und grinste. Der Motor kann ein bisschen mehr, als er sollte – du weißt ja, mein Bruder kanns einfach nicht lassen, und die Bullen sind so viel schärfer geworden. Außerdem blecht man mehr als früher.

Alles klar, sagte ich. Was tanke ich?

Super, sagte Goran. Geht es deiner Mutter gut?

Ja, unglaublicherweise, sie ist ein Phänomen. Ich glaube, sie wird mich überleben.

Goran lachte. Und dein Vater?

Immer schlechter. Er steht inzwischen fast nicht mehr auf, weil es ihm solche Schmerzen bereitet. Aber das Liegen macht es natürlich auch nicht besser. Außerdem hat er nichts zu tun, also tyrannisiert er Mama.

Na ja, sagte Goran, *ihn* wird sie auf jeden Fall überleben, und dann hat sie noch ein paar schöne Jahre vor sich.

Ja, sie träumt davon, zurückzukommen und auf der Insel zu leben. Aber das alte Haus gehört uns schon lange nicht mehr, leider, und ein neues zu finden wird nicht leicht sein. Du weißt ja, wie das ist mit den Häusern, die jetzt noch leer stehen – da sitzen immer mindestens zehn Leute drauf, die inzwischen über halb Amerika verstreut leben, und bis man die zwischen New Jersey und Oklahoma aufgespürt hat wegen der Unterschriften ... Keine Ahnung, warum die Leute hier früher keine Testamente gemacht haben, aber es ist wirklich ein Jammer, denn die Häuser verfallen einfach.

Goran winkte ab. Die haben einfach nicht an Testamente geglaubt, solche Sachen wurden innerhalb der Familie geregelt, und solange alle zusammen an einem Ort gelebt haben, hat das auch meistens funktioniert. Aber ich kenne das, in Dubrovnik unten ist es nicht viel anders. Wenn das Haus meiner Eltern nicht wie durch ein Wunder stehen geblieben wäre, hätten sie auch ein Problem gehabt.

Ich nickte. Gorans Familie war 1991 vor den Angriffen der JNA aus ihrer Heimatstadt geflüchtet. Sie hatten den

Krieg recht und schlecht bei Verwandten in Istrien überstanden, und seine Eltern waren Mitte der 90er in ein zerstörtes Dubrovnik zurückgekehrt. Es war ihre Heimat, und sie hatten sich nicht vorstellen können, dauerhaft woanders zu leben. Goran war bei Kriegsende neunzehn gewesen und direkt nach Lošinj gegangen, wo sich in den kommenden Jahren eine Menge junge Leute niederließen. Viele von ihnen hatten ihre Eltern verloren, Verwandte sterben sehen. Sie wollten die Vergangenheit hinter sich lassen, es interessierte sie nicht, ob einer Kroate oder Serbe, Bosnier oder Albaner war. Sie wollten ihre Jugend genießen, sich etwas Eigenes aufbauen, Spaß haben, vergessen. Goran fuhr ungern nach Dubrovnik. Er sagte, selbst jetzt, in der renovierten, aufpolierten Stadt, zwischen den Touristenhorden, sehe er noch die Bilder von damals.

Wir umarmten uns zum Abschied und gingen in verschiedene Richtungen davon. Nach ein paar Schritten hörte ich noch mal seine Stimme.

Hey, Andrej?

Ich drehte mich um.

Was ist mit der Kleinen, die du letztes Mal dabeihattest?

Wer? Wen meinst du?

Na, die hübsche Dunkelhaarige, war sie nicht Künstlerin?

Ach, du meinst Mara?

Ja, was ist mit ihr?

Sie ist Schriftstellerin, sagte ich.

Sie steht auf dich, sagte Goran.

Und, weiter?

Sie passt zu dir, sagte Goran.

Ich machte eine komische Grimasse, weil ich nicht wusste, was ich sagen, wie ich reagieren sollte. Goran lachte, hob die Hand und ging.

Als ich im Auto saß und die schmale Landstraße Richtung Norden entlangbretterte, musste ich grinsen, weil Goran Mara als *Kleine* bezeichnet hatte – *die Kleine, die du letztes Mal dabeihattest –*, typisch Goran, und in dem Fall so ganz und gar unpassend, denn weder war Mara eine *Kleine*, und schon gar nicht eine, *die man dabeihatte*. Viel eher war sie eine Frau, bei der man von Glück reden konnte, wenn sie zufällig am selben Ort war wie man selbst, was ja an dem bewussten Abend in Lošinj genau so gewesen war. Gott, war ich damals froh, sie zu sehen! Gleichzeitig war es mir peinlich, weil ich sie davor so verfolgt hatte – die Aktion mit dem Fisch war wirklich grenzwertig gewesen. Und dann zu Tereza zu gehen, nur weil ich wusste, dass sie gut mit Mara befreundet war, und eine Möglichkeit witterte, so an sie heranzukommen ... Danach musste ich einfach weg von der Insel, bevor ich mich endgültig zum Hormon-trottel machte. Konnte ich wissen, dass sie so bald in Lošinj auftauchen würde? Ich war total überrumpelt, also redete ich und trank und redete und trank, was mir am nächsten Tag unangenehm war, weil ich nicht mehr genau wusste, was ich ihr alles erzählt hatte. Also fuhr ich nach Montenegro und langweilte mich und fotografierte Frauen am Strand, bis ich mir erst recht vorkam wie ein armseliger Stalker. Ich war so verschossen in Mara und so überrascht davon, dass mir anfangs völlig entging, was für eine Anziehung ich umgekehrt auf sie ausübte. Und selbst jetzt schien es mir immer wieder, als würde sie nur meinem Begehren nachgeben, weil es zu stark war, weil es einfacher war – so wie man bei Bora nicht entgegen der Windrichtung geht, wenn man es vermeiden kann. Sie wehrte sich nicht, stemmte sich nicht dagegen, oder nicht mehr. Aber wenn der Wind, der sie in meine Richtung trieb,

plötzlich aufhören würde, wenn ich meine ganze testo-
sterongeschwängerte Leidenschaft abdrehen könnte wie
eine Turbine, würde sie mir weiterhin in die Arme fallen?
Oder würde sie sich in der entstehenden Stille sofort von
mir entfernen, lautlos davontrudeln an einen mir unbekannten, unerreichbaren Ort?

Die Fähre nach Valbiska war total überfüllt, wie immer im
Sommer, und auf Krk wäre ich vermutlich zu Fuß schneller gewesen. Zum Glück hatte Gorans Auto eine Klima-
anlage und ein wirklich gutes Soundsystem. Ich hängte
meinen MP3-Player an und staute mich zur Begleitung
der letzten *Arcade Fire* bis zur Festlandbrücke, von dort
bis Rijeka versank ich in Ry Cooders Soundtrack zu *Paris,
Texas*. Ich hatte ein bisschen Heimweh. Es ist ein Gefühl,
das mich immer wieder überfällt, wenn ich für längere
Zeit an ein und demselben Ort bin. Anders als vermutlich
für die meisten Menschen bezieht sich dieses Gefühl bei
mir nicht auf eine bestimmte Gegend – eine Stadt, ein
Dorf, eine Landschaft, eine Insel –, sondern auf den Raum
dazwischen. In Europa gibt es nicht so viel von diesem
Raum, deshalb habe ich diese Anfälle hier öfter als bei-
spielsweise in Amerika oder in Asien. Eine schnurgerade
Straße quer durch die Great Plains mitten in Kansas ist
wahrscheinlich der Ort, wo ich mich am ehesten zu Hause
fühle. Wenn ich weder vor mir noch im Rückspiegel etwas
anderes sehe als dieses *Dazwischen*. Was für viele einfach
nur Ödnis ist, in der sie sich verloren fühlen, hat auf mich
genau jene beruhigende Wirkung, die andere mit dem
Begriff Heimat verbinden. Ich habe dann das Gefühl,
nirgendwo anders hinzuwollen, genau da zu sein, wo ich
hingehöre.

Ich hatte meine Mutter seit einem halben Jahr nicht mehr gesehen. Sie nahm es mir gleichbleibend übel, dass ich so selten nach Hause kam und nicht genügend Wert darauf legte, an Familienfeiern teilzunehmen, bei denen die Geburtstage, Hochzeiten und Pensionierungen von Menschen gefeiert wurden, die ich nie in meinem Leben getroffen hatte oder an die ich mich jedenfalls nicht erinnern konnte – angeheiratete Großtanten, Cousins zweiten und Neffen dritten Grades. Natürlich galten für mich als männliches Mitglied einer katholisch-patriarchalen Familie mildernde Umstände: Im Gegensatz zur Entscheidung meiner älteren Schwester, als Lehrerin in einem Entwicklungshilfeprojekt auf den Kapverden zu leben und zu arbeiten, aus der meine Mutter messerscharf geschlossen hatte, dass sie sie nicht liebte, wurde mein Drang zu Freiheit und Unabhängigkeit entschuldigt und letztendlich als ein Teil von Gottes Werk angesehen, etwas, gegen das man nichts unternehmen konnte, sondern das man als Mutter – leidend, aber doch – zu ertragen hatte. Nur zu Weihnachten gab es kein Pardon. Weihnachten war heilig, und zwischen der Geburt Jesu durch die Muttergottes und meiner eigenen durch sie machte sie keinen Unterschied. Die damit im Zusammenhang stehenden Feierlichkeiten zu ignorieren kam einer Todsünde gleich, und die hatte ich weder Lust, zu begehen, noch, ihre Folgen zu tragen.

Die Wahrheit ist: Es stört mich nicht, zu Weihnachten in New Jersey zu sein. Ich mag es. Abgesehen davon, dass meine Mutter verdammt gut kocht und es schön ist, die Mitglieder meiner Familie, die ich kenne und liebe, zu sehen und mit ihnen zu feiern, mag ich New York im Winter. Die meisten New Yorker hassen New York im Winter, ich aber finde es großartig, und ich meine nicht den

Schnee im Central Park, den zugefrorenen See oder das Eislaufen (das die meisten New Yorker mögen, ich aber hasse). Wenn ich an New York im Winter denke, sehe ich die graue Skyline vor mir, so wie ich sie von der Waterfront aus sehe: ein bisschen unscharf auf dem silbernen Hudson River schwimmend, die Konturen weich gegen den bleiernen Ende-Dezember-Himmel, die Spitzen der Türme verschwinden im Nebel. Ich denke an einen ausgestorbenen Times Square bei Schneesturm, an die überraschende Geräuschlosigkeit, wenn die große Stadtmaschine stillstehen muss, an kleine, alte, in viele Schichten gewickelte Menschen, die mit ihren Einkäufen langsam und vorsichtig übers Glatteis wackeln, an den eisigen Wind auf der 2nd Avenue, der Unverdrossene dennoch nicht davon abhält, sich auf der Straße zu küssen. Wenn ich es vermeiden kann, bin ich zu dieser Zeit nicht in Thailand, Brasilien, Kenia oder wo die Leute sonst noch hinfahren auf der Flucht vor Minusgraden, Konsumrausch und familiären Ritualen mit religiös verordnetem Frieden beziehungsweise dessen Abwesenheit. Viel lieber gehe ich mit meiner Schwester spazieren, immer entlang des kalten atlantischen Wassers und unserer Erinnerung, die Hände tief in den Manteltaschen vergraben, mit einer idiotischen warmen Mütze auf dem Kopf. Wir erzählen von unserem Leben und reden über unsere Kindheit, während bei jedem Wort kleine weiße Wölkchen aus unseren Mündern aufsteigen wie leere Sprechblasen.

Es war seltsam, an Weihnachten zu denken, mitten im adriatischen Sommer, auf der Autobahn zwischen Karlovac und Zagreb, wo die Hitze die Luft über dem Asphalt flimmern ließ. Es war auch seltsam, meine Mutter zu sehen, ihre stämmige, aber nicht wirklich dicke Gestalt, wie sie mit ihren zwei Taschen durch die Absperrung kam. (Meine Mutter weigerte sich, Trolleys zu benutzen. Sie sagte, sie habe ihre Sachen immer getragen und sehe keine Notwendigkeit, sie plötzlich hinter sich herzuziehen.) Ihre wachsamen Augen glitten über die Wartenden hinweg, kurz nur, schon hatte sie mich entdeckt. Es war mehr ein Scannen als ein Ausschauhalten, was sie da machte, es hat mich immer fasziniert, mir als Kind aber auch Furcht eingeflößt. Es war, als hätte sie einen Strichcode im Kopf, den sie direkt mit dem, was sie sah, vergleichen konnte, und zwar ohne den Rest des Bildes, den Teil, der nicht mit dem Code übereinstimmte, erst aussortieren zu müssen. So hatte sie mich überall binnen kürzester Zeit ausfindig gemacht: vor der Schule, im Park, am Hafen, besonders am Hafen, und generell an allen Plätzen, an denen ich ihrer Meinung nach nichts zu suchen hatte. Ihr zu entwischen, sich vor ihr zu verstecken – ein sinnloses Unterfangen. General Vuković, so hat mein Vater sie manchmal scherzhaft genannt und den gerade Anwesenden die rhetorische Frage gestellt, wozu er die Strapazen einer Flucht, den Verlust seiner Heimat und den Aufbau einer neuen Existenz in Kauf genommen habe, wenn er nun doch wieder unterdrückt und bevormundet wurde, noch dazu von einer Frau. Aber das stimmte nicht. Mein Vater war einfach ein alter kroatischer Macho, und seine Frau behauptete sich mit den ihr zu Gebote stehenden Mitteln. Der Hunger, die Angst, die Flucht, die Arbeit in der Fabrik, all das hatte sie geformt, ihren Körper und ihre Seele, und sie hatte Strategien entwickelt, um sich sicher zu fühlen. Dazu gehörte, dass sie wissen wollte, wo ihr Mann und ihre Kinder waren. Immer.

Das übliche Ritual: Umarmung, ein paar mütterliche Tränen, hastig weggewischt (als sollte ich sie nicht sehen, aber
ich sollte sie eben doch sehen), der Tanz um die Taschen
(gib her, nein, eine kann ich doch selber tragen, du wirst
gar nichts tragen, aber das ist doch nicht notwendig, nicht
notwendig, nicht notwendig), das Familien-Update (Geburten, Todesfälle, Hochzeiten, Schulabschlüsse, Berufs-
wechsel, und stell dir vor, Janas Ältester hat ein Stipendium fürs College bekommen, eines von drei, nur drei! Wer
ist Jana?) und schließlich, unvermeidlich, gebetsmühlen-
artig, die Fragen, nicht gestellt, um beantwortet zu werden,
sondern als eine Art Entleerung, im Grunde ein Selbst-
gespräch, gespickt mit genügend Missbilligung und guten
Ratschlägen, um auch ganz sicher nicht darin unterbrochen zu werden: Wie geht es dir bist du gesund das kann
doch nicht gesund sein dieses viele Reisen kommst du
finanziell zurecht willst du dir nicht doch eine feste An-
stellung suchen was ist wenn du einmal alt bist möchtest
du denn gar keine Kinder für dich ist es ja noch nicht zu
spät du könntest dir eine Jüngere suchen wie Ivan der war
auch schon fünfundvierzig bei Ana na gut aber das war ja
schon sein drittes ... Ivan durfte nicht fehlen, er war ein
unvermeidlicher Programmpunkt, Ivan der Herrliche,
Frau, Kinder, Haus, Familiensinn, Patriotismus, Glauben,
Ivan, das leuchtende Beispiel, Fixstern am mütterlichen
Himmel.
Das alles war für mich wie der Hudson River, wie der Geruch von Pljeskavica, die alten, verblichenen Bilder von der
Insel im Club, das Kauderwelsch aus vier Sprachen, das
meine ersten Worte geformt hat, die bestickten Tisch-
tücher mit den gehäkelten Spitzenrändern, von denen
meine Mutter bei jedem Besuch auf der Insel mindestens

zwei nach Hause bringt. Es war selbstverständlich, Teil meiner Inneneinrichtung, es zog an mir vorüber wie das Gebirgsland des Gorski kotar, durch das wir gerade fuhren, als meine Mutter nach einigen Minuten des Schweigens plötzlich sagte:

Sehnst du dich denn gar nicht nach Liebe?

Fast wäre ich gegen die Leitplanke gefahren.

Meine Mutter hatte mich etwas gefragt.

Sie hatte nicht gesagt: Warum suchst du dir nicht endlich ein nettes Mädchen jeder Mann braucht eine Frau jemand muss sich um dich kümmern deine Wäsche waschen für dich kochen du solltest ein richtiges Zuhause haben so kann man nicht leben.

Sie hatte mich etwas gefragt. Und sie wartete auf eine Antwort.

Mama, bitte mach dir keine Sorgen, sagte ich mechanisch, es geht mir gut, wirklich.

Sie drehte den Kopf und sah mich an, etwas, das sie beim Autofahren sonst nie tat. Vielleicht lag es daran, dass sie die ersten fünfundzwanzig Jahre ihres Lebens auf einer autofreien Insel verbracht hatte, aber sie behielt auch als Beifahrerin die Straße immer im Blick, als müsste sie sie mit den Augen festhalten, damit sie nicht davonschwamm. Es dauerte eine Weile, bis sie sagte: Ja, du siehst glücklich aus. Hast du ein Mädchen?

Eine Frau, Mama, eine Frau, ich bin vierundvierzig, ich schlafe nicht mit Mädchen.

Normalerweise spreche ich mit meiner Mutter nicht über meine Liebschaften. Die Aufregung über das indirekte Eingeständnis, dass ich jemanden kennengelernt hatte, ließ sie die direkte Erwähnung meines Sexlebens überhören.

Što je sreća!, rief sie. Wer ist sie ist sie hübsch natürlich ist sie hübsch wie alt ist sie wo kommt sie her ist sie Kroatin wie lange kennt ihr euch schon?

Mama, sagte ich, bitte. Ich werde sie nicht heiraten.

Ich machte einen kurzen Blick zur Seite. Meine Mutter fixierte wieder die Straße, die Hände auf dem Schoß, die Finger fest verschränkt wie immer. Sie sagte nichts mehr, aber sie lächelte die ganze restliche Fahrt still vor sich hin.

Sobald wir aus den Bergen herunterkamen an die Küste, sahen wir es. Schmutzig-weiße Wolken bauschten sich im Süden über dem Meer wie nasse Wäsche.

Isus, sagte meine Mutter, was ist denn das?

Ich weiß auch nicht, sagte ich, das geht schon den ganzen Sommer so. Erst kommt der Jugo, dann ein Riesenunwetter, dann die Bora, oft drei, vier, fünf Tage lang, es ist zum Verrücktwerden, und wenn sie endlich aufhört, wird es sofort unerträglich heiß, und bald darauf kommt wieder der Jugo, es wird schwül und feucht wie in den Tropen, und das Ganze fängt von vorne an, so einen Sommer hab ich hier noch nie erlebt. Hat es das früher gegeben, in deiner Kindheit?

Meine Mutter schüttelte den Kopf. Der Herr bestraft die Menschen, sagte sie, für ihre Gier. Sie wollen immer mehr Geld machen, wie die Amerikaner. Als ich jung war, hatten die Leute nichts, aber die Sonne hat geschienen von März bis Oktober, wir haben uns von der Sonne ernährt, vom Fisch und von dem bisschen Gemüse, das wir anbauen konnten.

Ich sagte nichts dazu. Es hätte wenig Sinn gehabt, mit meiner Mutter über die Ursachen von *global warming* zu diskutieren, wobei sie immerhin mit der Gier nicht so falschlag. Dass sie alles in das katholische System von Schuld und Sühne einordnete, ging mir zwar auf die Nerven, war aber verständlich – schließlich hatte sie der Kirche eine Menge zu verdanken. Meine Eltern gehörten zu jenen Auswanderern, die noch keine Verwandten in New Jersey gehabt hatten, bevor sie gingen. Die Croatian Church in Hoboken besorgte ihnen Flugtickets, eine Wohnung und meinem Vater seinen ersten Job. Ohne die Hilfe der Kirche wäre die Emigration für viele undenkbar gewesen.

Das Unwetter erwischte uns auf Cres, kurz nachdem wir in Merag von der Fähre kamen. Normalerweise braucht man von dort nach Lošinj eine gute Stunde, wenn man die Straße kennt. Wir brauchten fast zweieinhalb. Sturzfluten kamen vom Himmel, ich kroch mit dreißig dahin, zwischendurch musste ich immer wieder anhalten, weil ich überhaupt nichts mehr sehen konnte. Ich musste an Goran denken, an seine Warnung vor dem Zu-schnell-Fahren, frustriert ließ ich den aufgemotzten Motor des Toyota im Leerlauf aufheulen. Meine Mutter fürchtete sich. Obwohl meine Eltern Anfang der 90er, als sie sich das gentrifizierte Hoboken nicht mehr leisten konnten, ein paar Meilen nördlich nach Fairview umgezogen waren, musste es für sie ein Schock gewesen sein, als Hurrikan Sandy ihre alte Neighborhood überflutete. Außerdem waren auch in Fairview die Überschwemmungen ganz beträchtlich. Seither ist das Verhältnis meiner Mutter zu Stürmen und Unwettern, zu Wasser und Wind nicht mehr dasselbe.

Zum Glück hatten wir ohnehin nicht vorgehabt, am selben Tag auf die Insel überzusetzen. Wir hatten Verwandte in Lošinj, zwei Cousinen meiner Mutter, die sich vermehrt hatten wie die Karnickel, es würde ein großes Hallo geben. In Anbetracht der großen Gesellschaft hatte sich niemand die Arbeit machen wollen, für alle zu kochen, also hatten wir Ivanas halbes Lokal reserviert. Davor brachte ich Mama mitsamt ihrem Gepäck zu Tante Maria, wo sie übernachten würde. Bis zum Abendessen waren noch zwei Stunden Zeit, und sie wollte sich ausruhen, also ging ich hinunter zum Hafen, trank einen Kaffee und beobachtete die Leute. Es regnete jetzt nur noch leicht, die Besitzer der Touristenläden blickten misstrauisch zum Himmel hinauf, konnten sich nicht entscheiden, ob sie ihre Ständer mit grellbunter Badebekleidung, falschen Ray-Bans, falschen Louis-Vuitton-Taschen und kitschigen Souvenirs schon wieder auf die Straße schieben sollten. Die Fischer standen an der Bar und betranken sich, die Touristen saßen in Korbsesseln und betranken sich. Wenn es am Meer regnet, betrinken sich die Leute, weil es nichts anderes zu tun gibt. Ich mag die Atmosphäre, die dann entsteht, diese kollektive Ratlosigkeit, der Müßiggang, der so ganz anders ist als die sonnentrunkene Trägheit, die Menschen dazu bringt, einen ganzen Tag auf ihrem Handtuch liegend zu verbringen. Das Am-Strand-Liegen hat ja einen Zweck: das Sonnen, das Braunwerden, die Erholung. Das Herumstehen oder -sitzen in Hafenkneipen bei Regen dient jedoch einzig und allein dem Vergehen der Zeit. Man wartet, bis das Wetter wieder *schön* ist, man wieder schwimmen, surfen, Wasserski fahren, shoppen, promenieren, dabei seine neuen Sonnenbrillen tragen und natürlich am Strand liegen kann. Die Leute sitzen und schauen ein wenig verloren drein, ihr Blick wird weich, ihre Gesten sind ziellos, die Gespräche plätschern dahin und werden dann, nach ein paar Gläsern, lauter, intensiver, öfter unterbrochen von Gelächter, wieherndem, unbeherrschtem Gelächter, gelöst vom Zwang zur Schönwetterheiterkeit.

Ich bestellte ein Bier und begann mich gerade so richtig zu entspannen, als Elena hereinschneite, zu Berge stehendes schwarzes Kraushaar, riesiger Mund, riesiges Lächeln, 380 Volt Drehstrom. Ihr sehniger, magerer Körper schob sich zielstrebig durch die knallvolle Kneipe in Richtung Bar, direkt auf mich zu, immer wieder wurden Teile von ihr in der Menge verdeckt, blitzten auf, verschwanden, tauchten erneut auf, dann war sie da, warf ihre Arme um meinen Hals, drückte ihre kühle Wange an meine.

Dann ist es also wahr, sagte sie, und ich dachte, Goran erzählt Scheiß.

Wieso, sagte ich, nur weil ich letzten Sommer nicht hier war?

Elena warf den Kopf in den Nacken und lachte ihr einzigartiges Lachen, eine Mischung aus schlimmem Husten und dem Gemecker einer Ziege.

Bei dir weiß man nie, sagte sie.

Ach ja?

Befremdet hörte ich den distanzierten Unterton in meiner Stimme, spürte, wie ich mich körperlich zurückzog vor ihrer vertrauten Energie, sah, dass sie es bemerkte. Sie musterte mich von oben bis unten.

Gehts dir gut? Seit wann bist du hier?

Weiß nicht genau, seit vier, fünf Wochen? Ich war die meiste Zeit auf der Insel, zwischendurch mal in Montenegro, heute habe ich meine Mutter in Zagreb abgeholt.

Ah, der Emigrant's Day, natürlich. Elena schlug sich mit der flachen Hand auf die Stirn. Aber normalerweise hältst du es nicht so lange aus auf der Insel, was ist passiert?

Ich zuckte mit den Achseln. Hm, keine Ahnung. Vielleicht brauche ich Urlaub.

Sie sah mich ungläubig an. Urlaub? Wovon zum Teufel?

Von meinem Leben, sagte ich.

Und dann erzählte ich. Von meiner wiederkehrenden Schlaflosigkeit und dass ich auf Flughäfen manchmal vergaß, wo ich war, vom Gefühl der Leere, das mich immer öfter überfiel, besonders angesichts von Kulturdenkmälern, die ich fotografieren sollte. Ich erzählte von dem indischen Straßenjungen, mit dem ich letztes Jahr Freundschaft geschlossen hatte, als ich eine Fotostrecke über Straßenkinder in Mumbai fotografierte. Seine Mutter war gestorben, als er noch sehr klein war, und seine Stiefmutter hatte ihn im Alter von acht Jahren von zu Hause fortgejagt. Er hatte mich beklauen wollen, doch ich bin inzwischen wirklich zu aufmerksam und zu schnell für die Taschendiebe dieser Welt. Ich lud ihn zum Essen ein, jeden Tag, und nach zwei Wochen erkundigte ich mich, was ich tun musste, um ihn mit nach Amerika nehmen zu können. Dann erschien er eines Tages nicht an unserem vereinbarten Treffpunkt. Ich ging am nächsten Tag zur selben Zeit noch einmal hin, und auch am übernächsten, aber er blieb verschwunden. Danach nahm ich zwei Monate keine Aufträge an, hing in Berlin bei Paola herum, schlief mit ihr, obwohl ich mir nach dem letzten Mal geschworen hatte, es nie wieder zu tun. Wir waren vollkommen friedlich, solange wir einfach nur Freunde waren, doch wenn wir Sex hatten, fingen wir regelmäßig an, uns zu streiten, vermutlich weil die körperliche Intimität in uns eine Sehnsucht weckte, nach etwas, wovon wir beide wussten, dass wir es weder konnten noch wollten. Aber als ich aus Mumbai kam, hatte Paola gerade zum wiederholten Mal mit demselben Mann Schluss gemacht, sie war zornig und frustriert, ich war leer und frustriert, und so war unser Sex: zornig und frustriert und leer. All das erzählte ich Elena, während wir ein Bier nach dem anderen bestellten, nur von Mara erzählte ich ihr nicht.

Normalerweise kann ich Elena alles erzählen. Ich erzähle ihr, ohne zu zögern, vom Sex mit anderen Frauen, obwohl wir vor Jahren eine ziemlich leidenschaftliche Affäre hatten, die seither immer wieder aufgeflammt ist. Ich erzähle ihr stundenlang vom Verhalten irgendwelcher aussterbenden Tierarten, die ich fotografiert habe (was ich inzwischen am liebsten tue), lasse mich über Chefredakteure und Bildagenturen aus, ziehe über meine Familie her, ereifere mich über die ausbeuterischen Konzerne dieser Welt und ihre Machenschaften. Ich habe keine Hemmungen in Elenas Gegenwart, weil sie auch keine hat, und das Seltene an ihr ist, dass sie trotzdem zuhören kann. Die meisten Menschen, die ich kenne, reden entweder gerne oder sie hören gerne zu, oder keines von beidem. Elena redet, als hätte sie ein Hochgeschwindigkeitsübertragungskabel in ihrem Gehirn, das dafür sorgt, dass ihre Gedanken in Echtzeit aus ihrem Mund kommen. Es ist schwer, sich das vorzustellen, wenn man sie nicht kennt, aber ich glaube nicht, dass Elena jemals darüber nachdenkt, ob sie etwas sagen soll oder lieber doch nicht. Wenn sie zuhört, taucht sie vollkommen ein in die Welt des anderen, ihr Blick heftet sich auf den Mund ihres Gegenübers, als wolle sie die Worte dort herausholen, noch bevor sie ihn verlassen. Ihre Art des Zuhörens ist wie ein Sog, dem man sich nicht entziehen kann, und obwohl sie nur wenige Fragen stellt, fällt es schwer, etwas für sich zu behalten. Seltsamerweise ist das nicht unangenehm, sondern erleichternd.

An diesem Abend jedoch war es anders. Ich redete und redete, und dennoch spürte ich, wie ich etwas aussparte. Es war die ganze Zeit da, wie einer dieser kleinen Flecken am Rande des Gesichtsfeldes, die immer mitwandern, egal wohin man schaut. Es verlieh meiner Erzählung etwas Hastiges, Nervöses, Elena legte immer wieder eine Hand auf meinen Arm, was mich aber nur noch nervöser machte. Nach dem dritten Bier war ich betrunkener als sonst und weniger betrunken, als ich sein wollte. Ich hatte das Familienessen vollkommen vergessen, erinnerte mich erst wieder daran, als mein Magen vernehmlich knurrte. Ich verabschiedete mich überstürzt und mit einem ungeschickten Kuss von Elena, der weder freundschaftlich noch sexy war. Während ich zu Ivana hinüberging, verspürte ich das drängende Bedürfnis, Maras Stimme zu hören, mit ihr zu sprechen, aber Mara hatte diese romantische, eigensinnige Philosophie, was ihre Aufenthalte auf der Insel betraf: kein Telefon, kein Internet. Es hatte aufgehört zu regnen, die Luft war frisch und ein bisschen scharf, ich sog sie gierig ein, bevor ich die Tür zum Lokal öffnete und in die dichte, dampfende Atmosphäre von Familie, Essen, Wein, Vergessen eintauchte, die mich binnen Sekunden verschluckte wie ein hungriger Mittelmeerhai. Meine Mutter präsentierte mich als seltenes exotisches Tier, ich ließ sie gewähren, aß wie ein Scheunendrescher, flirtete mit einer Frau, die ungefähr zwanzig Jahre jünger war als ich und sicher zu verwandt, auch wenn ich nicht mal ihren Namen wusste. Ich ließ mich einhüllen in diesen Kokon aus Sippenzugehörigkeit, der mir gleichermaßen fremd war und vertraut, ein Gefühl voller Widerspruch, das meine Kindheit geprägt hatte und mich nun forttrug aus meinem Erwachsenenleben, mit jedem Glas Wein ein bisschen mehr. Als ich gegen Mitternacht aus dem Lokal wankte, hatte ich ein einziges übermächtiges Verlangen: mit einer Frau zu schlafen, nicht mit einer bestimmten, sondern mit allen Frauen, zurückzukehren in das warme, weiche, duftende Fleisch, aus dem ich gekommen war, und auch wenn Elena nicht viel von diesem Fleisch an sich hat, wusste ich, sie würde nicht fragen, nicht zögern, nichts bereuen, und vor allem nichts daraus schließen.

Als ich kurz nach fünf auf Elenas Terrasse hinaustrat, hatte der Himmel die Farbe von geschliffenem Aquamarin, es roch nach trockenem Stein und Geröll und ganz leicht nach Thymian, der im Karst aus jeder Ritze zwischen den Felsen drängt. Ich blieb zuerst dicht an der Hausmauer und rauchte eine Zigarette, beobachtete, wie der Rauch in wilden Kaskaden schnell nach links von mir wegwehte, in Richtung Meer, dann stellte ich mich ganz vorne ans Geländer und hielt mein Gesicht in die Bora.

8

Als ich zurück auf die Insel kam, war Mara nicht da. Ich dachte zuerst, sie wäre vielleicht laufen gegangen, aber der Wind sprach dagegen. Sie war nicht am Hafen gewesen, nicht bei Hasan und auch nicht im Supermarkt, wo ich Brot, Eier und Zigaretten eingekauft hatte. Jetzt stand ich mit meinem Frühstück vor ihrer Tür, und sie war nicht da.

Ich ging zu Tereza, die mich irgendwie komisch ansah und mir sagte, sie wisse nicht, wo Mara sei, sie habe sie seit unserem Abendessen bei Jela nicht mehr gesehen. Dann ließ sie mich doch herein, und wir frühstückten zusammen.

Tereza sagte, sie habe angenommen, wir seien gemeinsam unterwegs, und im Übrigen kenne sie das von Mara – es sei keine Seltenheit, dass sie sich für eine Weile zurückzog, wahrscheinlich machte sie gerade einen langen Morgenspaziergang. Dann wechselten wir das Thema, redeten über den bevorstehenden Emigrant's Day und die Vorbereitungen dafür. Schon wurde vor der Schule die große Bühne aufgebaut, die Häuser mit Blumen geschmückt, die traditionellen Kleider vom Dachboden geholt, die Röcke gewaschen, die Spitzen gestärkt. Jetzt waren wirklich alle da: alte Herren in karierten Bermudas mit Strohhüten auf den Glatzen, blonde Mädchen mit kurzen Röckchen und weißen Poloshirts, die aussahen, als hätten sie sich auf dem Weg zur Cheerleaderprobe verlaufen, Männer in schwarzen, glänzenden Adidas-Shorts, die auf ihren Smartphones Baseballspiele verfolgten, gut frisierte Mütter, die viel zu heiß aussahen, um vier oder fünf Kinder geboren zu haben, und Frauen mit Gesichtern wie alte Landkarten, allerdings mit tadellosem Gebiss – das amerikanische Statussymbol. Nirgendwo und zu keinem anderen Zeitpunkt konnte man diese seltsame Mischung der Kulturen besser beobachten als rund um das alljährliche Fest der Auswanderer auf der Insel. Aber wie seltsam war sie eigentlich? Der Italo-Amerikaner gehört zu den Vereinigten Staaten wie die Streifen auf der Fahne, und die Kennedys kommen aus Irland. In L. A. werden mehr Burritos verkauft als in ganz Mexiko, und, um beim Essen zu bleiben: Was täten die Amerikaner ohne die kantonesische Küche? Amerika ist ein Einwandererstaat und seine Kultur ein Konglomerat aus Dingen, die woanders gewachsen sind. Die in den USA lebenden Inselbewohner haben keinen eigenen Namen (wie müssten sie heißen: Kroato-Amerikaner, Kroatikaner, Kramerikaner?) und keinen Leonardo DiCaprio, aber sie hatten bereits einen *Social club*, als Sinatra noch in den Windeln lag.

Die Einheimischen hier sind stolz auf *ihre* Auswanderer. Abgesehen von ihrem Status als Opfer des Tito-Regimes und der Bewunderung für ihren Mut zur Flucht repräsentieren sie ein Ideal, das so kroatisch wie amerikanisch ist: den *Selfmademan*. Viele machten sich selbstständig, als sie in den 80ern durch das Aufkommen der Containerschifffahrt und die Verlegung des New Yorker Frachthafens von Hoboken nach Newark ihre Jobs als Longshoremen verloren. Mit Unterstützung konnten sie nicht rechnen, und neue Jobs lagen nicht auf der Straße, also nahmen sie die Sache selbst in die Hand. Sie gründeten kleine Handwerks- und Dienstleistungsbetriebe, niemand legte ihnen Hürden in den Weg in Form von unerfüllbaren gewerblichen Auflagen. Niemand half ihnen, aber sie halfen sich gegenseitig, so wie mein Vater und Onkel Nik, und solange sie sich selbst um alles kümmerten, konnten sie machen, was sie wollten. Und sie waren daran gewöhnt, sich um alles selbst zu kümmern. Auf merkwürdige Weise verbanden sich die Prinzipien der leistungsorientierten Gesellschaft einer Supermacht mit der Überlebensphilosophie der Bewohner eines winzigen mediterranen Eilands, das jahrhundertelang Spielball europäischer Großmächte gewesen war, zu etwas Fruchtbarem. Kein Wunder, dass die Leute auf der Insel nichts für den Kommunismus übriggehabt hatten. Warum sollten sie für den sozialistischen Staat irgendwo auf dem Festland Straßen bauen, weit weg von ihrer Familie, ihrem Zuhause? Sie hatten rein gar nichts davon. Im Kommunismus hatte der *Selfmademan* keine Chance.

Nach dem Frühstück ging ich hinunter ins Dorf, um ein wenig in das Treiben einzutauchen und beim Aufbau der Bühne zu helfen. Kurz überlegte ich, davor noch bei Mara vorbeizuschauen, um zu sehen, ob sie schon zu Hause war, aber dann fiel mir ein, dass Tereza gesagt hatte, sie habe sich zurückgezogen. Ich wollte mich nicht aufdrängen. Vielleicht war ihr mein Ausflug nach Zagreb ganz recht gewesen, eine willkommene Auszeit nach unserer hysterischen Verliebtheit der letzten Wochen, ich konnte das verstehen. Wenn sie mich suchte, würde sie mich finden. Ich mischte mich unters Volk, quatschte mit ein paar Leuten, packte dort an, wo gerade jemand gebraucht wurde. Die Bora riss uns die Planen aus der Hand, wehte angelehnte Holzlatten um, die Augen begannen nach einer Weile zu tränen, und wenn wir uns von zwei verschiedenen Seiten der entstehenden Bühne her verständigen wollten, mussten wir uns gegenseitig anschreien, aber es machte Spaß. Die Atmosphäre war freudig aufgeregt, vielstimmiges, mehrsprachiges Geschnatter erfüllte die Luft, alles flatterte und flirrte, ständig wurde irgendwo umarmt und geküsst, Neuigkeiten wurden ausgetauscht, Klatsch verbreitete sich schneller als der Wind. Viele hatten Monate darauf gewartet, endlich wieder hierherzukommen, Freunde und Verwandte zu sehen und den Himmel über der Kvarner Bucht, und vielleicht war es diese allgemeine Wiedersehensfreude, die mich ansteckte, mitriss und mir die Illusion gab, Teil von etwas zu sein, viel mehr, als ich es in New Jersey je gehabt hatte. Und eine Illusion war es, denn in Wahrheit kannte ich hier zwar viele Gesichter und manchmal sogar Namen dazu, ich verstand ihre Sprache und hätte ihre ganz eigene Art, sich zu geben und zu kleiden, überall auf der Welt identifizieren können, aber bis auf ein paar wenige Ausnahmen kannte ich niemanden wirklich. Ich wusste nie, wer mit wem wie verwandt war und wer wessen Kinder waren, und wenn man diese Dinge nicht wusste, konnte man nicht mitreden in diesem Gefüge, in dem Verwandtschaft alles war, die meisten Geschichten ergaben dann einfach keinen Sinn, blieben unverständlich, hatten keine Bedeutung, sie gingen mich nichts an. Manchmal bekam ich mit, wie meine Mutter Geschichten über mich erzählte, und ich war immer befremdet, wenn die Leute ganz genau wussten, wer ich war, obwohl ich umgekehrt keine Ahnung hatte. Allerdings kam es auch vor, dass die Leute fragten: Wer? Welcher Andrej? Und meine Mutter musste dann sagen: Andrej, mein jüngster Sohn, er hat diese blonde Italienerin geheiratet, na ja, eigentlich war sie Deutsche, weißt du noch? Es war ihr unangenehm, und das tat mir leid, aber mir selbst war es immer gleichgültig gewesen. Ich hatte nicht dazugehören wollen. Nur bei meinen sporadischen, aber wiederkehrenden Besuchen auf der Insel, im Sommer, speziell rund um den Emigrant's Day, wenn sich hier meine genetisch-kulturelle Ursuppe bildete, fing ich dann und wann dieses Gefühl auf, oder – so dachte ich, während ich Latte auf Latte nagelte – es fing eher mich auf.

Aus den Augenwinkeln heraus hielt ich die ganze Zeit weiterhin nach Mara Ausschau, aber sie blieb verschwunden. Ein Teil von mir wollte alle fünf Minuten gehen und nachschauen, ob sie vielleicht schon in ihrem Haus war, und sah ständig ihr Haar, ihre Augen, ihr Profil unter den vielen Gesichtern auftauchen. Ein anderer Teil tat so, als würde es ihn nicht weiter beschäftigen, wo Mara war und wann sie wiederkam, hämmerte unbeirrt vor sich hin, plauderte, lächelte, mein Gott, so war das Leben, wechselhaft wie das Wetter, die Menschen und ihre Beziehungen untereinander. Mit diesem Teil kam ich klar, ich hatte ihn im Laufe meines Lebens sorgfältig kultiviert. Der Stalker-Teil war mir suspekt, er war mir fremd und machte mich nervös, also ignorierte ich ihn, so gut es ging. Ich ließ mich zu allen nur möglichen Arbeiten einteilen, versprach den Mitgliedern einer Balkan-Rockabilly-Band, während ihres Auftritts ein paar pressetaugliche Fotos von ihnen und ihren Haartollen zu machen, und sagte schließlich sogar ja zu einem Abendessen mit meinem Bruder, der samt Frau und Kindern abends mit dem Katamaran ankommen würde. Meine Mutter war begeistert und fragte mich, ob ich nicht meine neue Freundin mitbringen wolle. Ich sagte ihr, sie sei nicht meine Freundin und außerdem sei sie gerade nicht auf der Insel. Meine Mutter bedachte mich mit demselben Blick, den sie für mich übriggehabt hatte, als ich vor vielen Jahren das erste Mal morgens gemeinsam mit einem Mädchen aus meinem Zimmer gekommen war, und ich fühlte mich ... tja, als wäre ich wieder fünfzehn.

Als wir dann alle zusammen beim Abendessen saßen, im Haus von Milan, der nicht wie mein Vater den Fehler gemacht hatte, es in den 80ern für ein paar tausend Dollar zu verschleudern, war es weniger schlimm, als ich befürchtet hatte. Meine Mutter behielt das, was sie für die große

Neuigkeit in meinem Leben hielt, für sich, und Ivan war nicht ganz so selbstherrlich wie letztes Jahr beim Weihnachtsessen, als es außer seiner Beförderung und seinem neuen Auto praktisch kein anderes Gesprächsthema gegeben hatte. (Meine Schwester und ich stahlen uns im Lauf des Abends trotz der klirrenden Kälte mehrmals unauffällig nach draußen, um eine Zigarette zu rauchen, weil wir ihn kaum aushielten.) Offenbar hatte die Insel auch auf Ivan einen positiven Effekt, er war entspannter, redete nicht die ganze Zeit und fragte mich sogar nach meinem letzten Job. Ich erzählte ihm von Tasmanien, wo ich im späten Frühjahr Beuteldachse, kleine Wallabys und Tasmanische Teufel fotografiert hatte, endemische Tierarten, die auf dem australischen Festland ausgestorben sind. Vom Tasmanischen Teufel hatte sogar er schon mal gehört, und einige Minuten lang hatte ich fast das Gefühl, er interessierte sich für das, was ich ihm erzählte. Dann machte Milan Musik an, und Ivan wandte sich ihm zu, um ihm die Vorteile seiner Stereoanlage nahezubringen, die er sich letztes Jahr gekauft hatte, und Milan davon zu überzeugen, dass sein Glück ebenfalls vom Besitz einer solchen abhinge. Die unseligste Verbindung zwischen einem Inselvolk, das lange Zeit mit großer Armut gekämpft und zu Gott um Überleben und bescheidenen Wohlstand gebetet hatte, und dem Land, in dem der Konsum zur Weltreligion wurde, war der Materialismus. Ein bösartiger Gedanke von der Art, wie ich sie beunruhigenderweise in letzter Zeit öfter hatte. Wahrscheinlich war ich nur beleidigt und fühlte mich ignoriert, herabgesetzt, benachteiligt, was weiß ich. Jämmerlich. Doch bevor ich endgültig in dunklere Gefilde meiner Psyche kippen konnte, begannen Ivan und Milan zu tanzen, zu einer Tamburica-Melodie, die ich als Kind unzählige Male gehört haben musste. Sie schlug eine Seite in mir an, deren Existenz ich fast vergessen hatte, Bilder tauchten auf, die ich lange nicht mehr gesehen hatte: meine Schwester und ich bei einer großen Feier, wie wir unter einem Tisch saßen und mit Kuli auf Servietten zeichneten. Später, wenn die Männer betrunken genug waren, zogen wir ihnen die Schnürsenkel aus den Schuhen, ohne dass sie es merkten, banden sie alle aneinander und flochten lange Zöpfe daraus. Niemand vermisste uns, und wir genossen es, unsere eigene kleine Welt unter dem Tischtuchzelt, doch wenn alle tanzen gingen, wurde uns langweilig, vielleicht fühlten wir uns auch einsam ohne die Füße und Strumpfbeine und Hosenaufschläge oder hatten das Gefühl, etwas zu versäumen, jedenfalls kamen wir aus unserem Versteck hervor, etwas zerzaust und ein bisschen dreckig, was aber zu diesem Zeitpunkt keinen mehr kümmerte, sofort landeten wir im Inneren eines Kreises aus Tanzenden, wo wir gemeinsam mit den anderen Kindern herumhüpften, wie es uns gefiel, uns drehten und drehten, bis wir nicht mehr konnten und ungeachtet der lauten Musik über zwei Sesseln liegend einschliefen. Während ich da saß und Milan und Ivan beim Tanzen zusah, überschwemmte mich eine Welle von Sehnsucht, eine Welle von der Größe, wie sie im Mittelmeer niemals vorkommt, nicht einmal während der schlimmsten Winterbora, eine Sehnsucht, die nicht eine Quelle, sondern ein ganzes Quellgebiet zu haben schien und einen Fluss von der Breite des Mississippi speiste, mit all dem schlammigen Grund meiner Kindheit, dem obskuren Treibgut meiner Jugend und des frühen Erwachsenenalters, das in diversen Stromschnellen zwischen Felsblöcken hängen geblieben war, und den mit brackigem Wasser gefüllten Nebenarmen meines gegenwärtigen Lebens, die nirgendwohin führten. Diese Sehnsucht, die Gelebtes wie Nicht-Gelebtes, Versäumtes wie Verlorenes mit einschloss, nistete sich in mir ein, zwischen meiner Distanz zu meiner Familie und meiner Distanz zu meinem Beruf, zwischen Mara und Elena, der Hudson Waterfront und der Bok, Berlin und New York, Paola und mir selbst, und ich verspürte den Drang, mich in den Kreis zu stellen, der sich inzwischen gebildet hatte aus Milan und Ivan, ihren Frauen und ihren erschreckend erwachsenen Kindern, herumzuhüpfen und mich zu drehen und zu drehen, bis ich nicht mehr konnte, und über vier Sesseln liegend einzuschlafen. Doch ich blieb sitzen, neben meiner Mutter, die wenigstens noch mitklatschte, während ich nur ein bisschen mit dem Fuß mitwippte und spürte, wie die Sehnsucht in meinem Körper gelierte, wie ein winziger, kalter Funken Neid in einer dunklen Kammer meines Gehirns aufglühte und sofort zu einem beschämten Häufchen Asche verlosch. Ich hatte immer gerne getanzt, aber heute konnte ich es nicht. Ich wollte fünf Jahre alt sein, mit meiner Schwester unter dem Tisch sitzen und Zöpfe aus Schnürsenkeln flechten.

Um meinen Kopf und mein Gemüt ein wenig auszulüften, machte ich noch einen kleinen Spaziergang, bevor ich mich hinlegte – nicht über vier Sessel, sondern im Dachzimmer bei Milan, das früher von seinem Bruder bewohnt wurde. (Er war, als Milans Eltern flüchteten, bei den Großeltern auf der Insel zurückgelassen worden, weil er noch ein Baby war. Vor ein paar Jahren fuhr er bei Bora mit dem Fischerboot zu weit hinaus und ertrank.) Es war weit nach Mitternacht, der Mond war gerade nicht mehr voll und hing wie eine zu reife Frucht, die auf einer Seite schon vor sich hin faulte, knapp über dem Meer. Der Wind war empfindlich kühl, und die Böen empfingen einen ohne Vorwarnung hinter jeder Hausecke. Ich nahm den kürzeren Weg über die Treppen ins Oberdorf, blieb auf eine Zigarette am Aussichtsplatz rechts vom Treppenende stehen und redete mir kurz ein, nur deshalb heraufgekommen zu sein: um den Blick zu genießen über die sanft geschwungene, halbrunde Sandbucht, das Unterdorf, wie es sich an die Felsen dahinter schmiegte, der kleine Hafen, die Stille, die absolute Stille, in der die Bora ihr Lied sang. Dann ging ich durch die fast schwarzen steinernen Gassen bis zu Maras Haus, spähte durch das Küchenfenster hinein. Drinnen war alles dunkel, nichts bewegte sich. Ich nahm den bronzenen Ring mit dem kleinen geöffneten Löwenmaul, den Tereza an der Tür montiert hatte, und klopfte, das Geräusch war so laut, dass ich selbst zusammenzuckte, aber nichts rührte sich. Ich klopfte noch einmal, doch die Einzige, die kam, war die komisch gefleckte Katze, die Mara manchmal fütterte und die oft bei ihr im Hof lag. Mara mochte sie, weil sie nicht süß war, so wie Katzen normalerweise süß sind, sondern eigentlich ein wenig hässlich. Die Katze sprang auf das Fensterbrett und starrte mich mit ihren gelblich leuchtenden Augen durch die Scheibe hindurch an. Wo ist sie, fragte ich sie, ist sie zu Hause, schläft sie? Ich trommelte mit den Fingernägeln ein wenig ans Fenster. Die Katze blinzelte und schaute weg.

Als ich dann im Bett lag, ging mir die Katze nicht aus dem Kopf. War sie ein Zeichen dafür, dass Mara da war – oder eben nicht? Hatte sie sie versehentlich eingesperrt, zwischen Hof- und Eingangstür, und sogar das Dachfenster geschlossen, was sie wirklich nur tat, wenn es heftig regnete (was gestern der Fall gewesen war) oder sie die Insel verließ? Ich stellte fest, dass ich nicht einmal wusste, ob die Tür zum Hof offen oder zu gewesen war, als ich durchs Fenster geschaut hatte. Wieso hatte ich nicht genauer darauf geachtet? Fast wäre ich noch einmal aufgestanden, um nachzusehen, aber dann kam ich mir vor wie ein Idiot und ließ es bleiben. Ich erging mich in Fantasien von Maras Körper, oder versuchte es wenigstens, zwang ihre Luftgestalt zu mir ins Bett, doch jedes Mal, wenn ich begann, sie zu spüren – ihre fast immer trockene, nahezu porenlose Haut, die heiß werden konnte wie Sand, die weite Landschaft ihrer Formen mit den sanften Senken und vorsichtigen Erhebungen –, löste sich die Empfindung sofort wieder auf, und ich sah ihr Gesicht, das wie ein Kürbiskopf im Raum schwebte, hörte ihre Stimme, wie sie etwas ganz Belangloses sagte, *sollen wir heute zu Jela essen gehen oder lieber kochen?*, nicht belanglos, aber alltäglich, ein Alltag, der drei Wochen gedauert hatte, kann man da überhaupt von Alltag sprechen? *Gib der Katze die Fischköpfe von gestern, aber draußen im Hof, ja?*, und da war sie wieder, die Katze, ihr rechtes Ohr (oder ihr linkes? Verdammt, warum weiß ich das nicht, ich bin Fotograf, ich sollte es wissen!) war zur Hälfte abgebissen, und eines ihrer Augen (das rechte, ich bin mir sicher!) war immer ein wenig entzündet und deshalb halb geschlossen, doch mit dem anderen fixierte sie mich in der Dunkelheit von Zdenkos Zimmer. Ich dachte an Zdenko als Baby, der überhaupt nicht kapiert hatte, was passierte, als seine Eltern und seine zwei älteren Geschwister in ein Ruderboot stiegen und davonfuhren; an seine Mutter, die ihren Kummer mit aller Gewalt in sich begrub, sich damit beruhigte, dass es ihrem

Sohn gut gehen würde bei ihren Eltern, dass sie das Richtige tat, indem sie ihn beschützte vor den Gefahren einer illegalen Flucht über das Meer, dass sie ja noch zwei andere Kinder hatte und einen Mann, dem sie beistehen musste, und schließlich war ihr ja auch nichts mehr anderes eingefallen, an das sie sich hätte klammern können, als die Hoffnung auf ein besseres Leben auf der anderen Seite des Ozeans, auch wenn sie die euphorische Zuversicht ihres Mannes, die er ihr gegenüber zur Schau trug, um ihr über den Verlust ihres Babys hinwegzuhelfen, insgeheim nicht teilte.

Wäre ich fünf Jahre früher zur Welt gekommen, hätte mir ein ähnliches Schicksal blühen können wie Zdenko. Meine Großeltern väterlicherseits lebten damals noch hier (meine Mutter kam ursprünglich vom Festland) und erfreuten sich bester Gesundheit. Ich wäre bei ihnen aufgewachsen, auf der Insel, wäre hier zur Schule gegangen (sechs Jahre höchstens) und dann Fischer geworden. Vielleicht hätte die Lehrerin meiner Großmutter nahegelegt, mich nach Lošinj zu schicken, und sie hätte mich bei Verwandten meiner Mutter untergebracht, damit ich weiter zur Schule gehen konnte. Auf eine Uni wäre ich vermutlich trotzdem nicht gekommen. Eher wäre ich in der Gastronomie gelandet, hätte inzwischen eine eigene kleine Hafenkneipe oder ein Café. Ziemlich sicher hätte ich ein paar Kilo mehr, wäre verheiratet, hätte Kinder. Ich versuchte, ihn mir vorzustellen, den kroatischen Andrej, die mediterrane, sesshafte Version meiner selbst, mit kürzeren Haaren, in einem weißen, bis zur Brust offenen Hemd, das über dem Bauch spannte, wie er die Hafenpromenade entlanggeht, jeder seiner Schritte getragen von felsenfesten Überzeugungen, unumstößlichen Sicherheiten: Das ist meine Heimat, mein Zuhause, mein Geschäft, meine Frau, mein Sohn, meine Tochter ...

Oder ich wäre auf der Insel geblieben, auf der Insel und allein, wie Zdenko, und hätte eines Tages, eines stürmischen Tages nicht widerstehen können – dem Meer, der Abenteuerlust, dem Drang, mich zu beweisen oder unterzugehen, die Bora hätte mich weiter und weiter hinausgetrieben, von der Insel weg Richtung Italien, den Weg, den auch meine Eltern mit meinem Bruder genommen hatten, damals, doch wäre ich niemals dort angekommen.

9

Jemand brüllte *Soundcheck* in ein Mikrofon, spätestens da war ich wach. Schon den ganzen Morgen war es laut gewesen, eine Weile hatte ich versucht, es zu ignorieren, hatte mich immer wieder umgedreht, mir die Decke über den Kopf gezogen und weitergeschlafen. Als ich gegen zehn meinen Kopf aus dem Dachfenster steckte, ergoss sich gerade ein solcher Menschenstrom aus einer Fähre, die sonst um diese Zeit gar nicht fuhr, dass ich mich fragte, wie die alle auf dieses Boot gepasst hatten. Eine Gruppe von Frauen war damit beschäftigt, die Bühne mit Blumen zu schmücken, ein paar Männer hantierten wichtig am Mischpult herum, der Mann am Mikrofon sagte *Test Test Test*, es krachte und quietschte, dass es eine Freude war, ein paar Jungen und Mädchen in Trachten übten in einer Ecke der Bühne Tanzschritte. Ich holte mir eine Zigarette und schaute weiter von oben diesem Schauspiel zu. Als ich fast fertig geraucht hatte, fiel mir plötzlich auf, dass der Rauch in einer kerzengeraden Säule nach oben stieg, und erst dann bemerkte ich, wie ruhig das Meer war. Es war unglaublich, aber die Bora hatte sich tatsächlich gerade noch rechtzeitig vor dem Emigrant's Day zurückgezogen – keiner hatte so richtig daran geglaubt, außer meiner Mutter, die sich in solchen Angelegenheiten auf die Gnade Gottes verließ, und Ivan, der mit Milan am Vorabend um eine Flasche Travarica gewettet hatte.

Plötzlich hatte ich Lust abzuhauen, mich heimlich und leise davonzumachen. Sosehr es mir gestern gefallen hatte, mich in die allgemeine Euphorie fallen zu lassen, mir die Rolle des heimgekehrten Auswanderers überzustreifen wie ein Kondom, so sehr kam mir diese Rolle jetzt lächerlich vor, eine unechte Attitüde, derer ich mich bediente, um meine anscheinend einsetzende Midlife-Crisis zu mildern. Ich brauchte dringend ein paar Stunden für mich.

Ich zog mich an und ging nach unten in die Küche. Zum Glück war keiner da, ich machte mir einen Espresso, schmiss ein paar Eier in die Pfanne, aß im Stehen und verließ das Haus durch die Hintertür. Auf dem Weg zum Leuchtturm begegnete mir keine Menschenseele, auch der Leuchtturm selbst war abgeschlossen, alles war unten im Dorf. Die Luft war noch angenehm klar, aber es würde heiß werden. An den Tagen unmittelbar nach der Bora war es manchmal, als wäre der Sommer nach längerer Abwesenheit in sein ausgekühltes Haus zurückgekehrt und hätte den großen runden Heizstrahler da oben auf höchster Stufe aufgedreht.

Noch vor dem Friedhof querte ich die Insel und schlug mich auf der Südseite schräg zum Hang nach unten Richtung Meer. Zuerst musste man sich durch einen dichten

Schilfwald kämpfen, dann steil bergab über felsiges Terrain mit jeder Menge dornigem Gestrüpp und Disteln dazwischen, aber wenn man die Orientierung behielt, wurde man mit einem Badeplatz belohnt, an dem nie jemand war. Die Touristen kannten ihn nicht, und den Einheimischen war der Weg zu mühsam. (Sie sahen generell keinen vernünftigen Grund, lange Wege auf sich zu nehmen, nur um allein zu sein – wer wollte schon allein baden oder in der Sonne liegen? Warum waren die Touristen bloß so versessen darauf? Sie verstanden es nicht.) Es war eine winzige Bucht mit weißen, glatt gewaschenen Kieseln, darunter viele flache, wie geschaffen, um sie übers Wasser hüpfen zu lassen. Links und rechts ragten Felsen auf, auch sie weiß, wie ausgebleicht von der Sonne und in seltsamen Formationen, eher eine Schneise als eine Bucht begrenzend, als hätte hier vor langer Zeit ein großes prähistorisches Tier ein kleines Stück Küste herausgebissen. Auf der Westseite der Bucht gab es einen gut erreichbaren Felsvorsprung in etwa fünf oder sechs Meter Höhe, von dem aus man fantastisch ins Wasser springen konnte. Ich hatte diesen Platz bei meinem ersten Besuch auf der Insel entdeckt, allein. Ich war damals schon elf, aber meine Mutter lebte dennoch in der permanenten Angst, ich könnte von einem Felsen stürzen oder ertrinken, und wies Ivan an, mich überallhin zu begleiten, mich nicht aus den Augen zu lassen, was sowohl mir als auch Ivan gewaltig auf den Geist ging. Also zogen wir zwar gemeinsam los, trennten uns aber bald, denn er war nicht halb so wild darauf wie ich, auf abgelegenen, unwegsamen Hängen herumzuklettern. Pass gefälligst auf, sagte er zu mir, wenn du stirbst, bin ich nämlich auch tot. Ich weiß noch, dass ich, als ich diese Bucht entdeckte, die Fantasie hatte, ich wäre der erste Mensch, der je seinen Fuß auf diese Steine setzte – als wäre ich ein amerikanischer Christoph Kolumbus, der gerade Europa entdeckte. Dieser Tag begründete auch meine Meisterschaft im Steinehüpfen, *Ditschen*, wie Paola es nannte, der ich später am Wannsee vergeblich diese Kunst beizubringen versuchte. Stundenlang saß ich da und feilte an meiner Technik, versuchte, meinen jeweils letzten Rekord zu überbieten, bis es fast dunkel war und ich nur unter Schwierigkeiten den Hang wieder hinaufkam. Oben kam mir bereits der familiäre Suchtrupp entgegen, Milan und sein Bruder, mein Vater und natürlich Ivan, der meiner Mutter gegenüber behauptet hatte, ich wäre ihm davongelaufen und hätte mich versteckt, damit er mich nicht finden konnte. Hier rächte sich mein bereits fortgeschrittener Ruf als Einzelgänger und Herumtreiber: Meine Mutter glaubte ihm, und ich wurde dazu verdonnert, die nächsten drei Tage im Haus zu verbringen, eine unendliche Qual angesichts der Abenteuer, die draußen auf mich warteten. Meine Schwester hatte Mitleid, spielte stundenlang mit mir Karten und legte schließlich, nachdem der Zorn meiner Mutter verraucht war, sehr diplomatisch ein gutes Wort für mich ein, hauptsächlich deshalb, weil sie wollte, dass ich ihr den Badeplatz zeigte. Einen Nachmittag lang sprangen wir vom Felsvorsprung aus ins Meer, probierten die verschiedensten Sprünge in den absurdesten Körperhaltungen aus und gaben ihnen Namen: *the whirler, the grasshopper, the flying kangaroo, the arrow, the falling coconut* ... die eigentliche Challenge war, während des Sprunges nicht so zu lachen, dass man jede Menge Wasser schluckte.

Ich vermisste meine Schwester, während ich jetzt da oben auf dem Vorsprung stand und abzuschätzen versuchte, in

welchem Winkel ich springen musste, damit das Wasser tief genug war, was sich im Laufe der Jahre immer wieder ein wenig veränderte. Agata ist mir näher als jeder andere Mensch, den ich kenne, obwohl wir uns höchstens zweimal im Jahr sehen, manchmal überhaupt nur an Weihnachten. Es liegt nicht nur daran, dass wir beide im Amerika der 60er Jahre geboren worden sind und daher von Anfang an ungefähr dasselbe Umfeld zur selben Zeit erlebt haben, auch nicht am gemeinsamen Anfangsbuchstaben, obwohl Mama mich manchmal Agata nennt und Agata Andrej, während sie niemals einen von uns Ivan ruft. Was uns verbindet, liegt vielmehr in den Dingen, die wir versuchen zu vermeiden: Gleichförmigkeit, zu viel Routine, allzu große private Verbindlichkeiten, ein starkes Eingebundensein in ein engmaschiges Netz, das viele Menschen als angenehme Sicherheit empfinden, vor dem Agata und ich jedoch eine Art genetisch eingebauten Respekt haben, der uns zu Netzen im Allgemeinen Abstand halten lässt. Das ist unsere Vorstellung von Sicherheit. Was andere Leute als unsicher und furchterregend empfinden – sich mit einer völlig fremden Kultur zu konfrontieren, sich durch unbekanntes, wildes Gelände zu schlagen oder von einer sechs Meter hohen Klippe zu springen –, damit haben wir kein Problem.
Für dich, Agata, murmelte ich und sprang. Es wurde eine *falling coconut*.

Erst als die Sonne wie ein roter Wasserball auf dem Meer schwamm, kehrte ich wieder ins Dorf zurück. Schon von weitem war Musik zu hören, ganz ähnlich der, die mich am Abend zuvor so sentimental gemacht hatte. Jetzt erschien sie mir anachronistisch, ebenso wie die weiten Röcke mit den weißen Spitzensäumen und die lächer-

lichen Kniebundhosen nebst männlichen Waden in weißen Strümpfen, die Kostüme, in denen eine Tanzgruppe
auf der Bühne gerade ihre Darbietung gab, als ich wieder
zurück in meinem Dachzimmer war und meinen Beobachtungsposten bezog. Ihre Bewegungen glichen denen
gezähmter Tiere im Zirkus, dressierte Pferde, die artig ihre
Schrittchen vor und zurück machten, sich drehten und
dabei anmutig mit dem Kopf wackelten, meine Mutter
war sicher zu Tränen gerührt. Warum war ich so arrogant,
was machte mich so böse? Ich wusste es nicht. Eigentlich
hatte ich den Emigrant's Day immer gemocht, es war ein
rauschendes, ausgelassenes Fest, dafür war ich immer zu
haben, und wenn ich es beruflich einrichten konnte, war
ich in den letzten Jahren dabei gewesen, hatte daran teil-
genommen – nicht so wie die richtigen Auswanderer und
ihre braven, loyalen Kinder und Enkel, die allesamt im
Laufe des Abends auf der Bühne standen und etwas zum
Besten gaben, aber ich hatte ihnen zugeschaut und ap-
plaudiert, getanzt und getrunken und meinen Spaß gehabt, wie die Touristen oder die zeitweiligen Wahlinsula-
ner. Wie Mara, Herrgott, wo war sie bloß? Sie war wie vom
Erdboden verschluckt, und das machte mich wütend.
Warum entzog sie sich? Gleich darauf wurde mir klar, wie
lächerlich das war. Vielleicht war sie gestern, als ich aus
Lošinj gekommen war, tatsächlich spazieren gewesen oder
schwimmen, war danach in ein spannendes Buch gekippt
oder hatte den restlichen Tag an einem geschrieben und
um zwei Uhr nachts tief und fest geschlafen, surprise,
surprise. Möglicherweise hatte sie mich heute die ganze
Zeit gesucht, und ich Arschloch war wie vom Erdboden
verschluckt gewesen, und niemand hatte gewusst, wo ich
war. Ich seufzte, zog meinen Kopf aus dem Dachfenster

und ging duschen. Eine halbe Stunde später war ich unten bei Hasan, trank ein Bier und einen Travarica. Auf der Bühne stand gerade ein Lokalpolitiker am Mikrofon und hielt eine ergreifende Rede, über die Schönheit der Insel, die Geschichte, aus der wir alle lernen sollten, und die tapferen Söhne und Töchter Kroatiens, die ihrer Heimat jeden Sommer von Neuem die Treue bewiesen, indem sie zurückkamen an den Ort ihrer Geburt, ihre Herkunft nicht vergaßen oder gar verleugneten, sondern im Gegenteil ihren Kindern und Kindeskindern die Traditionen ihrer ursprünglichen Kultur vermittelten und so weiter und so fort. Mein Magen knurrte, ich ging an eine der Fressbuden und aß zwei Portionen Pljeskavica hintereinander. Danach brauchte ich wieder einen Schnaps, und weil ich kurz darauf Nikola traf, musste ich gleich noch einen trinken. Auf der Bühne sang inzwischen ein stark geschminktes Mädchen in goldenen Leggings eine unsägliche Karaokeversion von Rihannas *Only Girl*. Langsam kam ich in Stimmung.

Ich sah mich nach Tereza und Pedro um, konnte sie aber nirgends entdecken. Stattdessen lief ich den Jungs von der Rockabilly-Band in die Arme, die mich anscheinend schon seit Stunden suchten, während ich vollkommen vergessen hatte, dass ich sie fotografieren sollte. Natürlich luden sie mich zuerst auf einen Schnaps ein. Und dann fiel es mir ein: Meine Kamera war bei Mara, *beide* Kameras, genauer gesagt, plus sämtliche Objektive, das Stativ, einfach alles. Das ganze Equipment, fein säuberlich verstaut, stand zwischen Tagesbett und Geschirrschrank in der Küche, mehr als zwei Wochen hatte ich es nicht mehr angerührt. Selbst als ich gestern nach Zagreb aufgebrochen war, hatte ich keinen Gedanken daran verschwendet. Mir wurde zuerst sehr heiß (was vielleicht auch am Schnaps lag), und dann kam die Panik. Außer bei Paola und bei meinem Freund Richie in Hoboken, der selbst Fotograf war, ließ ich meine Ausrüstung grundsätzlich bei niemandem, ich schwitzte jedes Mal, wenn ich auf meinen Reisen durch Afrika oder Südostasien Teile davon für kurze Zeit in einer Unterkunft lassen musste. Wie lange kannte ich Mara – einen Monat, fünf Wochen? Und was hieß hier überhaupt *kennen*? Okay, Tereza hatte bestimmt ihre E-Mail-Adresse, wahrscheinlich auch eine Telefonnummer und ihre Postadresse in Wien, und man fand sie mit Sicherheit im Internet, zumindest über ihren Verlag, es ist ohnehin schwierig geworden auf diesem Planeten, keine Spuren zu hinterlassen. Außerdem glaubte ich ja nicht, dass sie sich mit meinem Equipment aus dem Staub gemacht hatte, warum sollte sie? Was mich wirklich beunruhigte, war die Tatsache, dass es mir einfach so passiert war, dass es keine Überlegungen gegeben hatte wie *mein Equipment lasse ich hier, ich komme ja morgen wieder, Mara kann ich vertrauen, sie wird das Haus nicht unversperrt lassen, das hier ist ein sicherer Ort, es ist die Insel, brauche ich in Zagreb eine Kamera, nein, ich brauche in Zagreb keine Kamera.* Wo war der Teil von mir, der normalerweise dafür zuständig war, solche Dinge zu denken, auf den ich mich seit so langer Zeit verließ, der sich, egal wo und unter welchen Umständen, ganz automatisch darum kümmerte, dass ich im Besitz meiner drei Lebensgrundlagen (Gliedmaßen, Verstand, Equipment) blieb? Es fühlte sich an, als wäre mir ein Gehirnareal abhandengekommen, und *das* machte mich panisch.

Ich sagte den Jungs, ich müsste erst meine Kamera holen und trabte los. Es war mir klar, dass es ziemlich sinnlos war, zu Maras Haus zu laufen, denn sie war sicher irgendwo hier unten beim Fest (vorausgesetzt sie war überhaupt auf der Insel), doch in diesem Gewühl mit dem Suchen anzufangen, hätte mich wahnsinnig gemacht. Während ich die Stiegen hinaufstürmte, dachte ich darüber nach, ob Mara den Schlüssel zum Haus Tereza gab, auch wenn sie nur für ein, zwei Tage wegfuhr – war sie krank geworden und nach Rijeka zum Arzt gefahren, vielleicht sogar ins Krankenhaus, und die hatten sie aufgrund ihrer Symptome gleich dortbehalten, dringende Untersuchungen angeordnet? Dann erst fiel mir ein, dass Tereza nicht wusste, wo sie war. Beginnende Demenz, eindeutig. Natürlich war niemand da, das Haus abgeschlossen, die Tür zum Hof offen, die Katze nirgends zu sehen. Ich rannte weiter durch das völlig ausgestorbene Oberdorf zu Tereza, ebenfalls sinnlos, hämmerte trotzdem gegen die Tür, lief den anderen Weg wieder hinunter zum Fest, vermutlich hatte Tereza einen Zweitschlüssel. Als ich unten ankam, war es erstaunlich still in der Menge, am Mikrofon stand ein etwa fünfjähriges Mädchen mit schwarzen Locken und kurzem Tellerröckchen. Als die Musik einsetzte, fing sie an, im Takt ihre nicht vorhandenen Hüften zu wiegen, während sie mit beiden Händen das Mikro festhielt wie einen unbezahlbaren Schatz, und dann begann sie zu singen. Es war ein sehr populäres kroatisches Lied, das wirklich absolut jeder kannte, normalerweise wären alle spätestens beim zweiten Vers eingefallen und hätten lauthals mitgesungen. Doch dann hätte man die helle Stimme des Mädchens nicht mehr gehört, mit der sie ihr Publikum verzauberte. Ohne jegliche Scheu schmetterte sie ihr Lied unter Einsatz ihres gesamten Körpers und mit einer solchen Inbrunst, dass es einem die Tränen in die Augen trieb, nicht aus Rührseligkeit, sondern vor Sehnsucht nach dieser absoluten Einheit von Körper und Seele, dieser Ungeteiltheit von innen und außen. Für einige Augenblicke vergaß ich alles, meine Kamera, Mara, meine Familie, mein Leben und mich selbst, alles löste sich auf in dieser Stimme und stieg mit ihr auf in den klaren Himmel, ich legte den Kopf in den Nacken und sah hinauf zu den Sternen, aber ich konnte sie nicht riechen. Der Geruch leicht verbrannten Fleisches stahl sich in meine Nase, die Erinnerung an jenen lichten Moment nächtlicher Nähe kroch in mein Herz, und plötzlich war ich wieder da, als hätte mein Bewusstsein für kurze Zeit meinen Körper verlassen und rutschte nun mit einem einzigen Atemzug in ihn zurück. Das Lied war zu Ende, tosender Applaus, *Zugabe!*-Rufe, die Leute kamen wieder in Bewegung, drängelten in alle möglichen Richtungen, ich blieb stehen, ratlos, ließ mich von da nach dort schieben, und auf einmal sah ich Tereza, sie stand in einiger Entfernung mit Pedro und ein paar anderen Leuten zusammen. Ich spurtete los, bahnte mir hektisch einen Weg durch die Menge, bevor ich sie wieder aus den Augen verlor. Als ich bei ihr war, begrüßte sie mich mit demselben Blick wie gestern früh, als ich mit dem Frühstück bei ihr aufgetaucht war, eine Mischung aus Erstaunen, Skepsis und Neugier, als fragte sie sich, ob man mir trauen konnte, ob ich ein interessanter, etwas ungewöhnlicher Typ war, mit dem zu beschäftigen sich lohnte, oder nur ein abgedrehter, hoffnungsloser Freak. Aber dann sagte sie:

Hey, alles in Ordnung mit dir? Hast du Mara gefunden?

Nein, sagte ich, du hast auch nichts von ihr gehört?

Tereza schüttelte den Kopf. Aber ich rechne damit, sie jeden Moment zu treffen. Das große Fest lässt sie sich nie entgehen.

Ich weiß, sagte ich. Hör zu, ich habe meine Kamera bei ihr im Haus, und ich habe einer Band versprochen, sie zu fotografieren. Hast du einen zweiten Schlüssel?

Klar. Brauchst du ihn sofort?

Wär gut. Die sind schon ganz nervös, weil sie demnächst ihren Auftritt haben.

Tereza seufzte. Als wär ich heute nicht schon ungefähr zwanzigmal rauf- und runtergerannt.

Das hält fit, sagte ich und grinste.

Während wir hinaufgingen, nutzte Tereza die Gelegenheit, um mich auszufragen.

Habt ihr beiden euch gestritten oder so?

Nein, überhaupt nicht, im Gegenteil.

Was heißt *im Gegenteil*?

Na, was soll es schon heißen? Wir haben uns gut verstanden, immer besser eigentlich. Die letzte Nacht war toll.

Tereza machte ein Geräusch zwischen Schnauben und dem Ansatz eines resignierten Lachens, ein *Typisch-Mann*-Geräusch, dabei hatte ich an unseren Spaziergang zur Kaserne gedacht. Dass es anders geklungen hatte, fiel mir erst auf, als es schon aus meinem Mund raus war.

Warst du bei Harry, hast du ihn gefragt, ob er weiß, wo sie ist?

Nein, daran habe ich überhaupt nicht gedacht.

Hättest du aber sollen. Harry ist – sie suchte nach dem richtigen Wort – ihr Vertrauter. Zu ihm geht sie in ihren Rückzugsphasen ... wenn sie ein Problem hat, über das sie mit niemand anderem reden will.

Lächerlicherweise versetzte mir das einen kleinen Stich ... *ihr Vertrauter ... wenn sie mit niemand anderem reden will ...* wollte ich dieser Vertraute sein? Mein Gott, ich war eifersüchtig, auf einen Siebzigjährigen! Tereza hatte vollkommen recht mit ihrem Geräusch.

Beim Haus angekommen, klopfte Tereza zweimal energisch an die Tür, schloss dann auf, ohne lang abzuwarten. Drinnen sah es aus wie immer, ich ertappte mich dabei, wie ich nach Spuren Ausschau hielt, nach etwas, das mir Aufschluss geben konnte über die letzten drei Tage, in denen ich nicht hier gewesen war. In der Spüle waren schmutzige Teller aufeinandergestapelt, gekrönt von drei Kaffeetassen, auf dem Herd stand eine Pfanne mit erkaltetem weißlichem Fett und ein Topf mit Resten eines nicht mehr genau identifizierbaren Gemüses. Maras Laptop lag auf dem Tisch, ich konnte nicht widerstehen, klappte ihn auf und gab das Passwort ein: Das einzig offene Programm war iTunes, der zuletzt gehörte Song *The Hissing of Summer Lawns* von Joni Mitchell. Ich versuchte mich an den Text zu erinnern ... *He put up a barbed wire fence / To keep out the unknown / And on every metal thorn / Just a little blood of his own / She patrols that fence of his / To a Latin drum* ... Mein Equipment war dort, wo ich es verstaut hatte. Tereza war im Hof verschwunden und goss mit dem Schlauch die Kräuter, ich holte meine Canon aus der Tasche, suchte zwei Objektive heraus, putzte die Linsen, schraubte das eine an und steckte das zweite ein. Dann ging ich nach oben ins Schlafzimmer, ohne zu wissen, warum. Das Erste, was mir auffiel, war das geschlossene Fenster. Mara schlief grundsätzlich bei offenem Fenster, dreihundertfünfundsechzig Tage im Jahr, wie sie mir einmal erzählt hatte, außer bei starken Stürmen, schweren Unwettern und Schneeverwehungen. Der Raum war stickig, was bei dem kleinen, niedrigen Dachzimmer schnell der Fall war, man musste es regelmäßig lüften, besonders im Sommer. Es roch nach

warmem Holz, Staub und ein wenig nach Katze. Das Bett
sah aus, als wäre Mara gerade erst aufgestanden, die Bett-
decke nachlässig zurückgeschlagen, das Laken zerwühlt.
Ein Kleid lag achtlos auf dem Boden, ich unterdrückte
den Impuls, es aufzuheben und daran zu riechen. Plötzlich hatte ich das Gefühl, hier nichts verloren zu haben,
ein Eindringling zu sein, nicht nur in diesem Zimmer,
in diesem Haus, sondern in ihrem Leben, ihrem Sommer,
ihrer Insel. Das mit der Insel war absurd, aber ich dachte
es so, vielleicht weil ich bei meiner ganzen Herumreiserei
so oft die Erfahrung gemacht habe, dass ein Ort für verschiedene Menschen nicht einfach derselbe Ort ist, nur
weil er dieselbe geografische Position hat. Jeder wählt aus
den Details, die einen Ort ausmachen, das aus, wonach er
sich sehnt, und bastelt sich daraus seine eigene Welt, egal
wo, und wenn er keine Einrichtungsgegenstände findet,
die in seine Welt passen, reist er enttäuscht wieder ab und
sagt: Dort hat es mir nicht gefallen. Selbst die Backpacker,
die durch Indien reisen und sich auf die Fahnen schreiben,
sich dem wirklichen Leben auf der Straße auszusetzen,
tun das. Daheim erzählen sie, dass es sie schockiert hat,
wie viel Armut sie gesehen haben, aber in Wirklichkeit hat
es ihre Sehnsucht nach einem Ausweg aus der totalen
Übersättigung befriedigt. Sie haben gesehen, von wie
wenig man leben kann – *arm, aber zufrieden!* –, und dazu
gehört für sie noch die Farbenpracht des Holi-Festes, wei-
ßer Sand, Palmen, Sitar-Musik und ein Sadhu mit einem
Chillum in der Hand. Das ist ihr Indien, und nur ihres.
Tereza rief nach mir und kam die Stufen herauf, ich
schreckte aus meinen Gedanken hoch.
Was machst du denn da oben?, fragte sie, erwartete aber
zum Glück keine Antwort. Mein Gott, sagte sie, hier ge-

hört dringend gelüftet, sie öffnete das Fenster, die Katze sprang herein und strich um meine Beine. Können wir?, fragte Tereza.

Eine halbe Stunde später stand ich mitten im Publikum und richtete die Linse abwechselnd auf die einzelnen Musiker und die ganze Bühne, während die Band schrammelte und trötete, als wäre der Rock 'n' Roll auf dem Balkan erfunden worden. Der Beat ging mächtig in die Beine, alle tanzten, dementsprechend schwierig war es, stillzuhalten. Aber es hatte auch was, als wäre ich der ruhige Mittelpunkt in einem Wirbelsturm, ich hatte schon lange nicht mehr bei einem Konzert fotografiert. In einer Pause zwischen zwei Songs ließ ich die Kamera über die schwofende Menge gleiten, und da war sie, keine zwanzig Meter von mir entfernt, Hände über dem Kopf, strahlendes Lächeln, trägerloses Shirt, die Haare zusammengebunden, sodass ihr Profil zur Geltung kam. Ich zoomte sie ran und begann wie in Trance auf den Auslöser zu drücken. Sie klatschte, bewegte die Schultern, die Hüften, sie sah glücklich aus, und ich wollte dieses Glück festhalten, für mich, für sie, wollte ein paar Momente lang nichts anderes, wollte mit meiner Kamera und den Bildern von ihr auf der Stelle verschwinden, sie ihr später schicken, unkommentiert. Aber natürlich bemerkte sie mich. Man kann nicht lange unbemerkt die Kamera auf jemanden richten, nicht einmal auf ein Tier, schon gar nicht auf ein Tier, außer man ist sehr weit weg, fotografiert mit einem Supertele und konzentriert sich zenmäßig darauf, unsichtbar zu sein, nicht existent. Doch ich war so was von existent. Es gab diesen Augenblick, als sie mich entdeckte oder die Kamera (Was hast du zuerst gesehen?, wollte ich später wissen. Deinen

Blick, sagte sie. *Durch* die Kamera.) und peinlich berührt war, weil sie sich unbeobachtet gefühlt hatte und beobachtet worden war. Ich hasse diesen Moment, die Mimik des Sich-nackt-Fühlens, die kleinen Gesten, mit denen der Übergriff abgewehrt, der schützende Mantel wieder über die Schultern gezogen wird. Tiere fangen an, sich zu putzen, Menschen werden rot, und ich fühle mich wie ein ekelhafter kleiner Voyeur.

Dann war der Moment vorbei, wir winkten, gestikulierten, drängten uns gleichzeitig durch die Menge aufeinander zu, hielten einander mit den Augen fest. Eine ungeschickte Umarmung, ein flüchtiger Kuss. Sie sagte etwas, aber es war höllisch laut, und ich verstand sie nicht gleich.

Was? Ich beugte mich vor, hielt mein Ohr nahe an ihren Mund. Sie formte mit den Händen einen Trichter.

Wo warst du?

Zagreb. Hab dir einen Zettel geschrieben.

Was?

Zettel. Küchentisch. Ich verdeutlichte meine wortreiche Erklärung mit entsprechenden Gesten.

Sie schüttelte den Kopf.

Ich nickte.

Sie zuckte mit den Achseln.

Vielleicht der Wind?

Wieder schüttelte sie den Kopf, mit großer Bestimmtheit.

Dann muss ihn die Katze gefressen haben, sagte ich etwas leiser.

Was?

Die Katze hat ihn gefressen, brüllte ich.

Mara sah mich an, wie man Leute ansieht, die man für prinzipiell harmlos, aber nicht ganz dicht hält. Ich nahm sie bei der Hand und bahnte uns einen Weg aus dem Gewühl. Wir gingen am Hafen vorbei und weiter Richtung Norden, bogen ums Eck und setzten uns auf eine der ersten großen Felsplatten, die tagsüber mit Sonnenhungrigen belegt war wie eine Pizza.

Wir zündeten uns eine Zigarette an, genossen für ein paar Minuten die verhältnismäßige Ruhe. Ich hätte gerne Maras Gesicht gesehen, aber es war ziemlich dunkel, und ich wollte sie nicht schon wieder anstarren.

Was hast du in Zagreb gemacht?, fragte Mara schließlich.

Meine Mutter vom Flughafen abgeholt, sagte ich.

Warum hast dus mir nicht gesagt, vorher?

Ich hab es vergessen, es war ... nicht so wichtig. Und in der Früh hast du so gut geschlafen, wie ein Murmeltier, ich wollte dich nicht wecken.

Sie nickte, blies mit gespitzten Lippen in einem langen Atemzug den Rauch aus wie eine Dampflok.

Ich weiß wirklich nicht, was mit dem Zettel passiert ist, sagte ich und hatte dabei ein völlig falsches Gefühl, als wäre ich irrtümlich bei einem Film-Casting für eine Rolle gelandet, für die ich mich nicht beworben hatte. Ich habe seit Jahren niemandem mehr einen Zettel geschrieben, fügte ich hinzu, um klarzumachen, dass ich nicht der Zettelschreiber war und mich demnach nicht rechtfertigen musste, obwohl ich es bereits tat.

Na ja, sagte Mara, das Zettelschreiben ist in den Zeiten der *Short Message* ja auch etwas aus der Mode gekommen.

Ihr Sarkasmus traf sein Ziel, mein gebauschtes Segel fiel in sich zusammen. Ich blies ein letztes Mal hinein.

Wieso bist du dir so sicher, dass ihn nicht der Wind davongeblasen hat, war doch ein Riesenunwetter vorgestern, da hat es doch sicher ordentlich gestürmt hier.

157

Ja, sagte Mara, nachmittags um drei. Da war ich schon vier Stunden wach.

Und könnte es nicht sein, dass …

Nein. Ich habe am Küchentisch Rucola-Pesto gemacht, weil mir draußen zu heiß war.

Hm.

Wir schwiegen. Hatte ich mir nur eingebildet, den Zettel geschrieben zu haben? Kurz probierte ich diesen verrückten Gedanken aus wie eine Tarnkappe, und es fühlte sich genauso an – als würde ich auf der Stelle verschwinden, gemeinsam mit meiner Realität.

Ich nahm den letzten Zug von meiner Zigarette und warf die Kippe ins Meer.

Aber mal was anderes, sagte ich, wo warst eigentlich du?

Wann?

Vorgestern früh, zum Beispiel, als ich zurückgekommen bin. Ich habe Frühstück eingekauft und bin sofort zu dir, aber du warst nicht da.

Mara drückte ihre Zigarette langsam und sorgfältig neben sich auf dem Felsen aus.

Ich war in der Höhle.

Du warst *wo*?

In der Höhle.

In *der* Höhle, in meiner Höhle?

Ich wusste nicht, dass sie dir gehört, sagte Mara spitz.

Lass den Unsinn, sagte ich, du weißt, wie ich es meine. Hast du sie gleich gefunden?

Mara nickte. Und das war gut so, denn sonst wäre ich ganz schön nass geworden, und es wäre schwierig gewesen, über die glitschigen Steine zu laufen.

Du bist schon vor dem Gewitter hin? Hast du da übernachtet?

Ja. Als ich merkte, dass es sich zusammenbraute, hab ich was zu essen und Wasser und eine Decke zusammengepackt und bin los. Ist sich gerade noch ausgegangen, bevor es richtig anfing.

Wie war es?

Toll. Du hattest recht, es ist ein perfekter Platz für Gewitter. Nachts war es ein bisschen kalt, aber ich hatte auch noch einen dicken Pulli mit. Der Sonnenaufgang war fantastisch.

Kann ich mir vorstellen. Geschlafen hab ich noch nie dort.

Solltest du mal machen, zahlt sich echt aus.

Wieder schwiegen wir. Die Musik, die bisher leise vom Fest herübergeklungen war, hatte aufgehört. Ein junges Paar kam den Weg entlang und ging plaudernd und lachend über die Felsen an uns vorbei, Hand in Hand. Ich dachte, das könnten wir sein, vor drei Wochen, und einen Augenblick lang wollte ich mit ihnen tauschen.

Ich habe Lust auf eine Portion Pljeskavica, sagte Mara.

Das Fest dauerte bis spät in die Nacht hinein – noch mehr Tanzgruppen, noch mehr Karaoke, ein Chor, singende Männer mit Gitarre, singende Frauen mit Gitarre, Redner, die immer betrunkener und immer rührseliger wurden. Ich fotografierte noch ein bisschen, was ich am Emigrant's Day bisher nie getan hatte. Mara und ich ließen uns treiben, von hier nach dort, aßen Eis, tanzten, tranken Schnaps mit Ivan und Milan, brachten meine Mutter nach Hause, die zum Glück zu müde war, um Mara allzu viele Fragen zu stellen.

Sie ist süß, deine Mama, sagte Mara.

Süß?

Ich finde alte Leute oft süß. Wie Babys.

Mütter sind nicht süß, sagte ich, sie sind Mütter!

Wir endeten schließlich mit Tereza, Pedro und Harry auf Terezas Terrasse. Die Nacht war perfekt, die Luft nicht so aufgebacken wie sonst Ende Juli, wo es auch lang nach Sonnenuntergang keinerlei Abkühlung gab. Der Muskat schmeckte angenehm mild nach dem herben Travarica, das Gespräch floss leicht dahin, gespeist von heiterer Trunkenheit, durchbrochen von müdem Gelächter, müde wie Kinder, die den ganzen Tag draußen herumgetobt sind. Mara saß neben mir, ich spürte ihren Körper, ohne sie zu berühren, die feine elektrische Ladung ihrer Haut, die leichte Spannung der Muskeln ihrer übereinandergeschlagenen Beine, den sanft gegen die Brust schlagenden Puls. Ihr Körper zog mich an mit der Schwerkraft der Erde, und später, als wir endlich miteinander schliefen, ließ ich mich fallen, ein rauschhaftes Gefühl, lustvoll und beängstigend zugleich. Doch mitten in diesem Fall war da plötzlich etwas, das mich irritierte und mich für einen kurzen Moment fast meine Erektion verlieren ließ: ein winziger Widerstand, nicht in Ohm messbar, ein kurzes Zögern, eine Versteifung der Muskulatur, ein Haken in der Bewegung – bei ihr, bei mir? Dann, unerwartet, kam der rettende Sog, der uns in die Tiefe riss. Wir kamen gleichzeitig, schneller als sonst, mit fast gewaltsamer Heftigkeit, ein Zusammenstoß zweier Planeten, die aus ihrer Umlaufbahn geraten waren. Danach lagen wir still da, redeten nicht, rauchten nicht. Kurz bevor ich einschlief – oder träumte ich schon? –, sah ich ein Bild vor mir: Mara, wie sie in der Höhle lag und schlief, zusammengerollt wie ein Tier, das sich vor dem Unwetter verkrochen hat, eine seltene, aussterbende Art. Irgendwo in meinem Kopf klickte der Verschluss einer Kamera.

10

Im Vergleich zum Juli ist die Insel im August ein Ameisen-
haufen. Innerhalb eines Monats wächst die Anzahl der
Menschen auf nahezu das Doppelte an. Das bedeutet
nicht, dass auch nur annähernd Zustände herrschen wie
zur selben Zeit auf Cres oder Krk, denn abgesehen vom
Fehlen jeglichen Autolärms gibt es auf der Insel weder
einen Campingplatz noch ein Hotel, und die Zahl der Pri-
vatunterkünfte ist und bleibt begrenzt, da auf der Insel
nicht gebaut werden darf. Dennoch bekommt die Atmosphäre nach dem Emigrant's Day den Anstrich einer
Feriensiedlung, diese summende, nach Sonnencreme rie-
chende Stimmung, eine immer leicht überbelichtete
Szenerie, grünlich, bräunlich, bläulich gedämpft von Sonnenbrillen, untermalt von Kindergeschrei. Teenager ziehen langsam schlendernd in Gruppen durchs Dorf, Eis in
der einen, Handy in der anderen Hand, endlich befreit von
lästigen Lehrern und unendlichen Schulstunden. Das
restliche Jahr über gibt es auf der Insel keine Teenager.
Das Wetter schien sich zum ersten Mal in diesem Sommer
zu stabilisieren. Es war heiß, windstill, man begann, Wasser zu sparen. Zwischen eins und fünf blieb man im Haus,
und tagsüber aß man wenig. Am Abend wachten die Leute
auf, überall gab es ausgedehnte Gelage mit viel Essen und
Wein bis spät in die Nacht. Mara und ich waren seltener
zu zweit als vor dem Emigrant's Day, wir verbrachten Zeit
mit meiner Familie, besuchten Leute oder luden sie ein.
Wir ließen uns in das Augustleben gleiten wie in einen
etwas überheizten Whirlpool, das Blubbern und die Hitze
lullten uns ein, wir fielen in eine Art Trance, die uns allerdings völlig normal vorkam, als hätten wir immer schon

so zusammengelebt, nicht nur diesen Sommer, sondern seit einer unbestimmten Anzahl von Jahren, die in einer langen Abfolge sich wiederholender Zyklen hinter uns lag, die wir an den Fingern abzählen mussten.

Meine Mutter behandelte uns, als wären wir zwanzig und würden demnächst heiraten, auch wenn sie nicht den Fehler machte, ausdrücklich darüber zu sprechen, weil sie wusste, wie ich reagieren würde. Zu Mara aber sagte sie Dinge wie: Nächsten Sommer kannst du ja hier bei Milan wohnen, da musst du keine Miete zahlen, oder: Warst du schon mal zu Weihnachten in New York? Das muss man gesehen haben, die ganze Weihnachtsbeleuchtung, die geschmückten Straßen und Schaufenster und der herrliche, große Baum vor dem Rockefeller ... Es war mir peinlich und irritierte mich außerdem, weil es mich so sehr daran erinnerte, wie sie mit Paola geredet hatte, damals, als wir noch zusammen gewesen waren, auf diese konspirative Art, die mich irgendwie ausschloss, mir das Gefühl gab, gar nicht da zu sein. Mara schien das nicht weiter aufzufallen, ihr war nichts peinlich, sie hatte meine Mutter vom ersten Moment an gerngehabt. Sie konnte stundenlang mit ihr zusammensitzen und ihr Löcher in den Bauch fragen: über die Insel, wie sie gewesen war, bevor meine Eltern weggingen, über den Weinbau, die Italiener, über meine Großeltern, den Krieg, Tito, die Flucht. Wie sie mit der neuen Heimat zurechtgekommen sei, ob sie Hoboken überhaupt je als Heimat empfunden habe, und wenn ja, wie lange es gedauert habe, bis es so weit war. Über die Arbeit in der Fabrik, ob mittags jemand anderer für mich gekocht habe, ob die neue Sprache für sie schwierig gewesen sei und wie schnell sie sie gelernt habe. Als wir meinen Geburtstag feierten, fing sie an, ihr alle möglichen

Fragen über meine Kindheit zu stellen: War ich ein ruhiges Kind gewesen oder ein lebhaftes, redete ich viel, oder musste man mir alles aus der Nase ziehen? (Kommt drauf an, sagte meine Mutter. Wenn er was ausgefressen hatte, konnte er schweigen wie ein Grab, aber sonst hat er schon damals nie ein Blatt vor den Mund genommen, genau wie heute.)

Warum fragst du diese Sachen nicht mich?, wollte ich wissen.

Weil mich interessiert, wie sie dich erlebt hat, erklärte Mara, und das weißt du ja nicht.

Ich glaube, doch.

Nein. Du weißt nur das, was sie dir davon gezeigt hat. Mütter sperren vieles in sich ein.

Woher weißt du das?

Sie warf mir einen Blick zu, als hätte ich sie geohrfeigt, ganz kurz nur, ich verstand überhaupt nicht, warum.

Ich habe auch eine, sagte sie dann.

Schon klar. Und du meinst, für dich öffnet sie die Kiste?

Mara zuckte mit den Achseln. Stört es dich, ist es dir unangenehm?

Nein, sagte ich, nicht direkt. Solange du keine zu intimen Sachen fragst.

Was ist zu intim?, fragte Mara.

Na ja, du weißt schon, alles, was mit meinem Körper zu tun hat, mit Sexualität und so weiter.

Aha, sagte Mara, also, ich hatte eigentlich nicht vor, sie zu fragen, wann du angefangen hast, mit deinem Ding rumzuspielen.

Wir lachten, und ich kam mir lächerlich vor. Was hatte ich befürchtet? Mara war überhaupt nicht der indiskrete Typ, und sie stellte ihre Fragen nur in meiner Anwesenheit.

Wenn ich es schaffte, meine *Verschwörung-der-Frauen*-Fantasien im Zaum zu halten, war es tatsächlich ziemlich spannend. Es war nicht so sehr, was meine Mutter erzählte, sondern wie sie es tat. Was mich überraschte, war ihre Stimme, ihre Mimik und die Gesten, als läse sie aus einem Buch vor. In diesem Tonfall hatte ich sie an Weihnachten Ivans Kindern die alten Sagen und Märchen ihrer Heimat erzählen hören, von der Vila und dem Jüngling, vom Igelbräutigam und, zum Einschlafen, von der Brücke, die zerstört wurde bis auf ein einziges schmales Brett, über das der junge Hirte seine zahllosen Schafe einzeln führen musste. Sie sprach mit gutmütiger Nachsicht über mich als Kind, und gleichzeitig mit einer Distanz, die vermutlich die Quelle dieses nachträglichen Wohlwollens war, die mich gleichzeitig verletzte und befreite. Ich saß da und hörte zu, wie sie von unserer alten Wohnung in Hoboken erzählte, in einem der Apartmenthäuser, in denen bis zu zehn Familien lebten, immer zwei auf einem Stockwerk ohne Gänge. Die Zimmer waren einfach hintereinander aufgefädelt, sodass man durch alle durchmusste, wenn man in die Küche wollte oder aus dem Haus, deshalb nannte man diese Wohnungen *railroad flats*. Sie erzählte von dem Tag, als ich im Alter von neun Jahren, nachdem mein Vater mich zu Hausarrest verdonnert hatte, weil ich alleine an den Hafen gegangen war, einen alten Koffer aus dem Keller geholt, meine Sachen gepackt und heimlich das Haus verlassen hatte, während mein Vater im Club war und meine Mutter zum Einkaufen. Sie hatten Ivan zum Gefängniswärter erklärt, aber der saß vor dem Fernseher und merkte nichts. Ich plante, zum Hafen zu gehen und auf einem der Schiffe als Küchenjunge anzuheuern, schließlich half ich meiner Mutter auch immer in der

Küche. Leider lief ich davor einem Freund meines Vaters in die Arme, der Lunte roch – es war schwierig, das Viertel zu verlassen, ohne jemandem zu begegnen, den man kannte. Von meinem Vater setzte es ein paar auf den Hosenboden, und der Hausarrest wurde verlängert, aber am Abend, als ich schon im Bett lag, kam meine Mutter zu mir ans Bett und wollte wissen, wo ich eigentlich hinwollte mit meinem Koffer. Meine Antwort bestand aus einem einzigen Wort: auswandern. Ich sagte es auf Englisch, erzählte meine Mutter, *emigrate*. But where to?, rief sie händeringend, du bist doch noch ein kleiner Bub, mali dječak! Mein Versuch, auszubüchsen, hatte ihr Angst eingejagt, und sie wollte herausfinden, was meine geheimen Träume waren, wo sie vielleicht suchen musste, wenn ich – und davon ging sie aus – es wieder versuchen sollte. Doch ich wusste es nicht, wusste nur, dass ich mich eingesperrt fühlte, nicht nur, wenn ich Hausarrest hatte, dass ich wegwollte, weit weg, damals schon. Aber das konnte ich nicht sagen, also sagte ich: Insel. In meinem Kopf waren Bilder von Stevensons *Schatzinsel*, die ich kurz davor in der Verfilmung von Walt Disney im Fernsehen gesehen hatte, aber es ist klar, was meine Mutter dachte. Sie fing auf der Stelle zu weinen an, und ich bekam ein fürchterlich schlechtes Gewissen. Erinnerungen wie diese lagen tief unten in der Mottenkiste meines Bewusstseins, jetzt wurden sie hervorgeholt, und das erfüllte mich mit Staunen, leichtem Unbehagen und unbestimmter Furcht. Es fühlte sich an, als käme ich zurück in ein Haus, in dem ich vor langer Zeit gewohnt hatte, das jetzt staubig, verlassen, verwahrlost war, eine Bruchbude, in der aber noch persönliche Gegenstände herumlagen, die ich dort vergessen hatte. Als wäre ich in Panik geflohen, aus gutem Grund.

Ich war erstaunt, dass das Haus noch stand, die Gegenstände noch da waren, dass alles die Katastrophe überlebt hatte. Einerseits übten diese Relikte eine Anziehungskraft auf mich aus, und ich hätte sie gerne da rausgeholt, schließlich gehörten sie mir, andererseits wurde mir sofort ein wenig übel vom Geruch, sobald ich meinen Kopf zur Tür reinsteckte, irgendwas verweste da drinnen. Während meine Mutter erzählte, in ihrem zwischen New Jersey und Kroatien changierenden Akzent mit dem R, das viel zu weit hinten in ihrem Rachen rasselte, und den Vokalen, die sie einerseits schnarrend nasal sprach, andererseits mehr oder weniger so, wie man sie schrieb, und Mara mit ihrer klaren Stimme kluge, sensible Fragen stellte, brachte ich es weder fertig, zu gehen, noch, bei ihnen am Tisch sitzen zu bleiben. Ich tigerte in der Küche herum, erledigte den Abwasch (lass das, sagte meine Mutter, ich mach das schon), und wenn ich damit fertig war, fing ich an, meine Kamera und die Objektive zu putzen, beide Kameras, und einmal, als es um Agata ging, fing ich an, die beiden zu fotografieren, nur um die innere Spannung loszuwerden, die es erzeugte, dieser Version der Geschichte meiner Schwester zuzuhören, um mich davon abzuhalten, mich einzumischen, was mir verdammt schwerfiel.

Es hat mir das Herz gebrochen, sagte meine Mutter, als sie nach Afrika gegangen ist (*die Kapverden, Mama, die Kapverden!*), aber sie hat sich immer schon am meisten um Fremde gesorgt, denen es schlecht ging, schon in der Schule. (*Hat sie nicht! Sie war einsam und hatte wenig Selbstvertrauen, weshalb sie sich in der Pubertät Latinos aus wirklich armen Verhältnissen mit wirklich schlechten Manieren gegenüber Frauen anlachte.*)

Dabei war sie so hübsch, sagte meine Mutter, eine echte

Schönheit (*das ist sie immer noch!*) mit ihren großen dunklen Augen und den glänzenden Haaren, die hat sie von ihrer Großmutter, und dann hat sie sie ganz kurz abgeschnitten, fast eine Glatze, wie die alten Männer, katastrofa, und ist nur noch mit solchen weiten Hosen und T-Shirts herumgelaufen, ein Jammer. (*Hast du denn wirklich gar nichts mitgekriegt, Mama? Die Zeit davor war wirklich schlimm für Agata, sie kam nicht mehr weg von diesem Typen, José, ein mieses kleines Arschloch, einmal hat er sie sogar geschlagen ... dann hat sie sich die Haare abrasiert, und da endlich hat er sie in Ruhe gelassen. Er hat gesagt, sie sähe aus wie eine Ratte.*)

Ich saß da und richtete meine Kamera auf das in Erinnerung leidende Gesicht meiner Mutter (Muss das sein?, fragte sie, ich bin nicht frisiert.), in dem dringenden Bedürfnis, Abstand zu bringen zwischen sie und mich, und sei es nur der einer fotografischen Linse.

Später erzählte ich Mara die Geschichte, wie sie tatsächlich passiert war, wie meine Schwester sie mir Jahre danach erzählt hat, als sie bereits auf den Kapverden lebte. Wir saßen auf dem Felsen über meinem geheimen Badeplatz, von dem Agata und ich so gern gesprungen waren. Mit Mara war ich bisher noch nicht dort gewesen, aber jetzt wollte ich über Agata reden, und ich konnte mir nicht vorstellen, es irgendwo sonst zu tun. Mara hörte aufmerksam zu, unterbrach mich nicht, stellte keine Fragen. Als ich fertig war, seufzte sie.

Arme Agata. Sie hat es wohl nicht leicht gehabt, als einziges Mädchen zwischen zwei Brüdern, in einer Familie mit einem ziemlich konservativen Frauenbild.

Willst du damit sagen, ich hatte es leichter?

Nein, alles in allem wahrscheinlich nicht, schließlich hast du ja auch nicht den Erwartungen entsprochen, die deine

Eltern an dich hatten. Aber für sie war es vermutlich noch schwieriger, eigene Wege zu gehen.

Ja, vermutlich. Mama hat sie noch viel mehr zu vereinnahmen versucht als mich, einfach weil sie ein Mädchen war, ihr kleines Mädchen. Du musst dir vorstellen, dass es im Club in Fairview bis heute für Männer und Frauen getrennte Räume gibt. Im Erdgeschoss, wo die Bar ist, sind nur Männer zugelassen, die Frauen sind im Obergeschoss und spielen Bingo. Als Agata fünfzehn, sechzehn war, gab es auch noch diese Tanzabende. Der Club hatte eine eigene Halle angemietet, wo samstags eine kroatische Band aufspielte, die Frauen saßen auf der einen Seite des Saals und warteten, bis die Männer, die auf der anderen Seite saßen, sie zum Tanzen aufforderten. Agata hat es gehasst, ich weiß noch, was es immer für ein Theater gab, weil sie sich mit allen Mitteln dagegen wehrte, dorthin zu gehen.

Kann ich verstehen.

Wie war das bei dir – hast du dich auch gewehrt gegen das, was deine Eltern von dir wollten?

Ach, sagte Mara und rupfte einen vertrockneten Halm aus, der zwischen den Felsen herauswuchs, das kann man überhaupt nicht vergleichen.

Warum nicht?

Weil bei mir zu Hause alles nicht so strikt war und nicht so konservativ, aber das war auch eine Falle, weil ich zuerst gar nicht kapiert habe, dass ich mich wehren muss, ich habe mich so bereitwillig vereinnahmen lassen, von meiner Mutter *und* meinem Vater. Und dann waren meine Ausbruchsversuche so zahm, dass meine Eltern sie überhaupt nicht als solche wahrgenommen haben, aber das hab ich erst später verstanden. Gefühlt habe ich mich wie

ein Alien, aber verhalten habe ich mich in Wirklichkeit wie
unser Hund, dessen wagemutigste Provokation darin bestand, sich in den Lieblingssessel meines Vaters zu legen,
obwohl er das nicht durfte.

Also warst du ein braves Mädchen?, neckte ich sie.

Ich fürchte, ja. Sie ballte die Fäuste. Eigentlich weiß ich bis
heute nicht, was ich hätte tun müssen, um meine Eltern
wirklich aus der Fassung zu bringen. Jetzt bin ich zu alt
dafür.

Dann hast du also was versäumt?

Ich weiß nicht, sag du es mir. Wie fühlt es sich an, wenn
man Dinge tut, die die eigenen Eltern so richtig scheiße
finden, die sie schockieren ... wenn man ihre Grenzen
überschreitet?

Du meinst, wenn man dauernd abhaut, sich in potenziell
gefährlichen Gegenden herumtreibt, zusammengeschla-
gen wird, die Schule schwänzt, sich stattdessen an einem
Kunst-College bewirbt, das man sich gar nicht leisten
kann ...

Wo hast du dich beworben? An der RISD?

Ja.

Haben sie dich angenommen?

Nein.

Wie alt warst du?

Siebzehn.

Wir schwiegen eine Weile, und ich versank in der Erinnerung an den heißen Sommertag, an dem ich schwitzend
mit meinem Portfolio im Bus saß, unterwegs nach Provi-
dence, nervös, unsicher, mit dem Gefühl, ein Hochstapler
zu sein. Okay, sie hatten mich zu diesem Interview eingeladen, was bedeutete, dass ich es in die letzte Bewerbungs-
runde geschafft hatte – aber was hieß das schon? Ich hatte

keinen Plan, wie ich mein Studium finanzieren sollte, und auch wenn ich sicher förderungswürdig war, was meine Bedürftigkeit anlangte, so sprachen meine schulischen Leistungen in jedem Fall gegen mich. Im Vorraum des Rektorats fühlte ich mich einfach nur falsch zwischen all den anderen, deren Stil bemüht lässig und unkonventionell war, weil sie nicht so reich wirken wollten, wie sie waren. Aber selbst im Outfit eines Penners hätten sie noch diese gewisse Ausstrahlung gehabt, die auf der Sicherheit beruhte, dass für sie immer die Plätze in der ersten Reihe reserviert waren. Ich beobachtete sie genau, ihre Blicke, die taxierend aneinander vorbeiglitten, ohne jemals irgendwen wirklich anzuschauen, die präzise eingeübten, zufällig wirkenden Gesten. Nur ein Mädchen mit hüftlangen dunklen Haaren, die ihr Gesicht fast vollständig verdeckten wie ein Vorhang, fiel aus der Reihe, sie kaute wie wild an ihren Nägeln herum. Als sie bemerkte, dass ich sie beobachtete, schob sie erschrocken ihre weißen Hände unter ihren Hintern. Ich hätte gerne meine Kamera dabeigehabt und sie fotografiert.

Als ich dann den Brief bekam, in dem stand, dass ich angenommen worden war, schloss ich mich in meinem Zimmer ein und hyperventilierte. Was nun? Ich hatte bisher noch niemandem von meiner Bewerbung erzählt, geschweige denn einen Antrag auf ein Stipendium gestellt. Als ich meine Eltern schließlich einweihte und sie darum bat, zu unterschreiben, dass sie nicht in der Lage waren, mich zu unterstützen, streikte mein Vater. Er sagte, es fiele ihm nicht ein, um Almosen zu bitten für eine sündhaft teure Schule, in der ich nichts Anständiges lernte, nichts, wovon ich mir später eine Existenz aufbauen konnte.

Der Direktor meiner Highschool lachte mich auf die Bitte nach einer Empfehlung einfach aus.

Aber davon wollte ich Mara nicht erzählen.

Rückblickend bin ich nicht sicher, ob dies das erste Mal war, dass ich Mara bewusst etwas vorenthielt oder anders erzählte, als es gewesen war. Später, als bei einem Streit rauskam, dass ich in Lošinj mit Elena geschlafen hatte, behauptete Mara, ich hätte das absichtlich vor ihr geheim gehalten, aber in Wahrheit war ich überhaupt nicht auf die Idee gekommen, dass es da etwas zu verheimlichen gab. Elena hatte mit Mara nicht das Geringste zu tun, Sex mit Elena und Sex mit Mara hatten nichts miteinander zu tun, sie existierten in zwei vollkommen unterschiedlichen Gegenden in mir, ungefähr so weit voneinander entfernt wie Timbuktu und die Philippinen. Dennoch habe ich das Gefühl, dass es einen Zeitpunkt gegeben hat, an dem ich aufgehört habe, Mara gegenüber rückhaltlos offen zu sein, ohne dass ich ihn bestimmen oder mit einem bestimmten Ereignis in Zusammenhang bringen könnte. Hatte es damit zu tun, dass sie meine Familie kennenlernte? Vielleicht. Aber eigentlich erscheint mir diese Erklärung zu einfach. Es mag ja sein, dass es mir Angst machte, wie sie in das Haus meiner Geschichte eindrang, Dinge über mich erfuhr, die seit Paola keine Frau mehr gewusst hatte. Es ist denkbar, dass ich mir in diesem Haus einen Raum suchte, den ich von innen abschließen konnte, in den ich mich zunehmend vor ihr zurückzog. Aber so logisch das alles klingt – etwas daran verstehe ich nicht: Warum ging ich nicht einfach? Ich hätte jederzeit das nächste Boot nehmen und abhauen können, nach Berlin oder nach New York, mich um den nächsten Job kümmern, was ich ohnehin längst hätte tun sollen. Aber ich tat es nicht.

Stattdessen stand ich mit Mara in der Küche und kochte für die halbe Insel, aß und trank und redete, ging schwimmen, machte lange Spaziergänge, fuhr mit Nikola raus zum Fischen. Etwas hielt mich fest, umso mehr, je stärker eine unterirdische Strömung mich wegzutreiben schien. Ich gewöhnte mir an, täglich frühmorgens an den Hafen hinunterzugehen und den Leuten zuzusehen, wie sie mit Koffern und Taschen den Katamaran nach Rijeka bestiegen, um die Insel zu verlassen. Ich lehnte an der Kaimauer, rauchte eine Zigarette und beobachtete das Schiff, wie es startete, langsam das seichte Gewässer durchpflügte, dann Fahrt aufnahm, rasch die Insel hinter sich lassend, um schließlich hinter den grünen Hügeln Unijes zu verschwinden. Es wurde zu einer Art Manie. Wenn ich einmal verschlief, weil ich am Abend davor zu viel getrunken hatte, lief ich den ganzen Tag nicht rund. Mara machte sich lustig, weil es ein beliebter Zeitvertreib auf der Insel war, abends zum Hafen zu gehen, wenn der Katamaran ankam, um die Neuankömmlinge zu sichten. Sie meinte, es sei typisch für mich, dass ich mich mehr für die Leute interessierte, die abreisten. Aber die Leute waren mir herzlich egal, sie waren nur Statisten in meinem Film.

Ich wartete auf einen günstigen Wind, einen Sturm, der mich fortriss, egal wohin.

TEIL DREI

11

Etwas braute sich zusammen. Ich konnte es sehen, sobald ich hinter dem Friedhof in die Weinberge abbog. Im Süden türmten sich dicke Wolken, die aussahen wie besonders steif geschlagene Schlagobersberge auf einer fettigen Cremetorte. Aber schon davor hatte ich es gespürt, nur ein paar Meter, nachdem ich losgelaufen war, diese Luft, die so ganz anders war als in den letzten zwei Wochen, als könnte man sie anfassen. Zuerst dachte ich, es läge an mir, an meinem Kater, den ich mir gestern Abend bei Harry eingehandelt hatte. Harry hatte seine Skulptur des glücklosen siamesischen Paares beendet (er hatte sich schließlich für die Variante entschieden, in der die beiden mit nach vorn gestreckten Armen voneinander wegstreben) und zur Feier des Tages ein halbes Lamm in den Ofen geschoben. Tereza und Pedro waren da gewesen, ein alter Freund von Harry, der ihn gerade für ein paar Tage besuchte, und aus irgendeinem Grund hatte er auch Andrejs Mutter eingeladen, obwohl er sie kaum kannte. Zuerst wollte sie genau deshalb nicht kommen, aber Harry bat mich, sie zu überreden. Wohlgemerkt bat er mich, nicht Andrej. Ich fragte ihn, warum.

Sie mag dich, sagte Harry, das hat mir Andrej verraten. Und Andrejs Verhältnis zu ihr scheint ein wenig zwiespältig zu sein, na ja, wie das halt so ist mit Müttern und Söhnen.

Ich habe keine Ahnung, wie das so ist mit Müttern und Söhnen, sagte ich.

Stimmt, sagte Harry, du hast ja keinen Bruder.

Aber daran hatte ich gar nicht gedacht. Ich dachte daran, dass ich keinen Sohn hatte. Auch keine Tochter. Überhaupt keine Kinder. Bisher hat mich das überhaupt nicht beschäftigt, ich habe wunderbar gelebt ohne schlaflose Nächte, die nicht auf Sex, sondern auf dessen Folgen zurückzuführen waren. Ich fand Babys süß, aber Einladungen meiner Mütterfreundinnen (zwei), sie vor acht Uhr abends zu besuchen (*da ist halt Sarah noch wach, aber das macht ja nichts!*), habe ich nach ein paar Versuchen hinfort dankend abgelehnt. Ich kam lieber, wenn die Brut im Bett war. Es nervte mich, wenn sie dauernd dazwischenquatschten, hinfielen und getröstet werden mussten, ihre Türme aus Bauklötzen kaputt machten, einem ihre Kritzeleien präsentierten, zu denen man sich nicht ehrlich äußern durfte, und in endloser Reihe unbeantwortbare Fragen stellten, allen voran *Warum?*, gestellt nicht aus Wissbegier, sondern aus Lust an der Provokation, deren Wirkung sie mit einem aufreizend direkten Blick in die Augen des Opfers genussvoll beobachteten. Ja doch, ich war auch mal ein Kind, und ich bin vielleicht kein durch und durch schlechter Erwachsener, aber offenbar vollkommen unmütterlich, weshalb ich es immer gut fand, dass mir mein eher planloses Beziehungsleben keine Schwangerschaft beschert hatte.

Jetzt dachte ich dauernd darüber nach, wie es wäre, Kinder zu haben, und kam mir dabei unerträglich banal vor. Ich hatte mich verliebt, und mein vierzigster Geburtstag stand bevor. Es war offensichtlich, dass meine plötzliche Sehnsucht hormonell bedingt war. Meine biologische Uhr tickte – immer wieder fiel mir diese blöde, klischeehafte Redewendung ein, und dann stellte ich mir vor, dass auf meiner Gebärmutter Zeiger befestigt waren und in ihr drin ein Uhrwerk saß oder eine Zeitbombe. Ich lag nachts wach und lauschte ihr. Und tagsüber sah ich den Kindern zu, wie sie unter Einsatz ihres gesamten Körpers Plastikschaufeln in den Sand trieben, mit der Ernsthaftigkeit kleiner Ingenieure Burgen bauten, dabei atonal vor sich hin sangen, lachten, bis sie einfach umfielen, im Schatten schliefen, viel zu schnell mit Armen und Beinen paddelten, um über Wasser zu bleiben, und ich beobachtete ihre Mütter, die sie zuerst mit beiden Armen, dann mit einem, dann nur noch mit einer Hand unter dem Bauch stützten, damit sie nicht untergingen, ihnen immer wieder die richtigen Schwimmbewegungen vormachten, sie mit Sonnenmilch eincremten, ihnen mit Hüten hinterherrannten, mit ihnen lachten, ihnen Lieder beibrachten, vorlasen. Ich weiß nicht, warum ich nicht sah, wie sie ihre Kinder anschrien, ungerecht behandelten, ignorierten, sie mit dunklen Ringen unter den Augen anflehten, sie doch bitte wenigstens eine Stunde unter dem Sonnenschirm schlafen zu lassen. Vielleicht blendete ich es einfach aus, oder mein Hormonsystem blendete es aus. Ich habe gehört, dass der Körper jeder Frau nach der Geburt weiterhin Endorphine ausschüttet, damit sie die Schmerzen vergisst. Mein neues Weichzeichnerbild vom Mutterdasein musste ähnliche Ursachen haben. Kurz nach dem Emigrant's Day, als ich das erste Mal bei einem Essen mit Andrejs Familie dabei war, fing es an. Ivan und Nada waren mit allen drei Kindern da, und ich sah Nada zu, wie sie ihrer Jüngsten, einer ziemlich hübschen, aufgeweckten Siebenjährigen, eine aufwendige Zopffrisur flocht. Die Kleine gab ihrer Mutter genaue Instruktionen in tadellosem Amerikanisch, und Nada befolgte sie schmunzelnd und mit flotten, geschickten Bewegungen ihrer langen Finger. Plötzlich fühlte ich mich unvollständig, nutzlos, leer. Ich hatte das Gefühl, am nächsten Tag sterben zu können, ohne auch nur die kleinste, die allergeringste Lücke zu hinterlassen. Meine Eltern würden trauern, aber da wir uns selten sahen, würde ich ihnen als reale Person im alltäglichen Leben kaum fehlen. Ich hatte keine Geschwister, keinen Hund, nicht einmal ein Aquarium. Meine Freunde würden darüber hinwegkommen – sie hatten ja noch andere. Am meisten würde mich vielleicht mein Lektor vermissen, ein einsamer älterer Herr, der eine uneingestandene Schwäche für mich hat und mich auf eine altmodische, intellektuelle Weise verehrt. Wüsste er von meinen Gedanken, würde er mir vermutlich versuchen einzureden, meine Leser würden mich vermissen, aber ich muss gestehen, dass ich zu dieser merkwürdig ungreifbaren Gemeinde, die meinen Lebensunterhalt sichert, wenig Bezug habe. Meine Fanpost beantwortet mein Verlag.

An diesem Punkt meiner Überlegungen angelangt, glaubte ich kurzfristig, des Rätsels Lösung gefunden zu haben: Es musste an meiner Schreibkrise liegen. Doch kaum gedacht, hatte dieser Gedanke erst recht etwas Deprimierendes an sich. Offensichtlich war die Schreiberei mein einziger wirklicher Lebensinhalt, und ohne diese Produktivität fühlte ich mich wie ein vertrocknetes Feld, von monokultureller Landwirtschaft erschöpfter Boden, auf dem nichts mehr wuchs. Ich sehnte mich nach Fruchtbarkeit.

Andrej erzählte ich natürlich nichts von all dem. Einem Mann, mit dem man erst seit ein paar Wochen schläft, von seinem Kinderwunsch zu erzählen, ist glatter erotischer Selbstmord, besonders, wenn es sich dabei um jemanden wie Andrej handelt – wahrscheinlich wäre er schneller verschwunden, als man braucht, um einmal über die Insel zu rennen. Dabei hätte ich ihm gerne davon erzählt, nicht wie dem potenziellen Vater meines Kindes, sondern wie einem Freund, einem Vertrauten, doch genau das ging eben nicht, und das machte mich zuerst wütend und dann traurig. Warum nur wiederholte sich dieser Ablauf, in dem die körperliche Intimität zwischen zwei Menschen zunächst seelische Vertrautheit schuf, um sie anschließend zu boykottieren? War das nur bei mir so, oder handelte es sich dabei um ein zwischenmenschliches Gesetz? Ließ es sich außer Kraft setzen?

Ich fühlte mich nicht dazu in der Lage.

Stattdessen entwickelte ich eine seltsam innige Beziehung zu seiner Mutter. Eigentlich bin ich nicht der Muttertyp, wahrscheinlich wegen meiner eigenen bereits erwähnten Unmütterlichkeit. Mein Verhältnis zu den Eltern jener Männer, mit denen ich lange genug zusammen war, um die elterliche Neugier zu erregen, war nie über ein paar Höflichkeitsbesuche hinausgegangen, und selbst bei diesen seltenen Gelegenheiten habe ich mich eher mit den Vätern unterhalten. Sie interessierten mich mehr. Ich weiß nicht, ob es am Nichtschreiben lag oder an den Hormonen oder vielleicht auch an Andrej, an meinem Interesse für ihn, das mit der Zeit einen merkwürdigen Einschlag von Wissenschaftlichkeit bekam, jedenfalls heftete ich mich an Ana Vuković, als wäre ich Ethnologin und sie die letzte Vertreterin eines aussterbenden Stammes.

Ana Vuković war eine kleine, stämmige Frau mit dunklen Augen und hellem Verstand. Ich bin überzeugt, dass sie ihren Mann und ihre Kinder ordentlich manipulierte, aber auch unendlich geduldig mit ihnen war (was vielleicht nicht unbedingt ein Widerspruch ist), und dass sie ihre Familie mit einer Kraft liebte, die ein besonderes Herz braucht – eines, das unbeeindruckt ist vom Widerhall, den die Liebe, die man in die Welt hinausschickt, da draußen findet. Natürlich muss man bedenken, dass die Liebe in der Welt von Ana Vuković Arbeit war, mühevolle Fürsorge, Verzicht auf die Befriedigung eigener Bedürfnisse und eine gewisse Unempfindlichkeit, die zur romantischen Vorstellung von Liebe in krassem Gegensatz steht. Ihr Vater baute auf der Insel Wein an, der in der Zwischenkriegszeit von den Italienern geschätzt wurde und sich deshalb gut nach Italien verkaufte. Der Krieg und die Machtübernahme durch Tito machten den Weinexport unmöglich, die Produktion ging zurück, und Andrejs Großvater wurde ein verbitterter alter Mann, der zu viel trank. Seine Frau ernährte die Familie mit dem Gemüse, das sie selbst anbaute, und mit dem Fisch, den sie im Tausch dafür bekam. Für ihre Tochter und ihren Schwiegersohn gab es keine Zukunft auf der Insel, und die Angst, eines Tages von Titos Leuten abgeholt und zur Arbeit auf dem Festland gezwungen zu werden, überwog schließlich die Angst vor der Flucht und dem Unbekannten. Nie wieder, so erzählte mir Ana Vuković, habe sie so intensiv gebetet wie auf dem Ruderboot, mit dem sie die Insel im Mai 1961 verließen. Sie war zweiundzwanzig und hatte einen vierjährigen Sohn. Ihre ganze Pubertät hindurch hatte sie die Geschichten derer gehört, die ihnen vorangegangen waren, Geschichten von Stürmen und lecken Booten, von italienischen Fischkuttern, die einen an Bord nahmen, wenn man Glück hatte, von den Flüchtlingslagern in Triest und Ancona, alles Geschichten von Menschen, die sie gekannt hatte, mit denen sie aufgewachsen war. Als es während der Überfahrt nach einem Unwetter aussah, schlug sie Gott

einen Handel vor: Wenn sie wohlbehalten in Triest ankamen, würde sie nicht jammern, falls sie entweder keine
Kinder mehr bekam oder eines ihrer Kinder bei der Geburt starb. Doch das Unwetter überlegte es sich anders
und zog vorüber, Gott brauchte nicht einzugreifen, und
Agata und Andrej kamen als gesunde Kinder zur Welt. Ich
fragte sie, wie sie den kleinen Ivan dazu gebracht hatte,
viele Stunden lang in einem Ruderboot stillzusitzen. Sie
sah mich verständnislos an.

Jedes Kind auf der Insel weiß, dass man im Meer ertrinken
kann, sagte sie dann. Außerdem hörte Ivan auf seinen Vater. Nicht so wie Andrej, der immer genau das Gegenteil
von dem machte, was man ihm sagte, dieser Bengel.

Das stimmt doch gar nicht, protestierte Andrej, der gerade den Abwasch machte, was du schon wieder erzählst,
Mama. Ana Vuković lachte. Ihr Lachen war eines, dem
man anhörte, dass es über vieles hatte hinweglachen müssen.

Es gab eine Menge solcher Bemerkungen über Andrej, vor-
gebracht in diesem gewissen Ton gutmütigen Bedauerns,
den man entwickelt, wenn man lange gekämpft und sich
dann abgefunden hat. Bevor Andrej in ihren Augen zum
hoffnungslosen Fall wurde, versuchte sie auf verschie-
denste Arten und Weisen, ihn zur Vernunft zu bringen.
Doch Andrej war für ein Kind erstaunlich unbestechlich,
er fürchtete weder die angedrohte Strafe Gottes noch dessen nächsten Vertreters auf Erden, seines Vaters. Schläge
waren ein anerkanntes Erziehungsmittel, vor denen Ana
Vuković ihre Kinder allerdings oft bewahrte, indem sie die
Vergehen ihrer Kinder für sich behielt, anstatt ihrem
Mann davon zu berichten, denn wenn sie es tat, grämte er
sich furchtbar und machte sich Vorwürfe, dass er sie in

der Vergangenheit nicht hart genug bestraft hätte. Also sorgte sie mit ihrer Verschwiegenheit dafür, dass er sich als besserer Vater fühlte und ihre Kinder hauptsächlich mit gängigen Sanktionen wie Strafpredigten, Hausarrest und Fernsehverbot erzogen wurden. Ich glaube gerne, dass Andrej davon recht unbeeindruckt war. Dem engmaschigen Netz jedoch, das Ana Vuković aus ihren Erwartungen und Enttäuschungen, strahlenden Hoffnungen und schwarzen Ängsten, der Süße ihrer Fritule und ihrer Umarmungen und der Haftung für ihr Mutterglück gesponnen und über ihre Kinder geworfen hatte, konnte sich auch Andrej nicht entziehen, davon bin ich überzeugt, und es ging ihm mit Sicherheit gewaltig gegen den Strich. Kein Wunder also, dass er das Weite suchte.

Von diesem Standpunkt aus beunruhigte es mich einigermaßen, dass Andrejs Mutter mich so mochte. Erwartete sie von mir, ich würde aus Andrej doch noch einen braven, sesshaften Familienvater machen, oder fungierte ich als Ersatz für die treulose Tochter? Laut Andrej war ich Agata kein bisschen ähnlich – eine Feststellung, die mich fast ein wenig kränkte, wenn man bedachte, wie schön er sie fand und wie gern er sie mochte. Wie auch immer – etwas an Ana Vuković und ihrer Geschichte berührte mich so sehr, dass ich mehr und mehr darüber wissen wollte.

Übrigens beunruhigte es auch Andrej, wie gut seine Mutter und ich uns verstanden. Er glaubte wohl, ich wollte mich mit ihr verbünden, oder sie sich mit mir, vielleicht nicht gegen ihn, aber auch nicht für ihn. Ich erklärte ihm, dass es nichts mit uns zu tun hatte, dass mein Interesse ihr galt, ihrem Leben. Er sagte, das verstehe er, schließlich sei die Geschichte der Auswanderer untrennbar mit der Insel verbunden, und da ich ja schon so lange hierherkäme, wäre mein Interesse erklärlich. Es klang, als wollte er sich selbst beruhigen und suchte zu diesem Zweck möglichst sachliche Argumente. Außerdem, sagte er, seien manche Dinge, die seine Mutter erzählte, auch für ihn interessant. Möglicherweise hatte er Harry gegenüber erwähnt, dass ich seiner Mutter alle möglichen Fragen stellte, und Harry hatte sie zu dem Abendessen eingeladen, weil er für sich selbst die Gelegenheit sah, mehr über die Auswanderer zu erfahren. Aber Ana war ihm gegenüber auf eine fast mädchenhafte Art schüchtern, und ich verspürte das eigenartige Bedürfnis, sie vor ihm zu beschützen. Also redete ich, als würde ich dafür bezahlt, trank zu viel Wein und unterhielt die Runde mit Anekdötchen aus meinem Leben, was sonst überhaupt nicht meine Art ist, weshalb Andrej mich auf dem Heimweg fragte, was zum Kuckuck eigentlich mit mir los gewesen sei.

Was meinst du?, fragte ich unschuldig. Ich war eben einfach gut drauf.

Warst du nicht, sagte Andrej. Du warst total angespannt.

Aber ich wollte nicht darüber reden, also zuckte ich einfach nur mit den Achseln und sagte gar nichts.

Andrej blieb stehen und fasste mich an den Händen.

Mara, sagte er, du kannst es mir ruhig sagen. Hab ich dich irgendwie genervt?

Überhaupt nicht! Wenn mich was nervt, dann das hier. Ich bin müde und betrunken, lass uns einfach nach Hause gehen und schlafen, ja?

Mein Ton war schärfer, als ich es beabsichtigt hatte, Andrej sah gekränkt aus, und das nervte mich nun wirklich.

Herrgott, sagte ich, hast du nicht gemerkt, wie Harry versucht hat, deine Mutter auszufragen? Und sie wollte es nicht, es war ihr unangenehm, sie wollte nicht über die Vergangenheit reden, nicht mit Harry und nicht vor allen anderen, nicht beim Abendessen.

Andrej schaute mich völlig perplex an, und dann, schlagartig, veränderte sich sein Gesichtsausdruck. Es war einer, den ich noch nie an ihm gesehen hatte.

Was bist du, ihr Kindermädchen? Sie ist vierundsiebzig, sie kann selbst entscheiden, worüber sie reden will oder nicht. Außerdem quetschst du sie doch selbst dauernd aus wie eine verdammte Orange.

Wie bitte? Ich mache was? Das ist nicht dein Ernst, oder?

Meine Stimme klang jetzt schrill, selbst in meinen eigenen Ohren, und ich hatte das Gefühl, jemand ganz anderer zu sein.

Oh yes, I mean it, sagte Andrej sehr laut, you're tearing answers out of her like a damn paparazza, you ... pester her with your questions, you think she likes that?

Ich registrierte kaum, dass er ins Englische gewechselt hatte, obwohl er das sonst nie tat, wenn wir allein waren.

You know what, sagte ich und ging ganz nah an ihn ran. I think *you* don't like it. You think I try to get intimate information about you, so I can manipulate you like she did. You're paranoid.

Me? Really? You're telling me Harry is intimidating my mother into talking about things she doesn't want to talk about and *I* am paranoid?

I didn't say *intimidating* –

I'll tell you something –

Red deutsch mit mir, sagte ich.

Why, sagte Andrej kalt, your English is perfect.

Ich weiß nicht ... weil es unsere Sprache ist?

It's a language, it doesn't belong to anyone. Und wenn,

dann ist es *deine* Sprache. Es ist Paolas Sprache, Angela
Merkels Sprache, Hitlers Sprache …
Hör auf mit dem Scheiß.
… und Goethes Sprache, du bist Schriftstellerin, verdammt
noch mal, und du schreibst nicht, kann es sein, dass du
neuen Stoff suchst, dass meine Mutter die Leere in dir mit
ihrer Geschichte füllen muss, weil dir nichts mehr ein-
fällt?
Ich schnappte nach Luft, aber nur kurz. Wie Andrej ganz
richtig bemerkte, war ich Schriftstellerin. Mit Worten zu
kämpfen war mein Metier.
Und, was ist mit dir? Seit Monaten hängst du hier rum
wie so ein Althippie-Aussteiger oder ein Pensionist, der
endlich Zeit hat für seine Hobbyfotografie und jeden
Sonntag sein Equipment putzt wie andere Typen ihre
Autos. Womit füllst du deine Leere, mit mir?
Nein, sagte Andrej, mit Elena.
Das wars. Ich war in der ersten Runde k. o. gegangen.
Plötzlich fühlte ich mich zweidimensional, wie eine Figur
in einer Illustration oder wie jemand auf einem Foto in
der Zeitung. Ich sah den Text dazu vor mir: Mara Benesch,
39, bekannt als die Autorin erfolgreicher Romane wie *Das
Dunkel im Innern des Lichts*, ist tot. Ihre Leiche wurde gestern früh am Strand der kleinen kroatischen Insel gefunden, auf der sie seit Jahren ihre Sommer verbrachte. Drei
Tage lang wurde sie vermisst, nachdem sie mit einem
Ruderboot aufs Meer hinausgefahren und von einem Unwetter überrascht worden war, die Bora hatte sie an Land
gespült. Ein Fischer behauptete, man habe das Unwetter
bereits kommen sehen und er habe sie gewarnt, was das
Gerücht in Umlauf brachte, es handele sich um Selbstmord. Eine Freundin wusste von einer Schreibkrise …

So etwas produziert mein Hirn in etwa fünfzehn Sekunden, hauptsächlich in Situationen emotionaler Überforderung. Es funktioniert wie ein Notstromaggregat. Manchmal bin ich dafür sehr dankbar.

Ich stand da und horchte auf die Stille nach dem Knall. Andrej hatte sich an eine Hausmauer gelehnt und sich eine Zigarette angezündet.

Gib mir auch eine, sagte ich und lehnte mich neben ihn. Wir rauchten schweigend.

Sie ist eine alte Freundin, sagte Andrej irgendwann. Sie lebt in Lošinj. Ich habe mit ihr geschlafen in der Nacht, nachdem ich meine Mutter aus Zagreb geholt hab.

Ich habe nicht gefragt, sagte ich.

Wir hatten vor Jahren mal was miteinander, nicht sehr lange, wir sind zu verschieden, oder zu ähnlich, wer weiß das schon. Seither sind wir Freunde, wir können gut reden, und ab und zu schlafe ich mit ihr, aber da geht es eigentlich nicht um sie.

Wie reizend. Worum geht es dann?

Ich weiß nicht. Um die Leere?

Aber ich glaubte ihm nicht. Was immer es war, das Andrej und mich miteinander verband, woraus diese Schwingung bestand, die den hauchfeinen elektrischen Faden zwischen uns zum Glühen brachte und den Raum um uns erhellte – ich konnte mir nicht vorstellen, mit jemand anderem zu schlafen, ohne den Stromkreis zu unterbrechen, die Leitung abzuknipsen. Ja, ich weiß. Ich habe mehrere Romane aus der Sicht eines Mannes geschrieben und habe daraus gelernt, mehr als aus meinem gesamten Beziehungsleben. Männer funktionieren anders, die meisten jedenfalls. Sex scheint für sie ein Allheilmittel zu sein für und gegen alles Mögliche, wie Schüssler-Salze oder Schwedenkräuter, eine Art unspezifisches Gegengift bei diversen seelischen Unpässlichkeiten. Es ist also unter Umständen sehr irreführend, vom Sex auf irgendetwas zu schließen. Allerdings ist es das auch bei Frauen. Außerdem wehrt sich ein Teil von mir dagegen, Frauen und Männer als zwei grundlegend unterschiedliche Wesen anzusehen, eine Giraffe bleibt schließlich auch eine Giraffe, egal ob männlich oder weiblich. Und möglicherweise ginge es einigen Frauen besser, wenn sie Sex zuweilen als Heilmittel betrachten und benutzen könnten, diese Unterschiede sind doch zum Großteil gesellschaftlich, kulturell und erziehungsmäßig bedingt, blablabla. Doch all diese Gedanken, die sich vollkommen selbstständig in meinem Kopf abspulten, konnten nicht die lächerliche Verunsicherung überdecken, die der Name Elena in mir ausgelöst hatte, ein kleiner Hebel aus fünf Buchstaben, der eine komplexe Reihe aufeinanderfolgender Mechanismen in Gang setzte. Warum hast du mir nicht gleich davon erzählt?, fragte ich, obwohl ich die Antwort kannte.

Weil es ohne Bedeutung war, sagte Andrej.

Du hast es mir also nicht verschwiegen, weil du mich nicht verletzen wolltest?

Wäre das so falsch gewesen? Andrej ließ seine Zigarette fallen und trat sie sorgfältig mit dem Absatz aus. Ich bereue schon, es dir jetzt erzählt zu haben, es war völlig unnötig. Ich war sauer wegen der Hobbyfotografie, also habe ich zurückgeschlagen, mit dem Erstbesten, das mir einfiel.

Und das war Elena?

Ich pfefferte meine Kippe gegen die nächste Wand, ging ein paar zornige Schritte von Andrej weg, fühlte mich wie ein trotziges kleines Kind, drehte mich wieder um und ging zurück zu ihm, der immer noch an der Hausmauer lehnte, die Hände hinter dem Rücken verschränkt, seine Schuhspitzen betrachtend.

Ich seufzte.

Das ist alles total unlogisch! Inklusive der Tatsache, dass ich dir hier eine Szene mache, obwohl ich weder einen Grund noch das Recht dazu habe. Gott, ich komme mir so jämmerlich vor.

Ich auch, sagte Andrej.

Wir sahen uns an.

Dann ist es also so einfach?, fragte ich. Wir sind beide leer und einsam und ausgebrannt und haben uns aufeinandergestürzt wie hungrige ... Geier auf ein Stück Aas?

Netter Vergleich, sagte Andrej.

Ich steigerte mein Tempo ein wenig, in der Hoffnung, schneller zu sein als die Erinnerungen an die letzte Nacht, sie beim Laufen abschütteln zu können. Sofort begann ich stark zu schwitzen, denn es war schwül, schon in der Nacht war es schwül gewesen, und der Sex, mit dem wir unseren Streit und seine Banalität hatten vergessen wollen, ließ uns erschöpft auf völlig durchweichten Laken zurück, seltsam verbunden in einem Meer aus Schweiß, Bedauern und Ratlosigkeit.

Ich lief immer schneller, bis ich merkte, dass mein Puls gefährlich beschleunigte und ich kaum noch Luft bekam. Als ich mich gewaltsam bremste, rutschte mein linker Fuß auf ein paar Kieseln unter mir weg, und ich fiel rücklings in das niedrige Brombeergestrüpp neben dem Weg. Ein kurzer stechender Schmerz in meinem Knie hinderte mich daran, sofort wieder aufzustehen, also blieb ich einfach liegen und wartete, bis sich mein Atem und mein Herzschlag wieder beruhigten. Der Himmel war überzogen von einem dunstigen Film, durch den das Blau nur noch leicht durchschimmerte. Das Grün der Büsche pulsierte und gab ihnen ein unnatürliches Aussehen, wie Plastikpflanzen in einem Einkaufszentrum, aber vielleicht hyperventilierte ich und meine Farbwahrnehmung war im Eimer. Die Dornen stachen mir durchs T-Shirt in den Rücken. Die Insel schien mir auf einmal feindlich gesinnt zu sein, als wäre sie meiner überdrüssig. Ich musste an etwas denken, das Andrej einmal gesagt hatte: dass wir uns in der Fremde immer das suchen, was zu unserer Erwartung oder Vorstellung von einem Ort passt, und den Rest ausblenden. Ich sagte ihm, dass wir dasselbe auch mit Menschen tun, und er meinte, der Unterschied sei, dass sich Menschen dagegen wehren könnten, Orte jedoch nicht. Ich war nicht ganz seiner Meinung, schließlich verbrachten eine ganze Menge Leute den Großteil ihres Lebens damit, das zu tun, was von ihnen erwartet wurde, während Teile von ihnen, die nicht der Vorstellung entsprachen, die ihre Umgebung von ihnen hatte, verkümmerten. Und ich hatte definitiv das Gefühl, dass die Insel sich gerade gegen mich wehrte oder, wenn ich es weniger persönlich nahm, gegen das idyllische Bild vom Inselparadies fernab der schlechten Welt und des bösen Tourismus, von dem sich besonders Künstler angezogen fühlen, dem die Menschen allgemein so leicht anheimfallen, weil es eine tiefe Sehnsucht befriedigt. Nun aber wollte die Insel meine Sehnsüchte nicht mehr befriedigen, also schlug sie zurück mit den ihr zu Gebote stehenden Mitteln, Wind und Wetter und Vegetation, sie vertrieb mich aus meinem fiktiven Paradies, und warum? Genau. Ich hatte mich auf die Liebe eingelassen und meine Unschuld verloren, die alte Geschichte, auch wenn es nur meine Inselunschuld war.

Scheiß-Katholizismus. Dabei waren meine Eltern gar nicht religiös, im Gegensatz zu Andrejs Mutter. Als ich sie einmal fragte, was sie sich von Hoboken erwartet habe, antwortete sie: eine Kirche, die sie besuchen konnte, wann immer sie wollte, und genügend zu essen.

Hoboken hatte es leicht gehabt.

Ich hob mein linkes Bein an und bewegte den Unterschenkel ein paarmal auf und ab – mein Knie schien in Ordnung zu sein. In der Ferne donnerte es schon. Ich überlegte kurz, ob ich umkehren sollte, dann rappelte ich mich zornig auf und lief weiter. Mein Zorn galt in erster Instanz mir selbst. Was hatte ich, um beim Thema zu bleiben, von Andrej erwartet? Hatte ich geglaubt, er würde wegen einer Sommeraffäre seine Art zu leben ändern? Hatte ich das von mir geglaubt? Aber das Problem war, dass ich gar nichts geglaubt und anscheinend doch etwas erwartet hatte, ohne es zu bemerken, von uns. Unterirdisch müssen Wünsche entstanden sein, winzige Wünschchen, wie kleine Termitenzellen, die nach und nach das Erdreich kolonisierten, sich in jenen Träumen einnisteten, an die ich mich nicht mehr erinnerte. Vor Jahren bin ich eine Zeit lang mit einem Biologen zusammen gewesen, der seine Diplomarbeit über Termiten geschrieben hat. Von ihm weiß ich, dass Termitenkolonien von einem einzigen Pärchen gegründet werden. Sie absolvieren einen Hochzeitsflug, bevor sie sich am Boden wiederfinden, dort, wo sie ihr Nest bauen wollen, und ihre Flügel an vorgebildeten Bruchlinien abwerfen. Erst dann paaren sie sich. Der Gedanke an diese flügellose Paarung deprimierte mich. Warum dachte ich jetzt nicht an Arten, die sich in der Luft paaren, mitten im Flug, wie Bienen oder Libellen, die noch dazu ihre Körper dabei zu diesem unglaublichen

Paarungsrad verrenken, das aussieht wie ein Herz? Aber
mir war nicht nach romantischen Vergleichen mit der Natur, die ohnehin nur durch unsere Interpretation roman-
tisch wird. (Die Libellen bilden dieses Herz nur, weil sich
die Geschlechtsorgane der Weibchen und Männchen an
so unterschiedlichen Stellen befinden, dass es sonst nicht
klappen würde. Weiß ich auch von meinem Biologen. Damals hat mich das amüsiert.)

Ich kam am Leuchtturm an. Die Frau des Leuchtturm-
wärters kniete in einem Gemüsebeet und rupfte Unkraut.
Ich ließ meine Beine auslaufen – da war er wieder, der ste-
chende Schmerz – und begrüßte sie, schwer schnaufend.
Sie grüßte zurück, sah mich von unten forschend an und
sagte dann etwas auf Kroatisch, das ich nicht verstand. Ich
zuckte hilflos mit den Achseln. Sie formte mit der Hand
ein imaginäres Glas und führte es zum Mund. Oh ja, ich
wollte gerne etwas trinken, ich hatte es dringend nötig. Sie
stand auf und bedeutete mir, mit ins Haus zu kommen. In
ihrer Küche war es dunkel und angenehm kühl, die Fensterläden waren geschlossen, wie bei den Kroaten hier üb-
lich. Nur die Ausländer reißen tagsüber ihre Fenster auf
und lassen die Hitze herein, die Einheimischen sind Höh-
lenbewohner. Wenn sie es hell haben wollen, gehen sie
hinaus.

Ich setzte mich an den Tisch, über dem eine bestickte
Tischdecke mit gehäkeltem Spitzensaum lag, wie es sie
auch in der Küche von Milan gibt, geschützt von einem
durchsichtigen Plastiktuch. Die Frau des Leuchtturm-
wärters goss Sirup aus einer großen Flasche in ein Glas,
füllte es mit Wasser auf und stellte es vor mich auf den
Tisch. Ich trank in großen Schlucken, sie sah mir dabei zu,
mit zufriedenem Ausdruck im Gesicht, die Hände in die

Hüften gestützt. Plötzlich fühlte ich mich wie ein Kind, das stundenlang draußen gespielt hat, so sehr ins Spiel versunken, dass es alles vergessen hat, auch Hunger und Durst. Ein Seufzer kam aus meiner Kehle, so tief, dass es mir peinlich war. Die Frau lächelte. Draußen donnerte es wieder, diesmal lauter. Ich wollte etwas sagen, über das Wetter, konnte mich aber nicht entscheiden, ob ich es auf Deutsch oder auf Englisch versuchen sollte, entschied mich dann für ein einfaches *Hvala*. Molim lijepo, sagte die Frau, und dann noch etwas, sie deutete dabei zuerst auf die Decke und dann nach draußen, ich nickte, ja, ich musste mich beeilen, um noch vor dem Regen wieder nach Hause zu kommen, vielleicht war es mir aber auch egal, ob ich nass wurde. Die Frau machte eine Geste, mit der sie mir zu verstehen gab, dass ich ruhig noch in Ruhe austrinken konnte, und ging zurück zu ihrem Gemüse. Ich trank noch einen Schluck, lehnte mich zurück und schloss die Augen. Ich dachte an Andrej, der vermutlich noch in meinem Bett lag und schlief, an die Ader an seiner Schläfe, die hervortrat, wenn er sich anstrengte, und dann aussah wie ein Fluss auf einer Landkarte, ein großer Fluss, der Nil oder der Po, ich dachte an seine Füße mit den stark sichtbaren Mittelfußknochen und den langen Zehen, Füße, die frei und ohne jede Einengung über die Erde wandern wollten. Eine Welle heftiger Zuneigung überkam mich, jene Art Zuneigung, die man empfindet, wenn man jemandem eine Weile sehr nah war und dann ein paar Schritte zurücktritt. Plötzlich sieht man wieder den ganzen Menschen anstatt eines Fragments, den kleinen Ausschnitt, den man aus großer Nähe wahrnimmt. Wie und wann hatte ich den Rest aus den Augen verloren? Ich hatte mich verführen lassen – nicht von Andrej, sondern von dieser furchterregenden Kraft, die, wie ich glaube, nicht mit sexueller Anziehung und auch nicht mit Liebe zu erklären ist, die einen unaufhörlich dazu treibt, den Abstand zwischen sich und einem anderen Menschen zu verringern, ohne Rücksicht auf Verluste. Ich fühlte mich wie früher in der Schule, wenn mir nach einer verhauten Prüfung alles wieder einfiel, was ich währenddessen vergessen hatte, und ich wusste, ich konnte es nicht mehr nachholen, nichts mehr rückgängig machen. Ich wünschte mir meine Liebe zu Andrej wie ein leeres Heft am Schulanfang, ich wollte die Seiten herausreißen, auf denen ich Fehler gemacht, sie durchgestrichen, mit Tintenkiller gelöscht und zu früh drübergeschrieben hatte, auf denen ich aus Langeweile gedankenlos hässliche Zeichnungen an den Rand gekritzelt hatte, weil mir zum Thema nichts eingefallen war. Aber wenn ich diese Seiten herausriss, würde das Heft dann nicht zu dünn? Es war ohnehin nur eins mit zwanzig Seiten, A5, ohne Korrekturrand. Und natürlich würde ich wissen, dass das Ganze ein Schwindel war, ich würde die klitzekleinen Papierfetzchen sehen, die beim Herausreißen an den Heftklammern hängen geblieben waren, und würde ständig herumfummeln, um sie ganz zu entfernen, ich würde fühlen, dass der Einband zu dick war für die verbliebenen Seiten, jedes einzelne Mal, wenn ich das Heft in die Hand nahm. Aber selbst wenn ich das alles ignorieren und so tun könnte, als wäre es neu, weiße Blätter, frisch und jungfräulich – was würde ich hineinschreiben?

Das Gewitter schlug alle bisherigen dieses Sommers um Längen, als müssten wir für die zwei Wochen ununterbrochenen Schönwetters bezahlen. Schon während ich den Hohlweg zum Dorf hinunterhumpelte, klatschten brombeergroße Tropfen auf meine Schultern, der Wind peitschte mir die mannshohen Schilfstämme ins Gesicht. Ich schaffte es gerade noch bis zum Emigrant's Pub, bevor es richtig losging. Ich stellte mich drinnen an die Theke, wo außer mir nur noch zwei alte Männer standen, einer mit stattlichem Kugelbauch über dem tiefsitzenden Gürtel und vollem schlohweißem Haarschopf und ein Hagerer mit Glatze und Storchenbeinen, die aus seiner kurzen Hose heraustachen und viel zu lang erschienen für den Rest seines Körpers. Sie tranken Kaffee und genehmigten sich dazu einen Travarica. Ich bestellte dasselbe, die Kombination erschien mir angemessen. Zwei Minuten später blitzte und donnerte es gleichzeitig, so laut, dass ich vor lauter Schreck meinen Schnaps verschüttete. Es regnete fast quer auf die überdachte Terrasse vor dem Lokal, ich stellte mich auf einen längeren Aufenthalt ein. Ich lauschte der Gesprächsmelodie der beiden Männer, die sich lebhaft auf Kroatisch unterhielten, jedoch immer wieder englische Worte einflochten. Ich wartete eine Gesprächspause ab und fragte dann auf Englisch, ob sie Auswanderer seien. Sie bejahten. Wann sie Insel verlassen hätten, fragte ich weiter. Neunzehnhundertsiebenundfünfzig schon, sagten sie, ihre Familien seien gemeinsam geflohen, vierzehn und fünfzehn seien sie damals gewesen, Freunde praktisch seit ihrer Geburt, und immer noch. Sie klopften einander auf die Schulter, eigentlich war es mehr ein Tätscheln, eine überraschend zärtliche Geste. Aber direkt nach der Flucht hätten sie sich eine Zeit lang nicht gesehen, denn eine der beiden Familien war zunächst in Italien geblieben, da die Mutter im Flüchtlingslager sehr krank geworden sei ... sie wechselten für kurze Zeit wieder ins Kroatische, murmelten mit ernsten Gesichtern Dinge, die offenbar zu betrüblich waren, um sie zu teilen. Natürlich hätte ich gerne gewusst, was ihr gefehlt hatte und ob sie wieder gesund geworden war, ob sie die Neue Welt schließlich erreicht hatte, aber ich hielt den Mund, erkundigte mich stattdessen nach der Schule und ihren beruflichen Laufbahnen. Er habe ein Stipendium bekommen und ein technisches College besucht, erzählte der Weißhaarige, später arbeitete er viele Jahre in einer Firma für Lüftungs- und Heiztechnik, wo er Anlagen für große Betriebe plante. Der Storch wurde Installateur. Beide hatten Kinder (zwei und drei), die alle schon verheiratet waren, zum Teil mit Latinos, und selbst Kinder hatten (insgesamt sechs). Träumten sie davon, zurückzukommen, wieder ständig hier zu leben? Nein, so weit weg von ihren Kindern und Enkeln, das könnten sie sich nicht vorstellen, obwohl sie schon manchmal Sehnsucht hätten nach der Insel. Wonach genau? Nach dem Meer. Aber in New Jersey gäbe es doch auch Meer, wandte ich ein. Ah, das sei etwas völlig anderes, ich könne doch die obere Adria nicht mit dem Atlantik vor der amerikanischen Ostküste vergleichen – allein der Geruch, die Luft, die Farben, das Wetter und der Wind! Keine Bora in New Jersey, dafür Hurrikans, ein echter Nachteil. Was sie sonst von Amerika hielten? Es sei ein gutes Land, darin waren sie sich einig, gut vor allem zum Geldverdienen. Nicht so schön wie die Insel, aber komfortabler. Ich wurde ein wenig übermütig. War Obama ein guter Präsident? Sie wiegten die Köpfe, diskutierten kurz auf Kroatisch, offenbar waren sie nicht ganz einer Meinung. Obama versuche, es allen recht zu machen, sagte schließlich der Dickere, aber das bringe nichts. Er sei zu weich, Amerika brauche eine stärkere Hand. Der Glatz-

kopf schnitt ihm das Wort ab mit der Bemerkung, Bush
habe die amerikanische Wirtschaft kaputt gemacht und
Obama käme die undankbare Aufgabe zu, die Suppe aus-
zulöffeln. Aber der Vergleich mit Bush mache Obama
doch nicht zum Heiligen!, ereiferte sich sein Freund. Wieder verfielen sie in die Sprache ihrer früheren Heimat, dann
lachten sie. Politik sei kein gutes Thema unter Freunden,
sagten sie, das mache nur böses Blut. Wieder das Schulter-
tätscheln. Warum mich das alles interessiere, wollten sie
wissen. Ich kippte den neuen Schnaps, den die Frau hinter
der Theke vor mich hingestellt hatte, und sah zur Tür
hinaus ins Regeninferno. Ich sei Schriftstellerin, sagte ich,
und käme schon seit Jahren hierher. Mein nächstes Buch
handle von der Insel und ihren Auswanderern. Die beiden
Alten reagierten aufgeregt wie Kinder, sie freuten sich,
dass jemand ihrem winzigen Heimateiland die Ehre er-
wies, darüber zu schreiben. Was für eine Art Buch es werden sollte, fragte der Weißhaarige, eine Liebesgeschichte
vielleicht?
Das wüsste ich noch nicht, sagte ich.

Als ich aus dem Emigrant's Pub heraustrat, war alles über-
schwemmt, auf dem Platz vor der Schule und dem Weg
zum Hafen standen riesige, knöchelhohe Lachen, eine einzige Schlammpiste. Die Bäume und Sträucher sahen aus
wie zerzauste Penner, Äste lagen auf dem Boden. Es hatte
empfindlich abgekühlt. Ich zog meine Schuhe und die
Socken aus und watete über den Platz und dann weiter
Richtung Oberdorf. In den schmalen Gassen zwischen
den Häusern flossen kleine Bäche, die den Schlamm wieder von meinen Füßen wuschen, die Steinmauern atme-
ten die Feuchtigkeit aus, ich hatte Gänsehaut auf meinen

nackten Armen und Beinen. Das Dorf war wie ausgestorben, nur ein paar Kinder, die es nicht erwarten konnten, hüpften in den Lachen herum und ließen Papierboote die Gassen hinunterschwimmen. Überall roch es nach nassem Sand.

Ich machte beim Greißler halt, der heute noch die komplette Brotauswahl zu bieten hatte, obwohl es schon später Mittag war, die vollen Regale sahen aus, als hätte man ein Festbuffet für hundert Leute ausgerichtet und keiner wäre gekommen. Ich nahm ein Maisbrot, das Andrej besonders gern mochte. Da ich nicht genug Geld dabeihatte, versprach ich, am nächsten Tag zu bezahlen, und ging mit dem Duft des frischen Brotes in der Nase über den Dschungelweg nach Hause, der an der Hinterseite des Oberdorfs hinaufführt. Es dauert ein bisschen länger als über die Treppen, und ich nenne ihn so, weil er von einem wilden Schilfwald gesäumt ist und auf der rechten Seite in ein Tal abfällt, das von undurchdringlicher Vegetation überwuchert ist. Alles tropfte, sonst war es still, die Tiere hatten sich verkrochen. Genau das hatte ich jetzt auch vor – wieder zu Andrej ins Bett zu kriechen, oder mit ihm, falls er schon aufgestanden war, ich wollte unter ihn kriechen wie unter ein schützendes Zeltdach, in seine Achselhöhle, mich als Schlingpflanze um seine Beine, seinen Rumpf schlingen.

Das Haus war ruhig, als ich ankam, keine Musik, keine Geräusche, Andrej hatte die Fenster zugemacht, sich wahrscheinlich danach wieder ins Bett gelegt. Ich öffnete die Tür und steckte meinen Kopf in die Küche. Sie strahlte diese Stille aus, die Küchen haben, wenn die Leute noch schlafen. Ich schlüpfte hinein, schloss die Tür leise hinter mir und legte das Brot auf den Tisch. Ich wollte mich ge-

rade zum Herd drehen, um die Espressomaschine aufzu-
schrauben, da entdeckte ich einen Zettel, der auf dem
Tisch lag. Ein kleiner Fetzen Papier, der aussah, als wäre er
schon mal weggeworfen und wieder aus dem Papierkorb
herausgefischt worden, zerknittert und an zwei Stellen
eingerissen.

Bin in Zagreb, meine Mama holen.
Komme morgen wieder,
Kuss, A.

Der Zettel war am linken oberen Eck unter den Aschenbecher geschoben worden, damit er nicht davonfliegen
konnte. Ich zog ihn hervor, strich ihn mit den Fingern
glatt und betrachtete Andrejs Handschrift, die ich noch
nie gesehen hatte. Er hatte mir schon ein paarmal etwas
aufgezeichnet, um mir Dinge zu erklären, die er verbal
nicht beschreiben konnte, aber ich hatte noch nie etwas
Geschriebenes von ihm gesehen. Seine Schrift war stark
nach rechts geneigt, mit ausufernden Ober- und Unter-
längen, die einzelnen Buchstaben waren durch lange Ver-
bindungsschlaufen weit auseinandergezogen, was insgesamt den Eindruck erweckte, als würde jeder Buchstabe
vor dem vorangegangenen davonlaufen oder als hätte
man am vordersten gezogen wie an einer Faschingsgirlande.
Ich dachte an die Graphologie und daran, dass ich mich
bisher nie zu einer Meinung hatte durchringen können,
ob es tatsächlich einen Zusammenhang gab zwischen der
Persönlichkeit eines Menschen und seiner Art zu schreiben.
Doch Andrejs Schrift schien mir typisch für ihn zu sein,
jedenfalls hätte es mich gewundert, wenn er eine kleine,
gedrungene Fitzelschrift gehabt hätte, gerade und auf-

recht in Reih und Glied marschierende Buchstaben oder solche, die sich nach links neigten, als hätten sie Angst vor dem Satzende. Ich musste lächeln. Wo hatte er den Zettel gefunden? Ich nahm ihn und ging nach oben.

Das Bett war leer.

Mein Kopf auch.

Ich stand da und glotzte auf das Bett, sah aber nichts, ich dachte, fühlte und hörte nichts, die Zeit war angehalten für eine Spanne, deren Dauer ich nicht wahrnahm. Irgendwann drehte ich mich mechanisch um, ging die Treppe hinunter und setzte mich an den Küchentisch. Ich saß da, schaute auf den Zettel in meiner Hand und horchte auf das hohle, hallende Geräusch des Regenwassers, wie es unter mir in die Zisterne lief.

Dann begann ich zu weinen.

12

Die Bora setzte spät in der kommenden Nacht ein. Mein Schlaf war ohnehin unruhig, ich hatte erst gegen Mitternacht angefangen zu kochen und dann, weil mein Hunger schon so groß gewesen war, zu viel gegessen. Von zwei bis vier wälzte ich mich in Alpträumen, in denen ich mich unter anderem durch einen Dschungel aus Papier kämpfte, liniertes Papier, das auf Bäumen wuchs und in gleißendem Sonnenlicht unangenehm weiß leuchtete. Als der Wind anfing, baute ich ihn in meinen Traum ein, ständig hatte ich Papierbögen im Gesicht, deren Kanten mir in die Wangen schnitten, es rauschte in meinen Ohren, ich dachte wortwörtlich *Rauschen im Blätterwald*, als ich aufwachte, war es fünf Uhr morgens, und das Kleid, das ich am Tag zuvor gewaschen und über das Stiegengeländer gehängt hatte, lag am Boden. Ich hob es auf und zog es an.

Mit dem ersten Kaffee und meinem Laptop setzte ich mich in den Hof und las mir meine Notizen von gestern durch. Sie waren ziemlich chaotisch. Ich hatte versucht, einiges aus meinen Gesprächen mit Ana Vuković festzuhalten, das Gespräch mit den beiden alten Männern im Emigrant's Pub, ein paar Dinge, die mir Andrej über seine Kindheit und Jugend in Hoboken erzählt hatte, Geschichten über die Insel und ihre Bewohner, die ich von Tereza gehört hatte, und die spärlichen Details aus Harrys geschichtlichen Ausführungen. Das alles ging völlig ungeordnet kreuz und quer, in meinen Notizen sah es aus wie in meinem Kopf. Zwischendurch hatte ich Bemerkungen über Andrej und mich gemacht, über unseren Streit, die Geschichte der Botschaft auf dem Zettel und wohin zum Kuckuck er wieder einmal verschwunden sein konnte. Ich rechnete – etwa um zwei war ich vom Laufen zurückgekommen, da war das Gewitter schon seit gut einer halben Stunde vorbei gewesen, der Sturm hatte sich bereits beruhigt. Das Nachmittagsboot nach Lošinj war also vermutlich planmäßig um halb vier gefahren, ich machte mein Stammhirn dafür verantwortlich, dass das mein erster Gedanke war. Es war nämlich genauso gut möglich, dass er die Insel erst heute Morgen mit dem Katamaran verlassen hatte, Richtung Rijeka, oder gar nicht, dass er in Milans Haus im Zimmer unter dem Dach lag und Alpträume von Indonesien hatte, die seit dem Attentat immer wiederkamen. Er konnte in der Höhle sein, dort geschlafen haben, wie er es schon die ganze letzte Zeit tun wollte, weil es ihn ärgerte, dass ich zuerst auf die Idee gekommen war.

Aber ich wollte ihn nicht suchen. Ich weigerte mich. Nicht aus Stolz – eine Regung, zu der ich nicht wirklich fähig bin. Es liegt mir nicht, Selbstbewusstsein vorzutäuschen in einer Situation, in der es um selbiges nicht so gut bestellt ist, nur um zu verbergen, dass ich eigentlich verletzt bin. Es bringt mir nichts. Der Grund, warum ich hier seit gestern Nachmittag an meinem Laptop saß, anstatt die ganze Insel abzuklappern, war dieser: Ich wollte etwas retten. Was genau ich retten wollte? Schwer zu sagen, aber das Bedürfnis war stark und unmittelbar. Wenn man zusieht, wie jemand kollabiert, möchte man hinlaufen und ihn auffangen, seine Beine hochlegen, die Rettung rufen, ihn beatmen. Ich habe gesehen, wie etwas zwischen Andrej und mir kollabiert ist, etwas, das aus Insellicht, gestohlener Zeit, Kinderreimen, Einsamkeit und Windstärke zehn bestand, und ich wollte, dass es weiterlebte, und wenn es nur in unserer Erinnerung war. Der Impuls, zur Tür hinauszulaufen und immer weiter, bis ich ihn gefunden hatte, Dinge zu tun und zu sagen, war groß, aber was immer ich tat oder sagte, wäre in Wirklichkeit nichts als der Versuch gewesen, den Kollaps rückgängig zu machen. Mein Gefühl war klar wie lange nicht mehr: Indem ich gar nichts tat, mich möglichst wenig bewegte, gab ich diesem Etwas am ehesten die Möglichkeit, wieder zu Atem zu kommen, zu überleben, nicht nur zwischen uns, sondern vor allem in mir, an diesem abgelegenen Ort, wo es keine Furcht gab vor dem Unbekannten und keine Mädchen in Faltenröcken, in dieser urwüchsigen Landschaft, zu der mir Andrej den Eingang gezeigt hatte.

Ich klappte meinen Laptop zu und machte mich auf den Weg zu Harry. Er würde nicht mehr lange auf der Insel sein, und ich wollte ihn unbedingt noch ein paar Sachen fragen über die Geschichte Kroatiens. Natürlich konnte ich mir Bücher besorgen (und würde es wahrscheinlich noch tun) oder Mister Google befragen, wenn ich wieder in Wien war, aber in dieser Hinsicht bin ich mehr Journalistin als Schriftstellerin. Wissen aus Büchern bleibt bei mir nicht gut hängen, ich brauche Menschen und ihre Geschichten dazu. Als ich in *Zellengeheimnis* diesen verrückten Zellbiologen als Figur hatte, der langsam abdreht, weil er glaubt, dass er seine Paranoia genetisch erklären und durch Entwicklung eines Gentherapeutikums heilen kann, freundete ich mich mit einem Professor für Molekularbiologie auf der Uni an. Ich stellte mich nach einer seiner Vorlesungen einfach vor den Hörsaal und quatschte ihn an – so was kann ich gut, wenn es nicht um Privates geht. Ich treffe ihn heute noch hin und wieder zum Mittagessen.

Als ich bei Harry ankam, lag er in einem Liegestuhl und las – ein höchst ungewohntes Bild. Er ließ das Buch sinken und sah mich lächelnd über seine Halbmondbrille hinweg an.

Na, sagte er, gehts dir besser? Schön, dass du vorbeikommst.

Wieso besser?, fragte ich. Wie kommst du darauf, dass es mir schlecht gegangen ist, und wann überhaupt?, aber als Harry den Mund öffnete, um zu antworten, winkte ich ab. Schon gut, ich wills gar nicht wissen, sagte ich. Alles in Ordnung bei mir, danke.

Okay, sagte Harry, klappte sein Buch zu und legte es auf den kleinen Tisch, der neben ihm stand. Auf dem Buch-

deckel stand der Name der Insel, darunter: *Island of Sand,*
Reed and Vineyards, auf Kroatisch und Englisch.
Was ist das für ein Buch?, fragte ich, woher hast du es?
Warum hast du deinen Laptop dabei?, fragte Harry.

Die nächsten Stunden verbrachten wir damit, die Bruch-
stücke unseres Wissens über die Insel und ihre Bewohner
zusammenzuflicken, begleitet vom an- und abschwellen-
den Singen und Sirren der Bora, die sich durch den schmalen Durchstich zwischen Harrys und dem unbewohnten
Haus nebenan zwängte. Ich stellte meine Fragen, Harry las
mir Passagen aus dem Buch vor, das ein hiesiger Pfarrer
vor etwa zehn Jahren geschrieben hatte. Ich bewunderte
den Aufwand, den es bedeutet haben musste, dieses Buch
in einer schönen zweisprachigen Ausgabe und einer Auflage von 300 Stück zu veröffentlichen. Der Pfarrer war
einigermaßen gründlich gewesen. Neben der Geschichte,
die laut den ältesten Funden offenbar mit den Illyrern be-
gonnen hatte, einer Beschreibung der lokalen Flora und
Fauna und der Entstehung des Klosters und der Kirche
waren in dem Buch auch minutiöse Statistiken über
die Bevölkerung, deren Zu- und Abnahme, Geburts- und
Sterberaten sowie die Emigration von 1900 bis heute ent-
halten. Es stellte sich heraus, dass die Emigration von
etwa 1920 bis zum Ende der 50er Jahre relativ konstant
gewesen war und erst danach rapide anstieg, während die
Geburtenrate von diesem Zeitpunkt an immer mehr gegen null sank. Der Pfarrer führte aus, dass die Ressourcen
für ein Leben auf der Insel immer begrenzt gewesen waren,
was bedeutete, dass ein Anstieg der Geburten stets eine
vermehrte Auswanderung nach sich zog. In der Zwischenkriegszeit, als die Insel italienisch war, der Weinbau flo-

rierte und sogar eine Sardinenfabrik gebaut wurde, was die Fischerei ankurbelte und viele zusätzliche Arbeitsplätze schuf, erreichte die Einwohnerzahl folgerichtig ihren Höhepunkt. Die Emigration hatte also, wie Harry vermutet hatte, nur zu einem Teil mit der Religionsfeindlichkeit des Kommunismus zu tun gehabt. Hätte Tito nicht zusätzlich die ohnehin bescheidenen ökonomischen Möglichkeiten dieser Insel ausgehöhlt und damit das kleine Wirtschaftswunder beendet, wäre das Leben auf der Insel weniger schwer gewesen, und es wären vielleicht nicht nur jene geblieben, die zu alt, zu krank oder zu ängstlich waren, um zu gehen. Die Leute hätten hinter gut verschlossenen Türen und Fensterläden gebetet, wie auch zu anderen Zeiten und an anderen Orten, und die Häuser hätten bewohnt bleiben können. Doch es gab wohl auch eine Art Pioniergeist und etwas, das ich Weltoffenheit nennen möchte. Man sollte meinen, eine Insel, die so viele verschiedene Herrscher gesehen hat, hätte versucht, sich abzuschotten von der Welt, aber das Gegenteil war der Fall. Das offene Meer, von fast jedem Punkt der Insel aus sichtbar, hatte sie in die Ferne gezogen, sie verbunden mit fremden Küsten und Kontinenten, der Wind hatte sie fortgetragen und wieder zurück, der Wind, der immer schon ihr Leben gelenkt hatte, der Wind, der Blütenstaub transportierte, Sand aus der Sahara bis auf die Alpengletscher trug, Bäume Richtung Süden wachsen ließ oder entwurzelte, Häuser abdeckte, Ackerboden mit sich riss, den Himmel von Wolken klärte, die Luft mit Schnee und Staub sättigte, Schiffe vorwärtstrieb, versenkte oder gegen Felsen schleuderte und das Meer selbst so zu bewegen vermochte, dass es sich zu alles vernichtenden Flutwellen aufbäumte, zum Erstaunen mitteleuropäischer Großstadtbewohner, für die der Wind etwas war, das sie die Fenster schließen und manchmal, zu seltenen Gelegenheiten, mitten in den Häuserschluchten Landluft schnuppern ließ.

Es war schon später Nachmittag, als unsere Energie und unser Forscherdrang ein wenig verebbte. Harry ging, um eine Flasche Wein zu holen. Ich saß da und genoss die angenehme Art geistiger Erschöpfung, die sich einstellt, wenn man sich einige Stunden auf ein anderes Thema konzentriert hat als die eigene Befindlichkeit, ein Effekt, den ich auch am Schreiben immer geschätzt habe. Es war wohltuend, mich wieder so intensiv mit einer Sache zu beschäftigen, die mich wirklich interessierte, doch Andrej und auch ich selbst hatten falschgelegen: Es füllte keine Leere, so wie sich eine leere Zisterne mit Wasser füllt oder eben ein Akku mit Strom. Meine Vorstellungen von Leere und Fülle waren immer mit Raum und Zeit verbunden, aber obwohl mich diese beiden Wahrnehmungen so gut wie nie losließen, funktionierte mein Innenleben verwirrenderweise anders. Leere und Fülle waren immer gleichzeitig da, und sie waren nicht durch einen Raum begrenzt, sondern durch mich. Es war also nicht möglich, eine Leere in mir zu füllen, womit auch immer. Aber es war möglich, mein eigenes Leben in eine Relation zu bringen, mein Ich in seinem ewigen Kreisen um sich selbst zu unterbrechen, es dazu zu bewegen, sich etwas anderem zuzuwenden.

Harry brachte den Wein und Brot, das wir in Olivenöl tunkten. Wir stießen an.

Dann schreibst du also wieder, sagte Harry im Ton einer Feststellung.

Ich mache mir Notizen, sagte ich ausweichend.

Sag ich doch, du schreibst.

Ja, gab ich zu.

Was ist los? Du sagst das, als würdest du dich dafür genieren. Vor zwei Monaten hast du dich noch dafür geschämt, dass du nicht schreibst!

Ich schäme mich nicht, ich bin mir nur noch nicht sicher. Ich ... habe noch keine Ahnung, was das für eine Geschichte wird, außer dass sie auf der Insel spielen soll und die Auswanderer darin vorkommen werden. Und du weißt ja, ich spreche nicht so gerne über ein Buch, wenn ich selbst noch so wenig darüber weiß.

Harry nickte und begann sich eine Pfeife zu stopfen, jetzt sah er aus wie das klassische Klischeebild vom alten Seemann auf den Zeichnungen in Kinderbüchern, mit seinen weißen, vollen Haaren und dem Bart, den er sich nur im Sommer auf der Insel wachsen ließ. Er sagte immer, das sei praktisch, weil der Schweiß dann in den Bart rinnen könne und von ihm aufgesaugt würde.

Wirst du über Andrej schreiben?, fragte er.

Ich weiß es nicht, sagte ich. Ich weiß nicht mal, wo er ist.

Harry schwieg, beschäftigte sich weiter mit seiner Pfeife.

Wir haben gestritten.

Möchtest du erzählen, worüber?, fragte Harry.

Nein. Ich tauchte die Spitze meines Zeigefingers in den Wein und fuhr den Rand des Glases entlang. Nach ein paar Runden begann es zu singen, sehr hoch und hell, weil das Glas noch fast voll war.

Ich möchte nicht, dass es kaputtgeht, sagte ich.

Was?, fragte Harry.

Ich weiß es nicht, wiederholte ich. *Es.*

Harry entzündete seine Pfeife, paffte ein paar Rauchwölkchen in den Frühabendhimmel und begann, leise vor sich hin zu singen, das Glas machte die Oberstimme.

You thought that it could never happen / To all the people that you became ... Er hatte eine schöne Stimme, voll und tief, sie passte hervorragend zu dem Song, obwohl er es ein wenig übertrieb mit dem Pathos. Cohen selbst klang nie so pathetisch.

Your body lost in legend ... Offenbar erinnerte er sich nicht an den ganzen Text, denn er summte eine Weile nur die Melodie weiter, fing dann eine neue Strophe an.

Shouldering your loneliness / Like a gun that you will not learn to aim / You stumble into this movie house / Then you climb, you climb into the frame / Yes, and here, right here ... Er summte wieder, kehrte dann zur ersten Strophe zurück. Erst da merkte ich, dass er nicht den Text suchte, sondern die richtigen Stellen.

Between the ocean and your open vein / Love calls you by your name ...

Harry, sagte ich, machst du dich über mich lustig?

Er zog wieder an seiner Pfeife und schenkte mir ein sehr väterliches Lächeln.

Wie könnte ich, Liebes?, sagte er heiter.

Auch in der darauffolgenden Nacht schlief ich schlecht. Ich träumte, ich wäre auf einem großen Schiff, das aussah wie der Passagierdampfer in *Ship of Fools*, auch die Leute waren gekleidet wie in den 30ern. Das Schiff war unterwegs nach New York, und ich war die ganze Zeit auf der Suche nach dem Kapitän. Ich wollte ihn dazu überreden, den Kurs zu ändern, ich hatte keine Ahnung, warum, aber es war ungeheuer wichtig. Ich rannte auf dem Schiff herum, klopfte an Kajütentüren, durchquerte einen Speise-

saal, wo an einer langen Tafel eine mehrstöckige Hochzeits-
torte angeschnitten wurde, einen Ballsaal, in denen Paare
in Kostümen wie bei *Dancing Stars* tanzten, fragte jeden,
dem ich begegnete, die Leute zuckten mit den Achseln,
zeigten in verschiedene Richtungen, ich rannte weiter.
Schließlich kam ich in einen spärlich beleuchteten Raum.
Ein alter Mann saß über eine uralte Landkarte gebeugt,
auf der er mit einer Taschenlampe nach etwas suchte. Er
kam mir vage bekannt vor. Ich fragte ihn nach dem Kapitän. Der alte Mann sah auf und leuchtete mir mit der Taschenlampe ins Gesicht. Es war Harry, oder doch nicht?
Der Kapitän?, fragte er überrascht. Den werden Sie nicht
finden. Es gibt keinen Kapitän.
In diesem Moment hörte ich ein grauenhaftes Knirschen
und Krachen, und ich wusste plötzlich, warum ich die
Kursänderung gewollt hatte: Das Schiff lief gerade gegen
einen Eisberg, ich dachte noch *falsches Schiff, falscher Film!*,
bevor ich aufwachte. Wieder war es genau fünf Uhr. Die
Bora dauerte an.
Ich stand sofort auf, kochte Kaffee und setzte mich an
den Laptop. Ich verschaffte mir einen Überblick über alles,
was ich bis jetzt hatte, und machte eine Liste mit Dingen,
die ich noch wissen wollte. Die beiden alten Männer
hatten mir gesagt, wo ich sie finden könnte, wenn ich
noch Fragen hätte. Außerdem war ich am Abend zuvor
mit Harry bei Jela essen gewesen, und Jela hatte sich ebenfalls bereit erklärt, mir Rede und Antwort zu stehen. Am
liebsten hätte ich ja noch einmal mit Ana geredet, jetzt
gleich, doch das traute ich mich nicht. Alle vorstellbaren
Szenarien waren gleich schlecht: Entweder Andrej war bei
ihr, und sie wusste von unserem Streit ... oder er war bei
ihr, und sie wusste nichts ... oder er war weg, und sie

glaubte, er wäre bei mir ... Nein, ich konnte nicht zu ihr gehen, so absurd es mir vorkam, wenn ich es von etwas weiter weg betrachtete.

Während des Frühstücks kroch Andrejs Abwesenheit über den Tisch, schlich zwischen Milchpackung, Salzstreuer und Marmeladenglas herum, ich war so beschäftigt, sie nicht aus den Augen, nicht in mein Herz zu lassen, dass ich das Essen kaum schmeckte.

Als ich fertig war, packte ich entschlossen ein Handtuch, mein Notizbuch, ein bisschen Obst und eine kleine Flasche Wasser in meinen Rucksack und machte mich auf den Weg zu den südlichen Felsen. Ich begegnete Gruppen von Männern mit Schubkarren, beladen mit Rohren, Latten, Sand, Zement. Wenn man den Blick darauf richtete, war die Insel eine permanente Baustelle, dauernd wurden Häuser instand gesetzt oder frisch renoviert. Die Meeresluft mit ihrem Salzgehalt, die Feuchtigkeit, die Hitze, die Bora und der Jugo, all das war ein ständiger Angriff auf Mauerwerk, Dächer, Farbanstriche und der Grund, warum die Häuser hier aus Steinen gebaut worden waren. Doch auch diese mussten ja zusammengehalten, verbunden, abgedichtet werden, um wiederum die Menschen vor Wind, Sonne und Regen zu schützen. Das war das Problem mit den leerstehenden Häusern – ein paar Jahre nur, ein Jahrzehnt oder höchstens zwei, und sie waren kaum noch zu retten. Und die Instandsetzung war ein mühsames Unterfangen: Jedes Teil, alles an Material, das benötigt wurde, musste erst mit dem Boot auf die Insel gebracht, auf den Traktor verladen und schließlich mit der Schubkarre durch die engen Gassen gebracht werden. Man konnte nicht einfach mit einem Lastwagen bis vors Haus fahren. Vieles wurde auch gleich mit der Schubkarre aus dem Hafen bis ins Oberdorf geführt, nicht nur Baumaterialien, sondern auch Gepäck, Wasser, größere Einkäufe und Kinder. Ohne Schubkarren ging hier gar nichts.

Am Ortsende traf ich Marina, eine Wienerin, die schon seit fast zwanzig Jahren auf der Insel lebt. Sie kam gerade den Dschungelweg herauf, ebenfalls mit einer Schubkarre voller Pflanzen, Erde in Säcken und Blumentöpfen. Marina ist passionierte Gärtnerin und ihr Garten einer der schönsten auf der Insel.

Guten Morgen, sagte ich, bist du gerade mit dem Boot aus Lošinj gekommen?

Auch guten Morgen. Ja, ich habe wieder mal jede Menge neuer Pflänzchen eingekauft, wie du siehst. Es wird Zeit für die Herbstblumen. Die Sommerblüher sind dahin, was soll man machen.

Wow, sagte ich. Herbst.

Ja, ich bin auch jedes Jahr überrascht. Hier denkt man immer, der Sommer dauert ewig, als gäbe es gar keine andere Jahreszeit. Aber es gibt. Man merkt es zuerst am Licht, ab Mitte August ändert es sich. Sie zeigte mit dem Finger auf den Himmel.

Und, fragte Marina, wohin bist du so früh unterwegs, zur Bok?

Ich schüttelte den Kopf. Südliche Felsen, sagte ich. Weniger Bora.

Marina nickte. Alles klar. Man sieht sich.

Bok, sagte ich und hob die Hand.

Auf dem Weg dachte ich daran, dass ich endlich Tereza fragen musste, warum die sanft abfallende Bucht im Nordosten der Insel genauso hieß wie der freundschaftliche, legere kroatische Gruß: *Bok*. Servus, auf Österreichisch.

Vielleicht, weil sie so einladend war, mit ihrem weißen Sand und dem türkisblauen Wasser, ein Bild wie in einem Werbeprospekt für eine Karibikinsel – das war meine bisherige, private Erklärung gewesen, doch nun reichte sie mir nicht mehr. Ich wollte es genau wissen, ich musste es wissen, wenn ich über die Insel schreiben wollte. Einen Moment lang überkam mich Furcht: dass sich mein Bild von der Insel mit jeder neuen Information schleichend verändern könnte, bis sie eines Tages nicht mehr *meine Insel* war. Dass Andrej recht gehabt haben könnte und ich hier niemals an einem realen Ort gewesen war, sondern in einer Projektion meiner Wünsche und Bedürfnisse. Und dass ich recht gehabt hatte und auch mein Bild von Andrej eine solche Projektion war, keine Wahrnehmung, sondern höchstens eine Wahrscheinlichkeit, mit der sich meine Sehnsüchte erfüllten oder auch nicht.

Ich bog gleich beim ersten Weingarten rechts ab. Die Weinstöcke sahen furchtbar aus, wie alte Männer, denen über Nacht die Haare ausgefallen waren. Die verbliebenen Blätter waren eingerollt und an den Rändern braun, die Trauben teilweise am Stock zu Rosinen zusammengeschrumpelt. Marina hatte mir erzählt, dass die neuen Weinbauern versuchten, auf biologischen Weinbau umzusteigen, und ihre Stöcke nicht mehr spritzten. Natürlich hatten sie nicht mit einem solchen Wetter gerechnet. Im nächsten Jahr würden wir viel Wein aus dem Supermarkt trinken müssen. Ich hielt mich rechts, mein Ziel war die V-förmige Bucht, die ziemlich direkt unter dem Weingarten lag und von hier aus über einen wirklich steilen Pfad zu erreichen war, so schmal, dass man ihn nur fand, wenn man wusste, dass es ihn gab. Ich war in meinem zweiten Sommer hier auf ihn gestoßen, ganz allein, was mir damals ein euphorisches Entdecker-Gefühl verschafft hatte und bis heute eine luxuriöse Illusion von Exklusivität – ich bin hier noch nie jemandem begegnet, außer ein paar Segelbooten, die manchmal dort ankerten. Wenn man sich etwa eine Dreiviertelstunde nach rechts über die Felsen arbeitete, kam man zur Höhle, aber dort wollte ich nicht hin. Ohnehin glaubte ich nicht, dass Andrej dort war. Ich glaubte, dass er in Berlin war oder in New York oder zumindest auf dem Weg dorthin, dass unser Streit genau das gewesen war, was er gebraucht hatte, um sich loszureißen, zurückkehren zu können in sein Leben, genau wie ich es gerade tat.

Eigentlich hatte ich schwimmen wollen, mit jedem Zug ein wenig von meiner Unruhe hinter mir lassen. Doch es war immer noch früh am Tag, die Bora war stark, und als ich unten am Wasser stand, war mir fast kühl, obwohl die Bucht auf der vom Nordwind geschützten Seite der Insel lag. Also wandte ich mich nach rechts und begann, über die Felsen zu klettern, dabei würde mir schon warm werden, und ich wusste, dass es in dieser Richtung noch andere Buchten gab. Streckenweise verlief so etwas wie ein Pfad entlang des oberen Randes der Felsen, führte auf und ab, verlor sich aber bald wieder, und man musste selbst einen Weg finden, die Arme zu Hilfe nehmen, seine Schritte achtsam setzen. Dennoch kam ich zügig voran, es machte Spaß, und ich verfiel in eine Trance – die Vorwärtsbewegung, die Felsen, mal leuchtend weiß, mal fast schwarz, in wilden Formationen, zum Teil durchzogen von dornigen Gewächsen mit kleinen Blüten, dann wieder kahl wie in einer Steinwüste, und unter mir immer das Meer, an manchen Stellen hier tiefpetrolblau, das zischend gegen die Klippen schlug, in den Aushöhlungen und Felsspalten gurgelte, die kleinen Kiesel dazwischen zum Klackern brachte wie ein Glasmurmelspiel. Ich hantelte mich weit oben an der Höhle vorbei, ohne es zu bemerken, passierte Bucht um Bucht, manche nicht mehr als schmale Einschnitte, wie fehlende Tortenstücke im Fels, oberhalb nur Schilf und undurchdringliche Vegetation. Einige Buchten stellten sich als nicht ganz leicht zu überwindende Hindernisse heraus, weil die Felsen links und rechts fast senkrecht abfielen und das Weiterkommen in echte Kletterei ausartete, wofür ich genau genommen nicht die richtigen Schuhe anhatte. Oberhalb einer Bucht, in der zwei Segelboote lagen, entdeckte ich einen kleinen Weg, der ganz so aussah, als würde er nach oben führen, doch nun wollte ich vorwärtskommen, sehen, was hinter dem nächsten Felsen lag. Also kletterte ich weiter, das Gelände wurde zunehmend unwegsamer, dann und wann blickte ich auf und sah nur mehr das offene Meer, keine Küste, keine noch so kleine Insel begrenzte meinen Blick. Ein rauschhaftes Gefühl von Großartigkeit ergriff von mir Besitz, ich fühlte mich wie Robinson Crusoe, Jim Hawkins und Captain Jack Sparrow in einer Person, ließ einen Schrei los und musste gleich darauf über mich lachen. Meine Insel war ein Kinderpiratentraum. Ich hatte all diese Geschichten geliebt, die Schatzinsel wahrscheinlich zehnmal gelesen, doch war ich bisher nie auf die Idee gekommen, meine Leidenschaft für dieses Genre mit jener für die Insel in Zusammenhang zu bringen.

Ich weiß nicht mehr, an welchem Punkt ich beschloss, die Insel zu umrunden. Ich wusste, dass es möglich war, hatte es selbst aber noch nie versucht. Mir fiel ein, wie ich Andrej auf den nördlichen Felsen getroffen hatte, als er von seiner Runde um die Insel zurückgekommen war, unser Gespräch damals. Die Erinnerung löste augenblicklich den heftigen Wunsch in mir aus, eine Taste zu drücken und zurückzuspulen. Ich sah ihn wieder vor mir, wie er sich über die Felsen auf mich zubewegte, ich erinnerte mich an das Gefühl, viel Zeit zu haben, den Film jederzeit anhalten, vor- und zurückspulen zu können, bis ich alles Wichtige gesehen hätte. Jetzt konnte ich nichts mehr anhalten, und die Rewindtaste war auch kaputt. Es gab nur eine Richtung: vorwärts. In dieser Eindimensionalität gefangen zu sein, mich selbst darin eingeschlossen zu haben, machte mich zornig, machte mich schneller. Ich sprang von Stein zu Stein, hievte mich hohe Felsen hinauf und wieder hinunter, ohne besonders aufzupassen. Die Sonne stand inzwischen hoch, und es wurde heiß. Die Bora, soweit ich das von hier aus beurteilen konnte, hatte nachgelassen. Ich war durstig, aber ich hatte nur einen halben Liter Wasser mitgenommen und musste damit haushalten, wenn ich um die ganze Insel wollte. Immer wieder dachte ich daran, in der nächsten Bucht eine Pause zu machen und schwimmen zu gehen, mich abzukühlen, aber immer, wenn ich dort war, ging ich weiter, ich konnte mich einfach nicht stoppen.

Als mir schlecht wurde, hielt ich es für Hunger, die Kopfschmerzen für Dehydrierung. Ich trank mein gesamtes Wasser auf einmal, aß eine Nektarine und ein paar Trauben und ging weiter. Was hatte Andrej gesagt? Man darf dem Körper nicht so viel Macht zugestehen, manchmal quengelt er einfach nur so vor sich hin wie ein anstrengendes Kleinkind ... aber die Helligkeit stach mir immer mehr in die Augen, ins Gehirn. Nach der stundenlangen Kletterei konnte ich keine Felsen mehr sehen, stolperte immer öfter, hinter jedem Felsen hoffte ich, gegenüber die Landzunge von Srakane zu sehen, die mir die relative Nähe des

Hafens signalisiert hätte, bei jeder Bucht dachte ich, hier bin ich schon gewesen, diese Bucht kenne ich, doch inzwischen sah für mich eine aus wie die andere. Als ich auf die ersten Menschen traf, die vom Hafen aus hierher zum Baden kamen, war ich so erschöpft, dass ich nicht einmal daran dachte, sie nach Wasser zu fragen. Ich ging einfach immer weiter, vorbei am Supermarkt, an Hasan und dem Emigrant's Pub, durch die Gassen des Unterdorfs, die Stiegen hinauf bis zum Kirchplatz. Dort klopfte ich an Terezas Tür.

Das Nächste, woran ich mich erinnere, ist, dass ich nachts aufwachte, völlig durchgeschwitzt, mit einem kalten, nassen Lappen auf der Stirn. Zuerst wusste ich nicht, wo ich war, doch dann erkannte ich im Halbdunkel die Holzbalken von Terezas Wohnküche. Ich lag auf dem Sofa, mein Kopf auf mehreren Pölstern, neben mir ein Kübel und eine Wasserflasche. Ich trank, bis die Flasche leer war, drehte mich zur Seite und schlief weiter bis zum nächsten Morgen.

Das Wetter hielt nicht mehr. Schon am nächsten Tag war es wieder bewölkt, und ein Wind, der ständig die Richtung wechselte, wehte durch die Gassen, nicht stark, aber stetig, wie eine Erinnerung an diesen merkwürdigen Sommer. Hin und wieder regnete es leicht, ein leiser unauffälliger Regen, dessen Geräusch man mit der Dusche der Nachbarn verwechseln konnte, solange man im Haus war. Auf Terezas Empfehlung und die der Nonne, die sie geholt und um eine Diagnose gebeten hatte, nachdem ich ohnmächtig geworden war, verbrachte ich den größten Teil des Tages im Bett, um mich von meinem Sonnenstich zu erholen, allerdings hatte ich meinen Laptop auf den Knien und schrieb, als wollte ich alle Seiten, die in den letzten Monaten leer geblieben waren, an einem Tag füllen. Ich wusste kaum, was ich tat, aber plötzlich war da eine Stimme, eine weibliche Stimme, sie gehörte einer jungen Frau, die auf der Insel lebte und gerade ihren zweiten Sohn geboren hatte. Man schrieb das Jahr 1953. Die Stimme erzählte von ihrem Vater, der in der Fischfabrik gearbeitet hatte, bis sie beim ersten Bombardement 1943 zerstört wurde. Sie berichtete von ihrem Großvater, der nach dem Ersten Weltkrieg eine Italienerin geheiratet hatte, als Weinbauer zu bescheidenem Wohlstand gekommen war und nun, da er all seinen Wein nicht mehr verkaufen konnte, zunehmend dem Alkohol verfiel. Sie sorgte sich um die Zukunft ihrer Söhne und dachte an ihren Onkel, der schon vor drei Jahren die Segel gestrichen hatte und mit seiner Familie emigriert war. Sie hatte Angst, sowohl vor dem Dableiben als auch vor dem Weggehen. Ihr Mann, ebenfalls Fischer, bedrängte sie, er setzte große Hoffnungen in die Möglichkeiten, die das Leben in Amerika bot. Schließlich traf sie eine Entscheidung: Sie würde ihren kleinen Sohn bei ihrer Großmutter zurücklassen, um ihn nicht den Gefahren einer Flucht auszusetzen.

Zu diesem Zeitpunkt war die Geschichte im Wesentlichen eine grobe Mischung aus der Geschichte Ana Vuković' und der von Milans Mutter, zeitlich ein wenig zurückversetzt, mit verschobenen Rollen und Positionen, gewürzt mit den Bruchstücken, die ich in den letzten Wochen aus verschiedenen Quellen erfahren und in mich aufgenommen hatte. Natürlich gründete dennoch alles auf meiner eigenen Wahrnehmung und Interpretation, darauf, wie ich selbst die Insel erlebt hatte, seit ich vor zehn Jahren das erste Mal hierhergekommen war. Ich schrieb gegen gewaltige Zweifel an: Durfte ich das? Was gab mir das Recht, mich in diese Menschen hineinzuimaginieren, Versatzstücke ihrer realen individuellen Geschichten zusammenzuschustern zu literarischen Figuren und diese anzureichern mit meiner eigenen Fantasie, die ja immer auch ein Spiegel meiner eigenen Geschichte, meiner Sehnsüchte und Enttäuschungen, meiner höchst privaten Freuden und Leiden, war? Natürlich war die Literatur voll von Geschichten, die auf diese Art entstanden waren, sie war reich bevölkert von historischen und halbhistorischen Figuren, die von Mitgliedern meiner Zunft nach Belieben in Gegenden geschickt wurden, in denen sie nie gewesen waren, zu Begegnungen gezwungen wurden, die sie nicht gehabt hatten, und, dem Happy End oder seinem Gegenteil zuliebe, Entscheidungen trafen, die sie niemals getroffen hätten. Aber tröstete mich das? Jemanden auszurauben wird ja schließlich auch nicht ehrenwerter dadurch, dass andere es ebenfalls tun.

Ich sagte mir, dass diese Geschichte sich noch viele Male verändern und wenden würde. Dass sie wachsen würde und, wenn ich meine Sache gut machte, die Chance hatte, auf etwas zu verweisen, das größer war als mein persönlicher Bezug zu ihr. Dass sie in gewisser Weise zu mir gekommen war – oder hatte ich sie gesucht? Machte das einen Unterschied? Wie auch immer, ich konnte nicht mehr zurück. Ich wollte sehen, was hinter dem nächsten Felsen lag.

13

Er kam, wie immer, mit dem Boot um halb acht. Ich war zufällig am Hafen, nicht um Fisch zu kaufen, sondern um die Einheimischen zu beobachten, die aufs Boot gingen oder es verließen, mit vollen oder leeren Einkaufstrolleys, Kisten mit Glühbirnen, Insektenspray, alten oder neuen Fernsehern, Lockenwicklern, Bohrmaschinen. Ich sah zu, wie Wasserkanister und Lebensmittel abgeladen, Küsse und Neuigkeiten ausgetauscht wurden. Ich saß auf dem letzten der metallenen Poller, dort, wo der Anlegeplatz einen Knick macht und das eigentliche Hafenbecken beginnt – von dort hat man den besten Überblick. Der Tag war sonnig, die Temperatur dennoch nur mäßig warm, wie schon die letzten Tage, mit ein paar harmlosen Wolken und einem ebensolchen Wind, als hätte das Wetter seine ganze Dramatik verpulvert.

Ich sah ihn sofort, erkannte ihn an seinen Bewegungen, noch bevor ich sein Gesicht erkennen konnte. Er hatte seine Reisetasche und sein Equipment dabei, dennoch schlenderte er, als hätte er nicht mehr zu tragen als eine Eistüte. Fast wäre er an mir vorbeigegangen, ohne mich zu bemerken, ich konnte ihn riechen, Tabak und Kardamom und, ich wusste es inzwischen: Bergamotte. Im letzten Moment, bevor er um die Ecke bog, sah er mich doch. Er blieb stehen, drei Schritte von mir entfernt, und ließ seine Tasche fallen.

Mara, sagte er ungläubig, als wäre er nicht überrascht von meiner Anwesenheit hier am Hafen, sondern davon, dass es mich gab, von meiner schlichten Existenz.

Andrej, sagte ich, nicht minder überrascht.

Eine kleine Weile verharrten wir so, während der Menschenstrom hinter Andrej und teilweise auch zwischen uns vorbeizog, dann stand ich auf, und wir umarmten uns, die Vertrautheit unserer Körper machte uns verlegen.

Woher konntest du wissen, fing Andrej an, ich unterbrach ihn.

Ich wusste es nicht, sagte ich, und dann, als hätte ich ihn tatsächlich abgeholt: Kann ich dir was abnehmen?

Er schüttelte den Kopf, ob über den Zufall oder als Ablehnung meines Angebots, wusste ich nicht. Wir setzten uns mechanisch in Bewegung, gingen einfach nebeneinanderher, ohne zu sprechen.

Kaffee?, fragte ich, als wir an Hasan vorbeigingen, doch Andrej schüttelte wiederum nur den Kopf.

Ich hatte auf dem Boot schon zwei, sagte er dann, viel zu spät.

Wir stiegen die Treppen hinauf, nahezu im Gleichschritt, es fühlte sich so selbstverständlich an, neben ihm herzugehen, und gleichzeitig so irreal. Das Oberdorf lag noch still, nur ein paar junge Väter und Mütter saßen vor ihren Häusern und sprachen mit ihren zu früh aufgewachten Babys in der Sprache, die nur sie verstanden. Erst in meiner Küche, als sich die Tür hinter uns geschlossen hatte, löste sich unsere Verkrampfung, fiel die Befangenheit von uns ab, gemeinsam mit unseren Kleidern. Ich sagte nicht *Ich habe dich so vermisst*, und Andrej sagte nicht *Ich gehe nie wieder fort von dir*, wir sagten weiterhin nichts, sondern liebten uns einfach, und es war tatsächlich einfach, erstaunlich einfach, und erstaunlich. Danach blieben wir im Bett liegen, einander zugewandt, sahen uns lange an, als würden wir uns nicht nach einer Zeit des Getrenntseins wiedersehen, sondern müssten uns gleich voneinander verabschieden und uns das Gesicht des anderen einprägen für alle Zeit.

Gegen Mittag bekamen wir Hunger, und mit dem Essen kam das Reden.

Er erzählte mir, er sei in Montenegro gewesen, habe es noch einmal versucht mit dem Fotografieren, und diesmal habe es geklappt. Er habe ausschließlich Menschen fotografiert und sei überrascht gewesen, dass auch die, die es bemerkten, sich so gut wie nie belästigt fühlten. Viele schauten offen in die Kamera. Er sagte, er habe an *Sans Soleil* denken müssen, ein Essayfilm von Chris Marker aus den Achtzigern, in dem er an einer Stelle sagt, er verstehe nicht, warum man den Leuten beibringt, nicht in die Kamera zu schauen. Fotos, auf denen die Menschen in die Kamera schauten, galten lange Zeit als nicht authentisch, man ging davon aus, dass sie posierten, ihren Gesichtsausdruck und die Körperhaltung änderten, sobald sie es taten. Das Ergebnis galt als verfälscht, unecht, aber was hieß das? Die Fotografie, so sagte Andrej, war nun einmal das Abbild einer Person, ein Blick von außen. Indem man die Leute anwies, nicht in die Kamera zu schauen, betrog man den Betrachter – man tat so, als gäbe es die Kamera nicht. Und in gewisser Weise machte man auch den Fotografierten etwas vor. Man verlangte von ihnen, zu vergessen, dass eine Kamera auf sie gerichtet war, der Blick eines fremden Menschen, der ihn festhielt. Andrej sagte, er sei dann dazu übergegangen, die Leute grundsätzlich darauf aufmerksam zu machen, dass er sie fotografierte, und sie zu fragen, ob sie etwas dagegen hätten. Bis auf eine etwa sechzigjährige Frau, die davon überzeugt war, sie sei nicht mehr schön genug, um fotografiert zu werden, lehnte niemand ab. Er zeigte mir die Fotos, Bilder von alten und jungen Menschen, von Männern, Frauen und Kindern. Er gab ihnen keinerlei Anweisungen. Manche warfen sich in

Pose, präsentierten sich, die meisten blieben einfach so stehen oder sitzen, wie sie waren, doch kaum jemand sah woandershin als in die Linse. Ihr Blick traf einen direkt, ohne Umwege, der Blick von außen war weg, oder zumindest unsichtbar. Was blieb, waren die Menschen, der Ausdruck auf ihren Gesichtern, die Ausstrahlung der Körper. Andrej sagte, das erste Mal seit langer Zeit habe er sich bei seiner Arbeit nicht als Voyeur gefühlt. Die Bilder berührten mich sehr. Ich stellte fest, dass wir uns in unserer Arbeit zum Teil mit ähnlichen Problemen herumschlugen. Das machte es allerdings nicht einfacher, ihm von meinem Vorhaben zu erzählen, ein Buch zu schreiben, das Teile der Geschichte seiner Mutter enthielt. Ich wusste nicht einmal, wie ich den entsprechenden Satz bilden sollte. Deshalb tat ich etwas, das ich nie davor und auch nie wieder danach getan habe: Ich holte meinen Laptop und ließ ihn die dreißig Seiten lesen, die ich bisher zu Papier gebracht hatte, diesen ersten Versuch in seiner absoluten Rohfassung. Er wusste, was es mich kostete, sah mich deshalb fragend an, bevor er zu lesen anfing, doch ich nickte, machte eine unbeholfene, unpassende Geste mit der Hand, mit der man normalerweise jemandem den Vortritt lässt, wenn man durch eine Tür geht oder einen Raum betritt. Und er las. Er lächelte. Er runzelte die Stirn. Ich schwitzte. Als er fertig war, lehnte er sich zurück und schwieg, vermutlich nur zehn Sekunden, aber mir erschien es wie eine Ewigkeit.

Ich wusste es schon, sagte er schließlich.

Was?

Ich wusste, dass du dieses Buch schreiben würdest, seit du angefangen hast, mit meiner Mutter zu reden, und es tut mir leid, was ich darüber in unserem Streit gesagt habe.

Du hast also kein Problem damit?

Es ist nicht leicht für mich. Aber vielleicht ist es an der Zeit, mich mehr mit meiner Geschichte zu beschäftigen, anstatt vor ihr davonzulaufen. Es ist schon verrückt ...

Was?

Wir, sagte er. Unsere Begegnung, dieser Sommer. Ich war noch nie so lange am Stück auf der Insel, und seit ich von zu Hause ausgezogen bin, habe ich nie wieder so viel Zeit in der Nähe meiner Mutter verbracht. Es macht mich wütend, traurig, verwirrt, und es nervt gewaltig, manchmal halte ich es kaum aus. Aber es fühlt sich auch, wie soll ich sagen ... es fühlt sich nach *mir* an, verstehst du?

Hm. Du meinst, du erkennst dich selbst in den Gefühlen, die das Zusammensein mit deiner Mutter in dir auslöst, auch wenn sie dir nicht angenehm sind?

Genau. Weißt du, lange Zeit habe ich mich nur wirklich gespürt, wenn ich unterwegs war, weder hier noch dort, irgendwo im Nirgendwo, da war ich ganz bei mir. Es war ein gutes Gefühl, aber in letzter Zeit ist es immer schwächer geworden, es ist verblasst, wie ein uraltes Foto. Ich sehe mich auf diesem Foto und denke: Wer ist das? Was tut er da? Warum fährt er in dieser Gegend rum und fotografiert all diese Sachen?

Ich weiß, was du meinst, sagte ich.

Ja, sagte er, ich glaube, du weißt, was ich meine.

Wir schwiegen eine Weile, hingen beide unseren Gedanken nach.

Und ich habe geglaubt, du wärst nach Berlin gefahren oder nach New York, sagte ich und nahm damit den Faden unseres Gesprächs wieder auf. Ich dachte, du hättest dich um deinen nächsten Job gekümmert.

Ich *habe* mich um meinen nächsten Job gekümmert, sagte

er. Es gibt Internet hier auf dem Balkan, weißt du, schon eine ganze Weile.

Ich schlug ihm mit der Faust auf den Arm, er lachte leise.

Was wirst du tun?, fragte ich.

Ich werde Fotos schießen für die Reportage eines befreundeten Journalisten, über die Hintergründe der Proteste in Bosnien, die soziale und wirtschaftliche Situation des Landes, wie es den Leuten dort jetzt geht. In zwei Wochen fahre ich nach Sarajevo, davor bringe ich noch meine Mutter zum Flughafen nach Zagreb.

Keine Geier mehr?

Andrej zuckte mit den Achseln. Mal sehen. Im Moment möchte ich lieber Menschen fotografieren. Das fing schon letztes Jahr an, mit den Straßenkindern in Mumbai, aber ich habe so was davor schon zu lange nicht mehr gemacht. Ich war überhaupt nicht darauf vorbereitet, und es hat mich total umgehauen.

Davon hast du mir nie erzählt, sagte ich überrascht.

Er schaute zu Boden. Ich habe dir so einiges nicht erzählt, sagte er. Das nervt mich am Verliebtsein, dass man selektiert, was man von sich preisgibt, ohne es zu bemerken, und damit den Blick des anderen manipuliert. Damit er einen sieht, wie man gerne möchte, dass er einen sieht. Aber vielleicht bleibt mir ja noch Zeit, das Bild ein wenig zurechtzurücken. Wann musst du zurück nach Wien?

Ende September. Am Dreißigsten habe ich eine Lesung.

Wir sahen uns an. Es würde ein langer Abschied werden, ein Abschied, der, selbst wenn wir uns danach wiedersehen sollten, endgültig war: der Abschied vom Sommer des verrückten Wetters, des ewigen Wechselspiels der Winde, das Andrej und mich hier zusammengeweht hatte, auseinander und wieder zusammen, Bora und Jugo und wiederum Bora, der Abschied von diesem einen Sommer, in dem ich begriff, dass die Insel gleichzeitig ein Ort in mir und außerhalb von mir war, und in dem sie ein neues Gesicht bekam.

Es wurde stiller auf der Insel. Immer mehr Leute reisten ab, nur wenige kamen, eine jährlich wiederkehrende Neuinszenierung der Emigration. Es war Ana, die diesen Vergleich zog, und sie sagte, eigentlich sei sie um diese Zeit nicht gerne hier, weil es sie zu sehr daran erinnere, wie es gewesen war, damals in den Fünfzigerjahren. Fast jede Woche verließ eine Familie die Insel, und man fühlte sich zurückgelassen, auch wenn es keine direkten Verwandten waren, die gingen. Sie erzählte, dass sie damals das Gefühl gehabt habe, die Insel verliere immer mehr an Farbe, selbst der Himmel und das Meer schienen blasser und blasser zu werden, je weniger Menschen auf der Insel verblieben. Deshalb kam sie heute, wenn es sich einrichten ließ, lieber früher im Sommer und fuhr eher wieder ab, am liebsten bald nach dem Emigrant's Day, wenn alles voller Leben war. So wollte sie die Insel in Erinnerung behalten, bis sie wiederkam. Doch diesmal hatte sie es nicht anders einrichten können, ihre Cousine, die sich um ihren Mann kümmerte, war im Juli selbst im Urlaub gewesen, und außerdem hatte es noch eine Hochzeit gegeben, bei der sie unbedingt hatte dabei sein wollen.

Ich hingegen liebte diese Zeit. Die Insel schien sich auszuruhen nach ihrem großen Auftritt, atmete den Geruch monatelang aufgeheizter Erde aus, gemischt mit dem Duft von Trauben und reifen Brombeeren. Viele Sonnenschirme am Dorfstrand blieben zugeklappt, standen da wie reglose Marabus, die Katzen streiften durch die Gassen auf der Suche nach ihren über Nacht verschwundenen zusätzlichen Futterplätzen. Die dunkelmagentafarbenen Blätter der Bougainvilleen wurden da und dort braun und flatterten davon wie vertrocknete Schmetterlinge. Die Bora wehte tageweise, auch ohne vorheriges Unwetter, und brachte Wellen mit kleinen weißen Krönchen in die Bok, in denen ein paar Kinder auf und ab hüpften, die Luft war blau und klar. Die Leute putzten ihre Häuser. Die Nonnen in ihren strahlend weißen Gewändern sah man jetzt öfter, ich weiß nicht, warum. Fast lautlos gingen sie ihrer Wege, wie Geister des Sommers.

Andrej und ich bewegten uns durch die Tage wie durch die noch nicht demontierte Kulisse eines bereits abgedrehten Films. Zögernd fügten wir Szenen hinzu, stets unsicher, ob die Kulisse uns tragen oder unter uns nachgeben und uns ins Leere fallen lassen würde. Die Vorsicht machte uns übertrieben aufmerksam, sensibel für kleinste Erschütterungen, seismische Wellen, die zwischen uns hin- und herliefen. *Alles in Ordnung?*, fragten wir einander öfter als nötig, wenn wir einen Gesichtsausdruck nicht deuten konnten, ohne zu wissen, wie diese Ordnung eigentlich aussehen sollte. Wir berührten uns, als wäre die Haut kein ausreichender Schutz für das, was darunterlag, keine verlässliche Barriere nach außen. Die gewohnten Filter funktionierten nicht, alles lag offen, und es erforderte große Behutsamkeit, nicht aus Versehen in Untiefen zu geraten. Ich bezweifle, dass dieser Zustand, in dem kaum etwas stabil, aber vieles möglich war, irgendwo anders als auf der Insel länger als ein paar Stunden angehalten hätte. Doch hier, an einem Ort, der sich selbst nicht so wichtig nahm und deshalb viel Platz hatte für die Menschen, wo man den Raum mit dem Körper durchmessen konnte, die Zeit ihre Strenge verlor und die Augen unbegrenzt schauen konnten, ließen wir es zu, dass wir nackt wurden und uns für unsere Nacktheit nicht schämten, zumindest für eine kleine Weile.

Wir verbrachten viel Zeit mit Andrejs Mutter. Ivan und Nada hatten sich mit ihren drei Kindern unter viel Getöse verabschiedet und die Insel verlassen, weil Ivans Urlaub zu Ende war. Nun war Ana mit Milan allein in dem großen Haus, und Andrej wollte nicht, dass sie sich einsam fühlte. Ich persönlich glaubte nicht, dass sie sich einsam fühlte. Vielmehr hatte ich den Eindruck, dass sie es genoss, nicht für ihren kranken, gebrechlichen Mann sorgen zu müssen. Zwar bestand sie nach wie vor darauf, für uns zu kochen (obwohl ich mehrmals versuchte, das Ruder an mich zu reißen), den Abwasch alleine zu erledigen und Milans Haus zu putzen, während er vor dem Fernseher saß, aber wenn sie damit fertig war, setzte sie sich zu ihm. Andrej erzählte mir, dass seine Mutter kaum noch fernsah, weil der Fernseher ins Schlafzimmer seiner Eltern übersiedelt war, als sein Vater mehr oder weniger bettlägrig wurde, und seine Mutter nicht mehr Zeit in diesem Zimmer verbringen wollte, als sie ohnehin schon dort war – nachdem sie ihrem Ehemann das Essen gebracht, ihn gewaschen, umgezogen und ihm auf die Toilette geholfen hatte. Während der vielen Male, die er sie tagtäglich rief, um ihr zu sagen, dass ihm der Rücken wehtat, sein Leben nutzlos war und die Iraner, die Koreaner oder die Russen demnächst die Welt in die Luft jagen würden. Und bevor sie am Abend in dieses Schlafzimmer zurückkehrte, in dem schlafen nicht möglich war, weil Andrejs Vater nicht zur

Ruhe kam und die halbe Nacht fernsah, und fernsehen nicht möglich war, weil er das Programm ständig so laut kommentierte, dass sie nichts verstand. Die andere halbe Nacht schnarchte er und stöhnte im Schlaf. Das alles erfuhr ich von Andrej, der die Situation ziemlich beschönigt hatte, als er mir damals in Lošinj erzählte, sein Vater sei inzwischen *schlecht zu Fuß*. Ana selbst hätte sich niemals beklagt, aber am Ende dieses Sommers auf der Insel saß sie neben Milan auf dem Sofa, die Finger über dem Bauch verschränkt, und verfolgte mit zufriedenem Gesicht Fußballspiele, Talkshows und Actionfilme. Ivan hatte einmal versucht, ihr einen zweiten Fernseher zu schenken, damit sie unten in ihrem Wohnzimmer alleine fernsehen konnte, doch sie hatte sich geweigert, ihn anzunehmen. Sie war der Meinung, zwei Fernseher seien unnötig und reine Geldverschwendung. Andrej hatte letzte Weihnachten versucht, sie zu überreden, eine Pflegerin einzustellen, die wenigstens zweimal die Woche kam – man kann sich vorstellen, was Ana Vuković dazu sagte: Warum soll ich eine fremde Frau dafür bezahlen, dass sie meinen Mann pflegt? Schließlich legte er ihr eine Familienpackung Ohrstöpsel unter den Weihnachtsbaum. Was ist, wenn er plötzlich aufhört zu atmen, und ich merke es nicht?, fragte ihn darauf seine Mutter.

Ich erzählte Ana von meinem Vorhaben, einen Roman über die Insel und vor allem über die Auswanderer zu schreiben. Ich sagte ihr, dass mich Geschichten wie ihre oder die von Milans Mutter berührten und manches davon im Buch vorkommen würde. Ob sie etwas dagegen hätte?

Sie schreibt nicht wirklich über dich, fühlte Andrej sich bemüßigt zu erklären, oder über Darica. Eure Namen kommen auch nicht vor, überhaupt keine echten Namen.

I am not a jerk, sagte Ana mit ziemlich astreinem New-Jersey-Akzent, I know what a novel is.

I'm sorry, sagte Andrej, und ich konnte sehen, dass es ihm mehr als leidtat. Doch Ana beachtete ihn nicht weiter, wandte sich stattdessen wieder mir zu.

Du wirst mehr Informationen brauchen als meine löchrigen Erinnerungen, sagte sie. Du solltest nach New Jersey kommen. Mit den Leuten im Club reden. Ich kann das für dich organisieren.

That would be so great, sagte ich und hörte, peinlich berührt, wie ich anfing, ihren Akzent anzunehmen. Ich mache das immer, auch im Deutschen. Es geht ganz schnell, und ich kann praktisch nichts dagegen tun. Man kann es anpassungsfähig nennen oder auch charakterlos.

You should really come in December, sagte Ana, und ihr Blick wurde träumerisch. Ich erinnere mich noch so gut ... es war in unserem zweiten Jahr drüben, ich war schon mit Agata schwanger, und mir war dauernd schlecht, da wusste ich schon, ich bekomme sicher ein Mädchen, bei Ivan war mir nie schlecht. An einem Sonntag vor Weihnachten fuhr Mirko mit mir und Ivan hinüber nach Manhattan, um mich auf andere Gedanken zu bringen. Wir nahmen den Zug zur Grand Central und gingen dann zu Fuß die Fifth hinauf bis zum Rockefeller. Ich konnte gar nicht glauben, was es da alles gab – auch nicht, was die Sachen kosteten und wie viel die Leute einkauften. Aber der Weihnachtsschmuck und die vielen Lichter waren wunderschön, und dann dieser Baum! Fast bis in den Himmel hat der gereicht, ich weiß noch, dass ich gedacht hab, wenn ich da hinaufklettere, kann ich Gott die Hand geben.

Sie schüttelte den Kopf über sich selbst.

Und ich habe davor noch nie Menschen eislaufen sehen, fuhr sie fort. Es war so komisch, ich hab die ganze Zeit lachen müssen. Mirko hat gesagt, ich soll nicht lachen über die Leute, aber ich hab nicht anders können, und mit dem Lachen hab ich ganz vergessen, wie schlecht mir war. Ivan wollte es sofort ausprobieren, aber wir hatten ja keine Schlittschuhe für ihn, und den Eintritt konnten wir uns auch nicht leisten. Später, als es uns besser ging, hat er welche zum Geburtstag bekommen. Er läuft immer noch gern, jedes Jahr geht er mit Nada und den Kindern dahin und gibt ein Vermögen dafür aus, hundertmal im Kreis zu fahren.

Und du? Hast du es je probiert?, fragte ich.

Isus, nein, sagte Ana. Ich – über gefrorenes Wasser gehen, das wäre ein Wunder! Ich würde sofort umfallen und mir alle Knochen brechen.

Sie erzählte noch viele andere Geschichten, sprang dabei wild hin und her zwischen ihrer ersten Zeit in Amerika und weit zurückliegenden Begebenheiten aus ihrer Kindheit. Sie erinnerte sich an ihren allerersten Kinobesuch, in der Radio City Music Hall (sie sah *West Side Story*. Da kann man sehen, wo es hinführt, wenn man sich mit Latinos einlässt, sagte sie. Hör auf, Mama, sagte Andrej), und an das unheimliche Gefühl, wenn sie als Mädchen spätabends an der leerstehenden Sardinenfabrik vorbeiging. Anders als noch zwei Wochen davor saß Andrej jetzt immer bei uns und hörte zu, und endlich begann auch er, Fragen zu stellen, auf eine scheue, fast schüchterne Art. Hatte sie die Arbeit in der Textilfabrik gemocht, oder war sie nur ein notwendiges Übel gewesen, weil sie sonst nicht genug Geld gehabt hätten? Fehlte sie ihr, nachdem die

Fabrik in den 80ern schloss, weil die Textilproduktion nach China abwanderte, und wann genau war das? Vermisste sie die alte Nachbarschaft in Hoboken, als sie nach Fairview umzogen? Hatte sie Freundinnen auf der Insel zurückgelassen, die sie erst viele Jahre später wiedersah oder gar nicht mehr? Seine Mutter antwortete ihm, genauso wie sie mir antwortete, teilweise schien sie gar nicht wahrzunehmen, wer von uns beiden eine Frage stellte, so sehr tauchte sie ein in die Vergangenheit, doch eines Abends sah sie ihren Sohn an und sagte etwas auf Kroatisch. Mama, bat Andrej, sprich doch englisch, damit Mara dich auch verstehen kann. Ana blickte zu Boden und sagte dann widerstrebend: Why you want to know all of a sudden? You didn't care up to now. Andrej antwortete nicht gleich, an der Falte zwischen seinen Augenbrauen konnte ich sehen, dass er erst den bitteren Vorwurf in ihrer Stimme wegstecken musste. Schließlich sagte er: I want to know where I come from.

Na, woher schon, sagte Ana und wischte mit der Hand seine Frage gemeinsam mit ein paar Bröseln vom Tisch, Hoboken, New Jersey. Da geboren, da aufgewachsen, für dich war es einfach. Du hast nicht dein Zuhause verlassen müssen und dir am anderen Ende der Welt wieder ein neues aufbauen.

Darauf sagte Andrej nichts. Was ich in seinem Gesicht las, war die mir sehr vertraute Resignation, die man empfindet, wenn einem wieder einmal bewusst gemacht wird, dass man ohne das Verständnis der eigenen Eltern auskommen muss. Später am selben Abend, als wir noch im Hof saßen und eine Zigarette rauchten, kam er darauf zurück.

Weißt du, das war das Problem für Agata und mich. Wir waren immer die, die es *einfach* hatten, in den Augen meiner Eltern. Natürlich, sie haben echte materielle Not erlebt, waren mehr oder weniger gezwungen, aus ihrer Heimat zu flüchten, um zu überleben, und Ivan, der arme kleine Ivan, musste mit. Aber niemand scheint zu kapieren, wie es war, in einem Miniaturghetto aufzuwachsen, in dem alle so taten, als wären sie noch auf einer kroatischen Insel, die für mich nicht mehr war als ein paar Fotos an der Wand des Clubs. Und in gewisser Weise waren wir das auch. Wenn man an der Hoboken Train Station aus dem Zug stieg, war man noch in Amerika, aber sobald man bei Carlo's Bakery die Washington Street überquerte und in die Garden Street einbog, rückte dieses Amerika plötzlich ganz weit weg, ich meine, wir waren ja sogar für die Latinos Exoten, mit unserer Sprache, manche hielten es für einen seltenen italienischen Dialekt, kannst du dir das vorstellen?

Aber das ist doch ein altes Generationenproblem, gab ich zu bedenken. Die Alten glauben immer, dass die Jungen es automatisch leichter haben – weil es ihnen materiell besser geht, sie keinen Krieg und keinen Hunger erlebt haben, weil sie mehr Wahlmöglichkeiten haben, einfacheren Zugang zu Bildung und so weiter. Dass das auch bedeutet, sich in einem Meer von anderen, die die gleichen Möglichkeiten haben, zu behaupten und Entscheidungen zu treffen, vor denen sie nie gestanden haben ... ich weiß nicht, ob man erwarten kann, dass sie das verstehen. Sie haben sich eben durch den Kampf ums Überleben oder um ein besseres Leben für sich und ihre Kinder definiert, und natürlich auch durch ihre Heimat, ihre Religion. Für uns funktioniert das alles nicht mehr. Für uns ist Heimat ein Begriff aus den Reden rechtspopulistischer Politiker, wir sind nicht religiös und müssen uns nicht um unsere nächsten Mahlzeiten sorgen. Wir definieren uns durch unseren Beruf, unsere Beziehungen und durch etwas, das wir Lebenseinstellung nennen – eine schwammige Sache, die sich ungefähr zu gleichen Teilen aus dem zusammensetzt, was wir von unseren Eltern übernommen haben, und dem, was wir ganz anders machen wollen, womit wir gegen sie rebellieren.

Man merkt, dass du Europäerin bist, unterbrach mich Andrej.

Warum?

Weil ich glaube, dass der Einbruch an Wohlstand und ökonomischer Sicherheit in den Achtzigern sehr verspätet in Europa angekommen ist und nie so heftig war wie in Amerika, außer vielleicht in England.

Hm, das klingt so nach *Generation X*.

Ja. Als das Buch rauskam, war ich zweiundzwanzig und ging mit meinen Fotos bei den Tageszeitungen in New York und New Jersey hausieren. Ich riss mir jeden Tag den Arsch auf, um als Erster zur richtigen Zeit am richtigen Ort zu sein, die besten Fotos zu machen, und wurde so schlecht dafür bezahlt, dass ich zusätzlich nachts in der Bar eines Freundes arbeiten musste, um die Miete für mein beschissenes Zimmer aufzubringen. Ein anderer Freund hat mir damals angeboten, mir einen Job in einem Callcenter zu vermitteln, in dem er arbeitete. Eine Zeit lang war ich so erschöpft und desillusioniert, dass ich ernsthaft darüber nachdachte. Wäre ich nicht Paola begegnet und mit ihr nach Europa gegangen, hätte ich wahrscheinlich dort angefangen und die Fotografie aufgegeben.

Weiß deine Mutter das?

Andrej schüttelte den Kopf. Wir haben damals kaum miteinander gesprochen. Erst wieder, als ich mit Paola ankam.

Verstehe.

Ich dachte an mein eigenes Leben mit zweiundzwanzig. Da wohnte ich in einer netten kleinen Zweizimmer-Altbauwohnung, ich bekam Kinder- und Wohnbeihilfe, studierte Publizistik, arbeitete als Freelancerin beim ORF und schrieb. Es war alles ziemlich gemütlich. Sofort stellte sich dieses merkwürdig moralische schlechte Gewissen ein, das ich immer kriege, wenn ich jemandem begegne, dem es früher mal schlechter gegangen ist oder noch immer schlechter geht als mir. Als hätte ich demjenigen was geklaut und würde auf seine Kosten leben. Da ich noch nie dem chinesischen Kind begegnet bin, das in einer Fabrik sechzehn Stunden am Tag die elektronischen Bauteile meines MacBook zusammengesetzt hat, trifft das normalerweise nicht zu, dennoch konnte ich mich nicht gegen dieses Gefühl wehren.

Kinder, sagte Andrej plötzlich.

Wie, was meinst du? Ich war noch bei dem chinesischen Kind in der Fabrik.

Menschen definieren sich immer noch über ihre Kinder, sagte er.

Was heißt *immer noch* – das ist DIE neue Form von Selbstverwirklichung. Das ehrgeizigste Projekt der über Dreißigjährigen.

Andrej sah mich von der Seite an. Das ist eine ziemlich zynische Sichtweise, sagte er.

Ja, gab ich zu, aber so falsch ist sie auch nicht.

Hättest du gern Kinder?, fragte Andrej. Er sah mich immer noch an, doch ich erwiderte seinen Blick nicht. Ich fühlte mich unbehaglich, weil ich keine Ahnung hatte, was mein Gesicht erzählte.

Ich weiß nicht, sagte ich. Bisher hat mich diese Frage nie

beschäftigt, erst in den letzten Wochen. Ich nehme an, es hängt damit zusammen, dass ich bald vierzig werde. Möchtest du welche?

Jetzt sah Andrej weg, und ich sah ihn an.

Du hast ja noch länger Zeit, fügte ich hinzu.

Andrej fixierte einen Punkt in weiter Ferne.

Kinder brauchen ein Zuhause, sagte er.

Es begann die Zeit der letzten Male. Ein letztes Mal miteinander kochen, ein letztes Abendessen mit Tereza und Pedro, die zwei Tage vor Andrej und Ana abreisen würden. Wir gingen morgens an den Hafen, wir kauften ein letztes Mal Fisch bei Nikola, Goldbrassen, Andrej nahm eine beim Schwanz, hielt sie über unsere Köpfe wie einen Mistelzweig und küsste mich. Wir mussten lachen, noch während wir uns küssten, und ich hörte bereits das Echo dieses Lachens, so wie ich es später hören würde, an einem grauen Novembertag an einer Wiener Straßenbahnstation. Wir machten einen letzten langen Spaziergang, schritten all die Plätze ab, an denen wir gemeinsam gewesen waren, besuchten sie wie Sehenswürdigkeiten, die Piratenbucht, den Leuchtturm, die Kaserne, wir kletterten den Ausguck hinauf, oben fingen wir laut zu singen an, weil wir sonst den Ausblick nicht ertragen hätten, das Blau, das Blau und das Blau. *Dream, when you're feeling blue / Dream, that's the thing to do* sangen wir, und dann gingen wir zu der Bucht mit Andrejs und Agatas Springfelsen und sprangen stundenlang in den wildesten Verrenkungen ins Meer, wir erfanden *The Last of the Mohicans* und *Last Samurai* und *Ultimo tango a Parigi*, wir nahmen eine große Tango-Pose ein und sprangen gemeinsam. Wenn man weiß, dass man Dinge zum letzten Mal tut, werden sie größer und gleichzeitig kleiner, sie blasen sich auf bei dem Versuch, sie als etwas Besonderes zu erleben, und schrumpfen, weil man dieses Besondere festhalten will, man will es konservieren, mumifizieren, luftdicht verpacken und dann links hinten in einen Schrank stopfen, weit genug weg, damit es nicht ständig seine herzzerreißende Wirkung entfalten kann, so habe ich das bisher gemacht. Am Ende meines Sommers mit Andrej jedoch hatte ich das Bedürfnis, alles so zu lassen, wie es war, nicht größer, nicht kleiner, nicht heller, nicht dunkler, es nicht abzuspeichern und zu archivieren, sondern behutsam in der hohlen Hand zu tragen, an einen luftigen Ort, und dann die Hand zu öffnen. Und vielleicht war es das, was mich dazu bewog, Andrej nicht zum Hafen zu begleiten, um zu sehen, wie er aufs Schiff stieg und davonfuhr. Stattdessen blieb ich an jenem Morgen im Bett liegen, als Andrej aufstand, im dämmrigen Licht unter dem Dach sah ich ihm dabei zu, wie er sich anzog, mir fielen schnell hintereinander ähnliche Filmszenen ein, in denen es allerdings immer Männer waren, die den Frauen vom Bett aus zusahen, wie sie sich anzogen. Dann kam er und beugte sich über mich, sperrte das Licht aus und gab mir einen letzten Kuss, er war feucht und schmeckte nach Schlaf. Er sagte noch einmal meinen Namen, und dann ging er. Nachdem die Tür hinter ihm zugefallen war und sich seine Schritte entfernten, tat ich, was ich immer getan hatte, wenn er früher aufgestanden und aus dem Haus gegangen war – ich rollte mich auf seine Seite des Bettes, in seine Wärme hinein, deckte mich mit seinem Geruch zu, legte meinen Kopf auf sein Polster und sank hinunter in den nächsten Traum. Im Einschlafen stellte ich mir vor, dass es eigentlich sein Traum wäre, den ich träumte, dass ich durch seine Bilderwelt spazierte wie durch eine Ausstellung, doch als ich gegen Mittag wieder aufwachte, erinnerte ich mich an nichts.

Davor jedoch verbrachten wir noch eine gemeinsame Nacht in der Höhle – unsere vorletzte Nacht. Wir kauften alles Mögliche zu essen ein, Prsut, Käse, Trauben, Oliven, Brot und Wein. Gemeinsam mit einer Decke packten wir alles in einen Rucksack, sogar Servietten, Weingläser, ein Tischtuch und Kerzen, von Marina liehen wir uns einen Schlafsack. Unsere Vorbereitungen erinnerten mich ein bisschen an die Wochenendausflüge mit meinen Eltern, bei denen meine Mutter Wert auf ein stilvolles Picknick gelegt hatte, in meinen Erinnerungen daran ist es immer Frühherbst, ein warmer, aber klarer Tag im September. Wir hatten sogar die kleine Box mit, an die man den iPod anstecken konnte. Während Andrej unsere Mahlzeit arrangierte, probierte ich unterschiedliche Musik aus, spielte mindestens fünfzehn verschiedene Sachen an und gab dann auf. Alles klang fremd in der Höhle, der iPod und die Box sahen plötzlich aus wie Dinge, die ein außerirdisches Volk hier hergebracht und vergessen hatte.
Wir saßen uns im Schneidersitz gegenüber und prosteten uns zu, als wären wir auf einem Bankett in Versailles. Andrej sagte die ganze Zeit *Marquise* zu mir, so lange, bis ich anfing, ihn *Valmont* zu nennen.
Mein lieber Valmont, sagte ich, werden Sie nach Berlin zurückkehren, nachdem Sie Ihre Aufträge in den südlichen Grafschaften erledigt haben?
Meine liebe Marquise, die Welt ist weit, und wer weiß, wohin es mich treibt! Die Hauptstädte erscheinen mir allzu laut und geschäftig. Wie Rousseau sagte: Die Natur betrügt uns nie.

Sie wissen, wie dieses Zitat weitergeht, mein lieber Valmont?

Leider ist es mir entfallen, aber ich zweifle nicht daran, dass Sie es in Erinnerung behalten haben und mir auf die Sprünge helfen werden.

Rousseau sagte: Die Natur betrügt uns nie. Wir sind es immer, die wir uns selbst betrügen.

Wie dumm von mir, mich mit Ihnen aufs literarische Parkett zu begeben, liebe Marquise.

Genau genommen ist es das philosophische Parkett, auf dem wir uns hier bewegen, lieber Valmont.

Sind Sie sicher? Er beugte sich vor und hauchte, ganz im Stil des 18. Jahrhunderts, einen flüchtigen Kuss auf meine Wange, knapp unterhalb des linken Mundwinkels.

Oh, sagte ich, wir wissen ja, dass Sie auf *diesem* Parkett bestens bewandert sind, Vicomte.

Ich bitte Sie, nicht so förmlich, meine Liebe. Außerdem – er nahm eine Traube und hängte sie über meinen Mund, sodass mir gar nichts anderes übrig blieb, als ihn gehorsam zu öffnen und nach der Traube zu schnappen wie ein Hund nach der Wurst – sind meine Kenntnisse auch hier sehr lückenhaft. Man könnte sagen, ich bin professioneller Dilettant.

Wir mussten beide lachen, und mit dem Lachen fielen wir aus unseren Rollen.

Ich könnte aus meinem Buch einen Briefroman machen, fantasierte ich. Zwei Frauen, eine ausgewandert, die andere auf der Insel geblieben ...

Hm, könnte sprachlich schwierig werden, sagte Andrej, und ich glaube, du würdest dich damit zu sehr begrenzen, es würde dich einengen, dich in eine so klar definierte Form zu quetschen.

Ja, wahrscheinlich hast du recht, sagte ich und dachte, es müsste schön sein, immer jemanden zu haben, der einen vor den eigenen Schnapsideen bewahrt.

Aber wir könnten uns schreiben, schlug ich vor, ganz beiläufig, während ich mir noch ein Käsebrot machte. Keine E-Mails, weißt du, sondern richtige Briefe, handschriftlich, in Kuverts, mit Briefmarken und Poststempeln drauf. Zwischendurch vielleicht eine Postkarte. Ich finde Postkarten super, leider sterben sie immer mehr aus, ich meine, wer verschickt heute noch Postkarten, das ist ja auch total verdrängt worden von Facebook und so weiter –

Und wo würdest du die hinschicken, deine Briefe und Postkarten?

Ich sah ihn an. Sein Blick sagte mir, dass er mich schon die ganze Zeit angesehen hatte, während ich mit Brot und Käse und Oliven hantiert und vor mich hin geplappert hatte, als redete ich über das Wetter oder den letzten Kinofilm.

Ich ... ich weiß nicht, stammelte ich. Nach Berlin?

Keine Post zu Paola. Das musste ich ihr versprechen.

Nein, warte – nach Hoboken, zu deinem Freund Richie. Dort lässt du dir doch auch deine restliche Post hinschicken, oder?

Ja, die Sachen, die so unwichtig sind, dass es nichts ausmacht, wenn ich sie erst ein paar Monate oder ein halbes Jahr später lese.

Ich betrachtete das Käsebrot in meiner Hand, plötzlich konnte ich mir überhaupt nicht mehr vorstellen, es zu essen. Angewidert legte ich es weg und zündete mir eine Zigarette an. Ich streckte mich auf dem Rücken aus und schaute in den samtblauen Himmel, an dem die ersten Sterne erschienen. Ich hörte, wie Andrej mein Käsebrot aß, wie er sich bemühte, in dieser dichten Stille nicht zu laut zu kauen. Ich hörte, wie er den Käse ins Papier wickelte, das Glas mit den Oliven zuschraubte, das Brot in die Plastiktüte steckte, alles in den Rucksack packte, uns Wein nachschenkte, dann legte er sich neben mich auf den Bauch und hielt mir mein Glas hin. Ich rollte mich herum und nahm es.

Ich würde jetzt gerne mit dir auf etwas trinken, sagte er.

Worauf?

Ich weiß nicht, sag du.

Auf die Geier?

Ach, hör doch endlich auf mit diesen Geiern, du bist ja richtig besessen von denen. In einem Roman würdest du nicht so drauf rumreiten, das wäre langweilig.

In einem Roman würden wir jetzt auch nicht auf irgendwas trinken, sagte ich, jedenfalls nicht, wenn er von mir wäre.

Was würden wir sonst tun?

Keine Ahnung, vielleicht Sex haben? Uns Geschichten aus unserer Kindheit erzählen, ganz unwichtige Geschichten? Ich weiß nicht mal, ob wir zusammen hier in dieser Höhle wären, ich meine, dieses ganze Setting – Essen, Wein, Höhle am Meer, Abschied, so was wird leicht kitschig in einer Geschichte.

Aber wo wären wir dann, wenn nicht hier? Wo wären wir morgen, übermorgen, nächste Woche, nächsten Monat? Was würdest du machen mit uns, wenn wir Romanfiguren wären, ein literarisches Liebespaar? Wie würde unsere Geschichte weitergehen?

Ich drückte sorgfältig meine Zigarette am Felsen aus, sie hinterließ einen unschönen schwarzen Fleck auf dem fast weißen Stein, ich versuchte, ihn mit dem Zigarettenfilter wegzuschaben, es funktionierte nicht. Ich wartete noch fünf sinnlose Sekunden, dann sagte ich: Gar nicht. Sie würde gar nicht weitergehen.

Ich nahm Andrej sein Weinglas aus der Hand und leerte beide Gläser gleichzeitig aus, ganz langsam, der Rotwein färbte den Felsen unter uns in ein sanftes Altrosa, floss in winzigen Bächen durch kleine Spalten, versickerte in Ritzen, verteilte sich in einzelnen Spritzern noch weit vom Epizentrum. Wir sahen zu wie Kinder, die sich heimlich davongeschlichen haben und etwas sehr Verbotenes tun, nur um zu sehen, was passiert. Als die Gläser leer waren und der ganze Wein verlaufen, nahm Andrej sie mir behutsam aus der Hand und knallte sie dann schnell nacheinander an den Felsen gegenüber. Noch heute kann ich das seltsam trockene Klirren des zerberstenden Glases hören, ohne jeden Nachhall. Ich höre es, wenn ich an unseren letzten Sex denke, auf dem harten Boden der Höhle, im schwachen Schein einer Kerze, auf die wir aufpassen mussten bei jedem Positionswechsel. Ich höre es so, wie ich meinen Orgasmus in Erinnerung habe, plötzlich und durchdringend. Kurz davor lag ich auf dem Rücken, und Andrej hielt meine Handgelenke fest, ich sagte: Wünsch dir was, egal was, und Andrej sagte: Mach mich unsterblich. Ich hielt in der Bewegung inne und sah ihn an. Aber das kann ich nicht, sagte ich tonlos. Andrej schloss mir mit zwei Fingern die Augen, als wäre ich schon gestorben. Try, sagte er mit sehr sanfter Stimme und begann sich wieder zu bewegen. Please, just try.

14

Mir blieben noch zehn Tage auf der Insel. Ich versuchte, sie nicht zu zählen, versuchte, so zu tun, als wäre Mitte Juli und ich hätte keine Ahnung, was für ein Wochentag gerade war. In den vergangenen Sommern hatte ich tatsächlich eine Erinnerung in meinen Laptop eingegeben, damit mich ein wiederkehrendes Geräusch einen Tag vorher darauf aufmerksam machte, dass ich zurück nach Wien fahren musste. Diesmal brauchte ich keine Erinnerung, durch Andrejs Abreise war ich bereits ins Zählen hineingerutscht, die Magie der letzten Male ließ mich nicht mehr los. Zudem machte das Wetter eine Verwechslung mit dem Juli unmöglich: zu klar die Luft, zu golden das Licht, dazwischen weiße Wolken, die keinen Regen brachten, sondern von der Herbstbora über den Himmel gejagt wurden wie kleine Tiere über ein weites Feld. Das Dorf war halb leer, statt Tag und Nacht offener Türen beherrschten wieder die Vorhängeschlösser die Gassen, eiserne, einäugige Wächter in Blau, Grün, Rost. Wenn ich abends von einem Essen bei Jela heimging, hörte ich, was nicht mehr zu hören war: die jungen Musiker aus Zagreb, die Bach-Suiten für ihr Konzert am Kirchplatz probten, das perlende Gelächter und babylonische Stimmengewirr aus den Fenstern und Konobas, das Gekreisch betrunkener Mädchen, die von Jungs in Schubkarren herumkutschiert wurden, die nächtlichen Zwiegespräche auf den kleinen Holzbänken vor den Häusern, die Lieder meiner kroatischen Nachbarn und das Akkordeon des zahnlosen Alten; all das wohnte in der Stille, in der meine Schritte zwischen den Mauern widerhallten. Alle, die nicht ständig hier lebten, waren weg, mit Ausnahme von Harry, der drei

Tage nach Andrej abreiste. Wir aßen noch einmal miteinander zu Abend, in seinem windgeschützten Hof, in dem wir uns dennoch nach Mitternacht in eine Decke wickeln mussten. Wir redeten über unsere Arbeit. Harry sagte, er wolle eine ganze Serie mit Paaren machen, alle Skizzen, die er diesen Sommer gezeichnet habe, umsetzen, und noch ein paar mehr.

Wow, sagte ich, dein Alterswerk?

Oh, sagte Harry und hob die Augenbrauen, du bist zu jung, um ein solches Wort in den Mund zu nehmen und zu wissen, wie schrecklich es schmeckt.

Entschuldige.

Harry lachte. Schon gut, ich habe mich ja selbst gefragt, warum ich das tue und ob es sich wohl noch ausgeht. Er nahm einen Schluck Wein und bewegte ihn im Mund herum, als würde er damit spülen, etwas, das ich oft bei meinem Vater gesehen hatte, aber niemals bei einem Menschen meiner Generation.

Meistens sind ja die Motivationen von Künstlern viel persönlicher, als sie uns glauben machen wollen, sagte Harry, oder sagen wir, als es ihnen angenehm ist.

Und das bedeutet?, fragte ich.

Das bedeutet, ich will vermutlich nur herausfinden, warum ich es nie geschafft habe, eine Beziehung am Laufen zu halten. Was so furchtbar schwierig daran ist, sich zu öffnen und trotzdem halbwegs bei sich zu sein. Zu sein, wer man ist, und offen zu bleiben. Angst zu haben und sich nicht verstecken zu müssen.

Bitte, tu das, und sag mir dann, was du rausgefunden hast, okay?

Gern, könnte aber dauern. Wir lachten. Abgesehen davon wäre es besser, du findest es selbst raus, fügte Harry hinzu, denn was für mich stimmt, kann für dich ganz falsch sein. Ich glaube zum Beispiel, dass deine Generation diesbezüglich anders ist als meine, und dann bist du noch dazu eine Frau und ich ein Mann.

Ihr habt uns erzogen, konterte ich, und wir leben immer noch in einem Patriarchat.

Au, sagte Harry, das tut weh.

Nichts Persönliches, versicherte ich. Wärst du mein Vater gewesen ...

Oh, bitte, es hat schon seinen Grund, dass ich so peinlich darauf geachtet habe, keine Kinder in die Welt zu setzen, und der ist nicht, dass ich sie nicht mag oder nicht den Drang gehabt hätte, mein Erbgut weiterzugeben.

Da bist du aber wesentlich konsequenter gewesen als die meisten Männer deiner Generation.

Wenigstens eine Sache muss man ja richtig machen im Leben, sagte Harry, und wenn sie nur darin besteht, etwas *nicht* zu tun. Er nahm noch einen Schluck Wein, dann spreizte er seinen Zeigefinger vom Glas ab und richtete ihn auf mich.

Aber du solltest welche haben.

Warum? Weil ich eine Frau bin und sonst die Midlife-Crisis kriege?

Nein, weil ich glaube, dass du das gut machen würdest.

Ich weiß nicht. Ich habe in letzter Zeit viel darüber nachgedacht, aber ich fühle mich so unmütterlich.

Ich hätte dich gerne als Mutter gehabt, genau deshalb. Du wärst nicht auf mir draufgesessen und hättest meine Gedanken kontrolliert, so wie meine, du hättest mich freigelassen, und ich hätte später vielleicht nicht die ganze Zeit vor Frauen davonlaufen müssen.

Ich hätte dich vielleicht *vernachlässigt*, sagte ich.

Das glaube ich nicht, sagte Harry.

Die Vorstellung von mir als Harrys Mutter erzeugte kurz ein absurdes Bild in meinem Kopf: ich auf einer Nachkriegsfotografie mit Entwarnungs-Frisur und in hochgeschlossener Bluse, mit dem kleinen Harry auf dem Schoß, in einem großen Fauteuil, hinter dem mein Gemahl steht und mir die Hand auf die Schulter legt.

Um ein Kind zu kriegen, bräuchte ich erst mal einen Mann, sagte ich. Einen Vater.

Was leider nicht dasselbe ist, ergänzte Harry.

Wir tranken unseren Wein, horchten auf die Geräusche der Nacht. Mir fiel etwas ein.

Sag mal, die Pfeiffrösche, glaubst du, es gibt die hier auch im Winter?

Welche Pfeiffrösche?, fragte Harry.

Na die Frösche, die dieses eintönige Geräusch von sich geben jede Nacht, eben so ein Pfeifen, düh, düh, stundenlang, und ganz regelmäßig, als wären es kleine elektronische Geräte, die in den Bäumen versteckt sind, und dann hören sie ganz plötzlich auf, als wäre ihnen die Batterie ausgegangen.

Harry lachte laut. Das sind keine Frösche, sagte er, das sind Zwergohreulen. Hast du noch nie eine gesehen?

Nein.

Dann musst du mal Ausschau halten, die sind wirklich süß, mit ihren Federohren. Man sieht sie am besten zu Beginn des Sommers, da sind sie noch nicht so scheu.

Ach, sagte ich, der Beginn des Sommers.

Ja, sagte Harry, ich hätte jetzt auch gerne noch mal die letzten drei Monate. Wie gehts dir eigentlich mit dem neuen Buch?

Hm. Vor drei Monaten hatte ich noch das Gefühl, diese

Insel gut zu kennen. Und obwohl ich jetzt, objektiv gesehen, viel mehr über sie weiß, habe ich das Gefühl, ich weiß gar nichts.

Gut, sagte Harry. Dann hast du ja wirklich angefangen, dich mit ihr zu beschäftigen.

Ich schnitt eine Grimasse.

Wirst du im Winter nach New Jersey fahren?, fragte Harry.

Ich weiß es nicht, sagte ich.

Zwei Tage später brachte ich ihn morgens zum Hafen. Für mich nahm seine Abreise meinen eigenen Abschied vorweg, aber Harry war so herrlich unsentimental, dass ich keine Chance hatte, jetzt schon melancholisch zu werden. Nachdem er mir den Schlüssel zu seinem Haus anvertraut hatte und ich ihm, wie jedes Jahr, versprechen musste, die Leute zu beaufsichtigen, die mit einem Privatboot kommen und die Skulptur und sein Werkzeug abholen würden, umarmte er mich, küsste mich auf die Stirn und bestieg die Fähre, ohne sich noch einmal umzudrehen. Ich allerdings blieb stehen und sah zu, wie sie sich vom Pier löste, die Fender eingeholt wurden, beobachtete, wie sie langsam, fast träge, wendete, hinaustuckerte aus der Bucht, wie das Kielwasser aufschäumte, als sie auf dem offenen Meer beschleunigte.

Danach kaufte ich Tintenfisch, ging zu Hasan und trank meinen ersten Kaffee. Es war Sonntag, das Postamt blieb geschlossen, die Leute machten sich auf den Weg zur Kirche, Jelas Sohn fütterte den Traktor mit Benzin aus dem Kanister und fuhr mit einer Wasserlieferung ins Oberdorf. Kurzentschlossen fuhr ich mit ihm, saß hinten auf der Ladefläche und ließ mich auf der unasphaltierten, holprigen Straße durchschütteln, danach war ich überall von einer dicken Schicht rötlichen Erdstaubs bedeckt. Ich duschte lange, marinierte den Tintenfisch, legte mich in die Hängematte und las in dem Buch des Pfarrers, das es in der Kirche zu kaufen gab, wie Harry mir verraten hatte, für fünfzig Kuna. Ich war davor lange nicht mehr in der Kirche gewesen, und als ich hinging, um das Buch zu erstehen, war ich erstaunt, was ich bei meinen bisherigen Besuchen alles nicht gesehen oder nicht registriert hatte: die vierzehn Bilder des Kreuzwegs, streng naturalistisch in Schwarzweiß gemalt, fast wie Fotografien, die alle schief hängen. Die Statue der Maria auf dem ihr gewidmeten Altar, wie sie dasteht, ohne ihr Kind, mit leeren, offenen Händen, und hinunterblickt auf die Menschen, die zu ihr beten; sie sieht traurig aus. Ein zweiter, gekreuzigter Christus, der auf mysteriöse Weise eine Hand vom Kreuz lösen konnte und mit dieser die Schulter des vor ihm knienden Johannes berührt. Die vielen Rosen überall, die auf der Insel bis in den späten September hinein blühen. Auf dem Rückweg von der Kirche schnitt ich ein paar ab und stellte sie in einer kleinen Vase auf meinen Küchentisch. Sie leuchteten wie verrückt in der dunklen Küche, wenn ich nachts das Licht ausmachte, um schlafen zu gehen, und ihr Duft hing in der Luft, wenn ich morgens die Treppen hinunterkam.

Nun war ich allein mit mir, allein mit der Insel. Ich sank in sie hinein wie in den Körper eines Geliebten, den man jeden Tag ein wenig mehr erforscht, auch wenn man ihn schon sehr gut kennt. Ich schmiegte mich an ihre sandige Haut, legte mich in ihre felsigen Mulden, träumte ihre verschlungenen, von Schilf überwucherten Träume. Außer den paar Worten, die ich beim Einkaufen wechselte, mit Hasan beim Kaffee oder wenn ich auswärts aß, sprach ich nicht. Nur zwei oder drei Stunden am Tag schrieb ich, die übrige Zeit saß ich herum und schaute in den Himmel, wanderte über die Insel, aß überreife Feigen direkt vom Baum, schwamm so weit hinaus, bis ich Angst bekam, nicht mehr in die Bucht zurückzukommen. Ich sog mich voll mit der Stimmung dieses Ortes, der für mich immer noch ein Paradies war, auch wenn ich verstand, dass diese Verheißung für jeden anders aussah und daher immer sehr persönlich war. Aber je länger ich darüber nachdachte, desto mehr schien mir, dass die Insel einen Teil ihrer entrückten Atmosphäre den Wünschen und Sehnsüchten derer verdankte, die hier aufgewachsen waren und sie verlassen hatten, gemeinsam mit ihrer Kindheit und Jugend. Sie waren gegangen, um ein besseres Leben zu finden, doch als sie es hatten, wurde die Insel zu einem Symbol für alles, was sie in diesem Leben vermissten. In all den Jahren in Amerika wurde sie zu einem Garten Eden, in dem sie mehr zurückgelassen hatten als ihre Unschuld, denn auch wenn sie sich dort drüben in Hoboken einen Trabanten ihres kleinen Heimatsterns schufen, blieben ihre Wurzeln immer dort, wo sie geboren worden waren, wo sie gehen und schwimmen und fischen gelernt hatten, das Tanzen und das Tragen von Lasten. Wo sie ihre ganz eigene Sprache entwickelt und sich mit den Gegebenheiten der Natur arrangiert hatten. Und deshalb, so dachte ich weiter, fühlten sich Agata und Andrej weder in Hoboken heimisch noch auf der Insel, und auch nirgendwo sonst. Sie hatten als Kinder versucht, in etwas Wurzeln zu schlagen, was nur in den Köpfen und Herzen ihrer Eltern, ihrer Onkel und Tanten und vielleicht auch noch ihres großen Bruders existierte. Sie lagen abends im Bett und hörten Geschichten und Lieder von einer sandigen, schilfbewachsenen Insel, von stillen Buchten und sanften Hügeln, vom Duft des Rosmarins und dem gemächlichen Tuckern der Fischerboote, das ihnen in den Schlaf folgte, und am nächsten Morgen standen sie auf, gingen asphaltierte Straßen entlang viktorianischer Häuserreihen und Industriebauten, überquerten Kreuzungen und stark befahrene Straßen, um zur Schule zu kommen, sie gingen in den Park, wenn sie Ball spielen wollten, und wenn sie auf dem Weg dorthin über den Hudson River blickten, sahen sie zwischen den Wolkenkratzern den tiefen Einschnitt der 42nd Street, der am Times Square endete. Heimat war für sie nie eine Realität. Sie war ein Wunschtraum ihrer Eltern.

In den letzten zwei Tagen putzte ich das Haus, wie jedes Jahr. Normalerweise höre ich dazu immer laut Musik, aber heuer wollte ich nichts hören als das Geräusch des Besens, wenn ich den Steinboden kehrte, die hölzernen Treppen, die Dielen im Schlafzimmer, das Scheuern der Bürste auf den metallenen Stäben des Grillrosts, das Quietschen der Gummilippe auf den Terrakottafliesen der Sommerküche draußen im Hof, die Wasserpumpe, die jedes Mal anging, wenn ich das Putzwasser wechselte. Er ist ein Ritual, dieser Hausputz am Ende des Inselsommers, ich mache es sehr gründlich, so gründlich, wie ich meine Wohnung in Wien niemals putze. Ich nehme jeden Gegenstand in die Hand und staube ihn sorgfältig ab, das ist meine Art, mich zu verabschieden.
Ich stand lange vor dem russischen Hampeloffizier und dachte an den Abend, als ich panisch aus dem Haus geflohen war, weil ich Angst hatte, mich zu verlieben. Und dann war ich direkt in die Höhle des Löwen marschiert,

was sagen Sie dazu, Herr Offizier? Der Russe schwieg. Ich
habe gehört, das können sie gut, die Russen, außer man
gibt ihnen Wodka. Möchten Sie einen Wodka, Herr Offizier? Möchten Sie vielleicht, dass ich dieses Jahr den ster-
benslangweiligen Weihnachtsabend bei meinen Eltern
schwänze und stattdessen in Fairview, New Jersey, mit
meinem Keine-Ahnung-Was und seiner Familie ein echt
kroatisches Fest feiere? Der Russe schwieg. Ich zog an der
Schnur zwischen seinen Beinen, klappernd machte er seine
Beinübung. Ist das alles, was Sie können, Herr Offizier?
Warum versuchen Sie es nicht einmal mit einer Bewegung
Ihrer Mundwinkel, warum suchen Sie sich nicht eine hübsche Russin, die Sie zum Lachen bringt, und verlieben sich
ordentlich? Haben Sie etwa Angst vor dem, was dann
kommt? Vor der Ungewissheit und der Sehnsucht und
der Unmöglichkeit, sie zu kontrollieren? Machen Sie sich
locker, Herr Offizier! Wieder zog ich an der Schnur, und
noch einmal und noch einmal, und plötzlich löste sich
etwas in mir, und ich musste lachen. Es kam von sehr tief
unten, dieses Lachen, und es blubberte langsam hoch, aus
dem Bauch in die Brust, von dort in den Hals und in meinen Mund, es schmeckte nach Freiheit, was immer das
war, und als es herauskam, klang es nach mir, nach dem
Besten, woran ich mich aus meiner Kindheit erinnern kann,
Eis am Stiel mit Himbeergeschmack nach der Schule, Geis-
terbahn fahren, das Gefühl, sich etwas getraut zu haben,
Schaukeln, so lange, bis man das Gefühl hat, gleich in den
Himmel zu fliegen. Ich lachte und konnte nicht mehr aufhören, wollte nicht aufhören, ich lief ins Bad, schaute in
den Spiegel und lachte noch mehr. Ich lachte weiter, während ich einen Lappen und Glasreiniger holte und den
Spiegel putzte, bis mich nichts mehr zu trennen schien

von meinem Spiegelbild, und ich gluckste noch immer vor mich hin, als ich den Kühlschrank ausräumte, meinen Koffer vom Küchenschrank herunterholte und anfing, meine Sachen zu packen.

Ich hatte mir den Wecker auf fünf Uhr fünfzehn gestellt, doch die Kirchturmuhr weckte mich eine Viertelstunde davor mit ihren vier hellen und fünf tieferen Glockenschlägen, wochenlang hatte ich sie überhaupt nicht mehr wahrgenommen. Draußen war es noch dunkel. Ich dachte daran, wie hell es um diese Zeit im Juli gewesen war, wenn Andrej und ich die Nacht durchgemacht hatten. Einmal gingen wir nach Mitternacht hinunter zum Dorfstrand, wir wateten im seichten, warmen Wasser weit hinaus ins mondhelle Meer, schwammen fast bis in die Bok und wieder zurück, ich erinnere mich, wie schön ich es fand, die ruhige spiegelnde Wasserfläche mit meinen Armen zu teilen, in einem langsamen, stetigen Rhythmus. Als wir schon wieder stehen konnten, schwammen wir trotzdem weiter, solange es ging, bis wir mit unseren Bäuchen auf Grund liefen. Wir krochen ein bisschen herum wie Krokodile und blieben dann einfach im Wasser liegen. Andrej erzählte mir von der Île de Sable, einer Phantominsel im Südpazifik, westlich von Neukaledonien. Ende des 18. Jahrhunderts tauchte sie zum ersten Mal auf einer Karte von James Cook auf, ein Walfangschiff berichtete hundert Jahre später von der Sichtung einer Insel und Brandungswellen in derselben Gegend. Über zweihundert Jahre wurde sie kartografiert, selbst in Google Maps wurde sie angezeigt, bis 2012 australische Wissenschaftler die Region gründlich absuchten und endgültig bewiesen, dass es dort keine Insel gab, sondern Wassertiefen von nicht

weniger als 1300 Metern. Andrej hatte alles darüber gelesen, was er finden konnte, so sehr faszinierte ihn diese
Geschichte. Als wir schon vollkommen aufgeweicht waren,
legten wir uns in zwei Liegestühle am Strand und redeten
weiter, bis die Sonne aufging.

Ich blieb im Bett, bis mich der einsame einzelne Glocken-
schlag um Viertel nach fünf aus meinen Erinnerungen
riss. Ich setzte Kaffee auf, ging duschen, zog mich an, ver-
staute meinen Kosmetikkram im Koffer. Als ich mit meiner Kaffeetasse in den Hof hinaustrat, hatte sich das Licht
bereits verändert. Die Sterne waren noch alle da, doch
schienen sie ein klein wenig blasser zu leuchten am klaren
kornblumenblauen Himmel. Die Luft war würzig und
kühl, es war angenehm, die Hände um die warme Kaffeetasse zu legen. Mein Kopf fühlte sich seltsam leicht an, als
wäre gar nichts darin, als hätte ich ihn ausgeleert mit dem
Lachen vom Vortag.

Die Tasse abspülen, abtrocknen und in den Schrank stellen, eine letzte Runde durchs Haus drehen, um nichts zu
vergessen, die Fensterläden und die Hoftür schließen, den
Hauptschalter für den Strom ausmachen, ein letzter Blick
in die dunkle Küche, schließlich die Tür zusperren und
den Schlüssel in den Postkasten werfen, diesen armen
Postkasten, in den niemals Post eingeworfen wird. Den
Koffer durch die Gassen ziehen, das Geräusch der Gum-
mirollen, das immer zu laut wirkt im schlafenden Dorf,
das man den ganzen Sommer hören kann, wenn man um
diese Zeit wach ist, dann klackediklackediklackediklack
die Treppen hinunter, vorbei an den fast schwarzen Sil-
houetten der zusammengeklappten Sonnenschirme vor
dem Flamingohimmel, vorbei am Emigrant's Pub, ein
letzter Kaffee bei Hasan, alles Gute, bis nächstes Jahr, bis

nächstes Jahr. Wenn man oft an einem Ort war, lässt man immer etwas zurück, wenn man geht.

Es war ein kleines Grüppchen, das da mit Taschen und Koffern im Wind stand und sich die Strandtücher über die braunen Schultern zog, während die Sonne aus dem Meer stieg. Immer wieder bin ich überrascht, wie spät das Boot ins Blickfeld kommt, nachdem man schon die ganze Zeit nach ihm Ausschau gehalten hat, und wie schnell es dann da ist.

Ich suchte mir einen Platz am Fenster, das Boot legte ab, wendete, und ich verrenkte mir den Hals, bis das Oberdorf endgültig hinter dem Heck verschwand. Der Katamaran nahm Fahrt auf, ich kramte meinen iPod und die Kopfhörer heraus, suchte nach der richtigen Musik, ich entschied mich für *Arcade Fire*. Noch immer müde schaute ich zum Fenster hinaus, die Inseln von Srakane glitten vorbei wie behäbige Schildkröten. Es hatte etwas Majestätisches, wie dieses Boot übers Meer glitt, die Musik passte dazu. Plötzlich sah ich eine Möwe, die neben dem Boot herflog, parallel zu unserer Fahrtrichtung, ganz knapp über dem Wasser. Mit kräftigen, gleichmäßigen Flügelschlägen hielt sie mühelos das Tempo des Katamarans, ich war überrascht. Konnten Möwen so schnell fliegen? Irgendwann bemerkte ich, dass ihr Flügelschlag absolut synchron war mit dem Rhythmus der Musik, als würde der Beat die Möwe antreiben, oder vielleicht umgekehrt ... *Sometimes I can't believe it / I'm movin' past the feeling* ... sie flog und flog, begleitete das Boot, begleitete mich, ich dachte noch, es wäre schön, wenn sie mitfliegen würde bis nach Rijeka ... *Cause it's already passed / It's already, already passed* ... da drehte sie in einem großen Bogen nach links ab und war weg.

Tuzla, 3. Oktober

Mara!
Ich erinnere mich nicht, wann ich das letzte Mal einen Brief ge-
schrieben habe, mit der Hand, es muss verdammt lange her sein.
Ich habe das Gefühl, nicht einmal zu wissen, wie ich den Stift rich-
tig halten soll, entschuldige also mein Gekrakel – ach, aber das
kennst du ja schon. Umgekehrt kenne ich deine Schrift nicht, was
irgendwie komisch ist, weil du ja schließlich die Schriftstellerin bist,
wenn auch eine des digitalen Zeitalters. Obwohl: Wenn ich richtig
rechne, gab es noch keine PCs in jedem Haushalt und schon gar
keine Laptops, als du angefangen hast zu schreiben. Hast du
damals mit der Hand geschrieben oder eine Schreibmaschine be-
nutzt, so eine schöne alte von Olympia oder Remington? Ich weiß
so wenig von dir, viel weniger als du über mich. Das mit der
Schreibmaschine ist natürlich nicht so wichtig, aber seit ich die
Insel verlassen habe, sind mir viele andere Dinge eingefallen, die
ich dich gerne gefragt hätte. Die Fragen scheinen aus den Ritzen
zwischen den schäbigen PVC-Fliesen hervorzuquellen, mit denen
die Hotelzimmer hier ausgelegt sind, aus den Rissen in den ver-
gilbten Wänden. Ob du dir als Kind Geschwister gewünscht hast,
zum Beispiel, und wenn ja, ob du lieber einen Bruder oder eine
Schwester gehabt hättest. Ob du mal darüber nachgedacht hast,
dauerhaft woanders zu leben als in Wien, ob du eine Stamm-
kneipe hast, in die du gehst, wenn du genug hast von allem, ob du
den Winter magst, den Schnee. Wie es ist, eine eigene Wohnung zu
haben. Aber es war eben so: Du hast die Fragen gestellt in diesem
Sommer, oder eigentlich die Insel, ihre Geschichte und die meiner
Familie, die nun einmal auch meine ist, ob ich will oder nicht –
und das hat etwas in mir in Gang gebracht. Wenn dir niemand
Fragen stellt, vor allem die, auf die du nicht sofort eine Antwort
weißt, sitzt du irgendwann fest. In den letzten zwei Wochen habe

ich mich so stumm gefühlt wie noch nie, und gleichzeitig habe ich mich ständig dabei ertappt, wie ich im Kopf Sätze formulierte, die an dich gerichtet waren, Sätze, in denen ich dir erzählen wollte, was ich sehe, was ich denke und fühle, schon während ich es sah, dachte oder fühlte, während ich unterwegs war auf öden Landstraßen, durch Gegenden, in denen es kaum Farben gab, Gesichter fotografierte, die längst mit der Trostlosigkeit der Hausfassaden verschmolzen waren. Nachts konnte ich nicht schlafen. Ich lag auf versifften Matratzen, starrte in die Dunkelheit und fragte mich, ob dieser Sommer mit dir überhaupt real gewesen war.

Wie du siehst, bin ich immer noch in Bosnien, in Tuzla, wo die Proteste gegen die Regierung im Februar ihren Ausgang genommen haben. Es ist mehr als deprimierend. Warum sind manche Länder derart geknechtet? Eine dieser ewigen Fragen, auf die es nie wirklich eine Antwort gibt. Ich mache mir nicht die Illusion, dass ein Artikel in einer Zeitschrift, die ohnehin nur von Menschen gelesen wird, die sich schon für so was interessieren, viel bringt. Deshalb bin ich nach dem Job noch hiergeblieben und fotografiere jetzt die Leute vor ihren Häusern, in ihren Wohnungen oder an ihrem Arbeitsplatz, falls sie nicht arbeitslos sind, wie so Viele hier. Ich möchte versuchen, in Berlin eine Ausstellung mit diesem Material auf die Beine zu stellen. Mag sein, dass ich nicht mehr an die Kunst glaube, aber seit ich wieder angefangen habe, Menschen zu fotografieren, und zwar nicht so, wie irgendein Job es verlangt, sondern so, wie ich sie sehe, oder wie sie mich ansehen, habe ich zumindest wieder meinen Glauben an die Kraft des Blicks zurückgewonnen. Du und deine Fragen haben dazu einiges beigetragen, und dafür, Mara, möchte ich dir danken.

Ich habe keine Ahnung, ob ich dir etwas Gleichwertiges geben konnte, and believe me, that's no fishing. Ich war auch nicht so ehrlich zu dir, wie ich gerne gewesen wäre. Trotzdem habe ich zugelassen, dass du Teile von mir siehst, die vielleicht noch niemand vor dir zu sehen bekommen hat, und das ist ein gutes Gefühl. Ich fände es schön, wenn wir uns Ende des Jahres in New Jersey treffen würden. Meine Mutter hat ihre Einladung auf dem Weg nach Zagreb bekräftigt, und es wäre sicher spannend für die Arbeit an deinem Buch, wenn du kämst. Du könntest bei Richie wohnen. Ich würde gerne mit dir die Promenade am Hudson entlanggehen an einem kalten grauen Wintertag und anschließend in Carlo's Bakery frische, noch warme Schoko-Muffins essen. Und du könntest Agata kennenlernen.

Es ist vielleicht unwichtig, aber eines wollte ich dir unbedingt noch sagen: Ich wurde damals angenommen an der RISD, aber mein Vater weigerte sich, den Stipendiumsantrag zu unterschreiben, und der Direktor meiner Highschool wollte mir keine Empfehlung geben. Deshalb wurde nichts draus.

Denk an mich, wenn du das nächste Mal Fisch isst.

Love,
Andrej

Ich danke der Abteilung für Literatur im Bundeskanzleramt für die Zuerkennung eines Staatsstipendiums für dieses Romanprojekt.

Mein großer Dank gilt außerdem:

Dino Mirkovic und Nick Morin für den herzlichen Empfang, die Beantwortung meiner vielen Fragen und eine unvergessliche Rundfahrt durch Hoboken und Fairview, New Jersey.
Allen, die mir im Social Club Fairview ihre Geschichten erzählt haben.
Maria Rudic für ihre bereitwilligen Auskünfte und meiner Freundin Eva Wolfram-Ertl dafür, sie ihr entlockt und notiert zu haben.
Constanze Diem und Karl Erben für ihr unermüdliches, geduldiges Feedback und die oftmalige, spontane Entscheidungshilfe.
Michael Hochleitner für das wunderschöne Buchcover.
Stefanie Luger für ihren ganz besonderen Blick durch die Kamera.
Und natürlich meinem Verleger Joachim Unseld und den Mitarbeiterinnen der Frankfurter Verlagsanstalt.